JOHN L

L'ange gardien

Thriller

Prologue

Anna a treize ans. Elle passe ses grandes vacances à Saint-Brieuc chez Sylvie, sa meilleure amie.

Le 23 juillet 1985 au soir, les deux filles n'ont pas l'autorisation de sortir. Une tempête s'est levée sur la Manche. Elles se couchent tôt. Anna tarde à trouver le sommeil. Dans le lit voisin, Sylvie paraît regarder le plafond. En réalité, ses paupières sont fermées. Elle dort, malgré le bruit du vent.

Un volet qui bat réveille Anna en sursaut, au milieu de la nuit. Elle est terrorisée, son angoisse est si forte qu'elle en a la nausée. Elle se précipite dans la salle de bains pour vomir. Sylvie ne s'est aperçue de rien. Isolée comme une chrysalide dans son cocon, elle peut dormir quinze heures d'affilée.

Le coeur au bord des lèvres, Anna s'est recouchée. Elle fait un rêve horrible. Elle est à Paris, et monte l'escalier qui conduit à son appartement. La porte est entrouverte. À l'intérieur règnent un froid glacial, un silence pesant. Des néons diffusent une lumière blafarde. Son père et sa mère sont assis sur le canapé du salon, face à l'écran d'un téléviseur. Des lignes apparaissent, une image se forme : les ruines d'une ville où plane une atmosphère de désolation.

Les parents d'Anna fixent l'écran. Leur regard effraie Anna, elle a l'impression qu'ils refusent de la voir, qu'elle n'existe pas pour eux... Ou qu'ils n'existent plus pour elle !

Elle se réveille, se précipite vers les toilettes. Elle vomit de la bile, elle ne sait pas ce qui la rend si malade.

Au petit matin, la tempête s'éloigne, emportant les relents du mauvais rêve d'Anna.

Elle a reçu un appel de ses parents. Leurs vacances au Maroc se passent bien. Ils ont loué une voiture à Marrakech et vont remonter vers Tanger.

Le lendemain, Anna est à la plage avec Sylvie. Étendues sur de grandes serviettes, elles font des projets pour la soirée. En rentrant, Anna apprend qu'au Maroc, la nuit passée, un tremblement de terre a fait des milliers de victimes.

Elle est sans nouvelles de ses parents. L'ambassade de France à Rabat qu'elle contacte promet de la rappeler dès qu'elle aura du nouveau. Dans la soirée, Anna apprend que son père et sa mère ont été retrouvés sous les décombres d'un petit hôtel à Mekhnès.

La vue d'Anna se brouille, les larmes jaillissent. Son coeur n'est plus que chagrin.

Elle se souvient de cette tempête, de sa nuit passée à vomir, de la ville en ruines qui surgissait à l'écran...

Elle a vu en rêve la mort de ses parents !

Il n'y a pas eu de tremblement de terre dans cette région du Maroc depuis 1624.

1

Paris, 2004

Une semaine avant Noël. La circulation est chaotique. Prise dans un embouteillage au pont de Suresnes, Anna jette un coup d'oeil à sa fille dans le rétroviseur.

À l'arrière de la Mégane, Céline remonte la mèche qui lui tombe sur le front. Ses cheveux descendent en cascade claire sur ses épaules, son regard, difficile à saisir, se perd dans le vide. Elle affiche une moue boudeuse, comme si elle savait déjà que c'était sans espoir.

-Je ne peux pas faire autrement, Céline. C'est important pour ton père … Et aussi pour moi, soupire Anna.

Le regard de Céline accroche le sien.

-Si tu pars en voyage, je serai obligée d'aller à Chamonix chez mamie pour Noël, dit-elle.

Anna a l'impression d'étouffer, la culpabilité lui serre le coeur. Elle baisse la vitre, respire l'air glacé. Depuis la naissance de Céline, neuf ans plus tôt, c'est le premier Noël où elles seront séparées.

Éric ne leur a pas laissé le choix. Cela fait dix-huit mois qu'il a été recruté par la filiale française de l'UBS pour s'occuper du financement de projets en Asie du sud-est ; Chine, Malaisie, Thaïlande, Indonésie, une responsabilité qui pourrait lui ouvrir les portes d'une future direction régionale en Asie.

Les avantages financiers, Éric les a résumés ainsi : « Le triple de ce que je gagne à Paris. Un appartement de fonction de 300 m2 en plein centre de Bangkok. Une Mercedes avec chauffeur à ma disposition. Et un intéressement sur les contrats de prêts que je négocierai pour la banque. Le pactole. Une vraie chance. Si je boucle Penang, bien entendu ! »

Pas une fois, tu n'as dit « nous », avait failli lui faire remarquer Anna. Elle avait préféré se taire. La communication entre eux était devenue superficielle, distante, voire hostile quand elle s'opposait à son mari.

Penang, une île de l'archipel malais proche de la Thaïlande. Éric s'occupe d'un projet de centrale électrique, un prêt de quatre-vingts millions d'euros. Après huit voyages en Asie, et grâce à l'appui de la *Thailand Power Company* qui achètera 65 % de la production de la future centrale, Éric et Benoît Chevalier, le directeur de la filiale de l'UBS à Paris, ont réussi à distancer les banques concurrentes sur la dernière ligne droite. Les Malais proposent une rencontre pour les dernières mises au point les 27 et 28 décembre, à Phuket, tout près de Penang. Un geste symbolique pour plaire à leurs futurs clients thaïs.

Wölk, le grand patron de l'UBS à Zurich, veut qu'Éric et Benoît emmènent leurs épouses. La délégation malaise est dirigée par une femme, Benoît est marié à une Chinoise originaire de Malaisie qu'il a rencontrée à Londres. Pour Wölk, ce qui jouera dans la décision finale, ce sont les relations personnelles, les synergies.

« Pas question aussi de repousser cette rencontre à l'année prochaine. Passer les fêtes de fin d'année au soleil dans un palace avec vos épouses, n'est pas ce que j'appelle un sacrifice », a-t-il dit aux deux Français.

Benoît, qui l'imite à la perfection, leur a joué la scène au cours d'un dîner.

Le départ est fixé au 23. Ils seront à Phuket le 24 et auront deux jours pour se remettre du voyage. L'arrivée des Malais est prévue le 27.

Anna voulait rester à Paris avec Céline, Éric s'est montré inflexible. « Wölk a dit vos femmes vous accompagnent. Si ça foire, je tiens à ce que ma position soit irréprochable. »

De l'autre côté du pont, les feux paraissent interminables. Anna allume une cigarette. Un sentiment de solitude l'envahit. Aller à Phuket avec Éric, Benoît et sa femme, la déprime. Ce qu'elle désire, c'est passer Noël avec sa fille. Ces moments privilégiés de l'enfance de Céline, Anna les chérit plus que tout. Les années passent si vite. À Noël, il y a le rituel de la décoration de l'arbre, l'excitation de Céline le soir du 24 devant les guirlandes et les enluminures ; son émerveillement quand elle découvre ses cadeaux…

Anna lance un coup d'oeil furtif dans le rétroviseur. Inconsciente d'être observée, Céline mordille son pouce replié. Exactement la manie que j'avais à son âge, pense Anna avec tendresse.

Rien dans les traits où les expressions de sa fille lui rappellent Éric. Elles ont le même nez, le même tracé délicat du menton. Anna est convaincue qu'une relation particulière les unit toutes les deux. Après dix-huit mois de traitement hormonal pour infertilité, elle a fini par tomber enceinte et Céline est née après terme. Deux semaines supplémentaires de grossesse : des liens encore plus intenses entre sa fille et elle !

Éric, le second personnage de son univers, ne conserve rien de ce qui l'a attirée quand il en avait dix de moins. Ses kilos supplémentaires, son crâne à demi dégarni, n'ont pas d'importance, ce qui compte c'est qu'il a perdu cette disponibilité à s'intéresser aux autres qu'elle admirait tant. La lueur généreuse qui réchauffait son regard de Savoyard s'est glacée. Quand ? Elle ne s'en souvient plus. Petit à petit, au fil des années.

Éric n'a pas toujours travaillé dans la banque, ni manifesté un rapport névrotique à l'argent. Sorti de Normale Sup avec une agrégation de biologie, il entreprend une carrière de chercheur à l'Institut Pasteur. Il l'abandonne très vite, se recycle dans la banque : la Caisse des Dépôts et Consignations, la Société Générale, l'UBS. Un aspect de la personnalité de son mari qu'Anna ne soupçonnait pas se révèle : il est intéressé, calculateur, aussi calculateur que les milieux professionnels dans lesquels il évolue.

- Maman !

Abîmée dans ses réflexions, Anna revient à elle. Le pont se dégage. À l'autre bout, le feu est passé au vert. Derrière, on klaxonne. Elle écrase sa cigarette dans le cendrier et démarre.

Le long du boulevard de la République, des panneaux annoncent l'ouverture le 3 janvier d'une exposition consacrée à un sculpteur américain. Ses oeuvres seront présentées au Grand Palais. Anna, qui travaille à la Direction régionale des Affaires culturelles Île-de-France, s'est occupée de la campagne de promotion.

- Maman ?

- Oui, Céline ?

- Le père Noël, qui va lui dire que je vais chez Mamie ?

Céline ne perd pas le nord, elle suit une logique que bien des adultes lui envieraient.

- En arrivant à la maison, on prend le thé et on écrit au père Noël, répond Anna.

Céline semble ravie. Une pâtisserie se trouve sur le trottoir opposé. Anna se gare en double file.

- Attends-moi, dit-elle, en s'extirpant de la voiture.

Traversant rapidement le boulevard, elle entre dans la pâtisserie. Elle patiente derrière une cliente indécise, et lorsque dix minutes plus tard, elle ressort une boîte de macarons aux noisettes à la main, un orage menace de s'abattre sur la colline.

Le ciel a changé d'aspect : les nuages se regroupent, formant une chape de carbone pur.

Anna regarde de chaque côté puis s'élance pour traverser. Au milieu du boulevard, elle s'arrête, incapable de faire un pas de plus. La respiration lui manque, comme si ses poumons s'étaient brusquement vidés. Son coeur, sur le point de s'emballer, bat frénétiquement. Le sentiment d'un désastre imminent la submerge.

Un bus remonte vers Saint-Cloud. Il n'est qu'à une cinquantaine de mètres d'elle. Il déboîte déjà, pour doubler la Mégane garée en double file. Anna aperçoit le numéro au-dessus de la cabine, le cache-col bleu ciel du conducteur, et son regard, fixé sur le virage qui s'amorce plus haut.

Il n'aura jamais le temps de freiner, de l'éviter, elle est au beau milieu de la chaussée.

Le front d'Anna se couvre de sueur. Quelque chose d'invisible lui serre la gorge. Ses pensées se réduisent à la taille infime d'un atome sur le point d'exploser. Dans sa tête, le grondement du bus enfle démesurément.

L'accident est inévitable. Elle va mourir.

Qui prendra soin de Céline ?

Pitié, mon Dieu ! Je ne veux pas mourir écrasée sous les yeux de ma fille.

Horrifiée, Anna ferme les yeux. Elle lève la main comme si elle cherchait à arrêter le drame. Le temps, l'univers entier se figent dans l'attente du choc.

Il ne vient pas.

Lorsque le bus la dépasse, Anna rouvre les yeux. Sa vue est brouillée. Un voile délite le contour des immeubles, les silhouettes des passants, celles des voitures qui filent sur le boulevard. Anna a le sentiment de sombrer. Elle ne reconnaît rien de ce qui l'entoure. Pourtant, elle emprunte ce trajet deux fois par jour. Une douleur déplaisante lui vrille les côtes. Elle respire par à-coups, cherche une goulée d'air. Elle ne parvient pas à desserrer les dents, elles sont comme scellées par de la glu.

Une vague d'intense panique la submerge. Elle doit regagner le trottoir, demander de l'aide…

D'un coup, l'étau se desserre, le malaise s'éloigne. Elle respire plus librement. Son cœur bat moins fort. Elle emplit ses poumons, expire lentement, recommence l'opération trois ou quatre fois. Elle se sent mieux. Un sourire figé aux lèvres, elle attend une brèche dans la circulation pour regagner sa voiture. Elle pose la boîte de macarons sur le siège du passager, ouvre la porte arrière, se penche, plonge le nez dans le cou de Céline.

Elle savoure son odeur. Sa propre chair. Son sang.

La vie.

*

La nuit suivante, en proie à une terreur irraisonnée, Anna se réveille en sursaut. Elle a l'impression de sortir d'une interminable apnée.

Elle dormait profondément, pourquoi se retrouve-t-elle en position assise, la bouche ouverte, en train de respirer frénétiquement ?

Qu'est-ce qui l'a tirée de son sommeil ? Une nouvelle crise de panique, Céline qui appelle ?

L'appartement est plongé dans le silence. Anna n'entend que le souffle d'Éric et le bruit d'un robinet de la salle de bains qui fuit depuis des mois.

Ses doigts cherchent à tâtons le réveil lumineux sur la table de nuit. Il est 4 h 15. Elle allume sa lampe de chevet. Éric dort sur le dos, enfoncé probablement dans un rêve où il est question de l'UBS, des synergies de Wölk et d'une Mercedes climatisée avec chauffeur.

Anna ne songe même pas à le réveiller, à lui confier ses angoisses. Elle sent combien, au fond, elle connaît peu son mari. Pourtant, ils ont vécu leurs premières années de vie commune dans un bonheur calme, insouciant. Ils ont eu Céline, et Éric s'est orienté vers une nouvelle carrière. Depuis deux ans, il a changé.

En contemplant les traits familiers de son visage, Anna découvre qu'ils sont devenus imprécis, lointains. Ce sont ceux d'un étranger. Éric donne l'impression qu'il n'est là que de passage, qu'il vit chez lui comme à l'hôtel.

Depuis leur mariage, ils occupent un petit deux pièces de location au quatrième étage d'un immeuble, près du boulevard de la République. Éric a toujours refusé d'acheter. « Faut que le marché soit favorable », répète-t-il. Elle a la conviction qu'il attend plutôt la mort de sa mère, pour vendre la maison de Chamonix et se servir de l'argent.

Anna s'est levée pour aller voir Céline. Un long moment, elle contemple sa fille endormie. Elle promet d'être très belle, un visage angélique, des lèvres charnues, de grands yeux bordés de longs cils sombres.

Et un petit menton volontaire, qui donnera des problèmes à ceux qui essaieront de la manipuler !

Elle fera souffrir, pense Anna en replaçant avec tendresse le duvet qui a glissé.

Elle dépose un baiser furtif sur le front de Céline, puis va dans la cuisine boire un grand verre d'eau.

Dehors, les lampadaires luisent d'un éclat trouble, brouillé par le froid. Anna se rappelle la première fois où elle a fait l'amour avec Éric. C'était à une trentaine de kilomètres de Debrecen, en Hongrie, dans une grande rivière très fraîche. Ils étaient entièrement nus tous les deux. L'endroit était désert, elle avait trouvé le moment magique. C'était le temps où, quand il passait un bras autour de ses épaules, elle se sentait plus légère. Aujourd'hui, tout ça semble sorti des pages jaunies d'un roman démodé. « Au fond, ce sont les mots qui te font peur, Anna. Tu n'aimes plus ton mari, un point c'est tout. Le cap des sept ans de mariage, tu l'as franchi sans admettre que l'amour s'était évaporé. Il ne reste entre Éric et toi qu'un réseau d'habitudes, l'inertie du quotidien, et un vide que le temps creuse ». Elle colle son front sur la vitre glacée. Ses repères se désagrègent, mais d'une certaine façon, ce soir, elle est soulagée. Elle ne se leurre plus, ses projets à elle se résument à de perpétuels « on verra », la réponse favorite d'Éric. Elle ignore toujours s'il souhaite que Céline et elle l'accompagnent, au cas où il obtiendrait la direction Bangkok. « On verra. Faut que je m'installe. On ne peut pas interrompre la scolarité de Céline comme ça !» répète-t-il. Rien n'empêche Anna de briser ses chaînes, de le quitter. Elle ne s'y résout pas. Elle a perdu ses parents à treize ans, elle ne veut pas d'un foyer brisé pour sa fille. Cette nuit-là, Anna mettra longtemps à se rendormir, et jusqu'à son départ pour Phuket, des accès de panique aussi aigus que la pointe d'une épée la tireront du sommeil à exactement 4 h 15 du matin.

2

Le 23 décembre. Les immeubles ont la couleur du ciel : gris avec des traînées sombres. Quelques flocons descendent comme des parachutes. Anna et Éric ont pris un taxi pour Roissy.

Sur l'autoroute A1, les phares des voitures ressemblent aux yeux phosphorescents d'une colonne d'insectes. L'aéroport émerge de la brume givrée. Un bloc circulaire de béton terne, qu'on prendrait pour un colossal stade antique ou un énorme vaisseau spatial.

Benoît et sa femme patientent devant le box de la Thaï Airways. Tous les quatre vont embarquer à bord du vol direct pour Bangkok qui décolle à midi.

Anna n'a jamais vu autant de monde dans un aéroport. Des files interminables de passagers s'étirent devant les comptoirs d'enregistrement : la Thaïlande, l'Inde, la Chine, Colombo, Maldives…

L'Asie. L'autre bout de la planète.

Il est 10 h 33 quand ils franchissent le contrôle des passeports.

Éric et Benoît n'ont pas envie d'attendre en salle d'embarquement, ils vont au salon des VIP. La femme de Benoît, elle, préfère les boutiques hors taxes.

Le Noël de Céline a épuisé les économies d'Anna. Autant éviter les tentations. Il y a tellement de choses dans les vitrines qui lui font envie. Les accessoires surtout. Une dépense imprévue avec sa carte Visa ne serait probablement pas du goût d'Éric. Le salaire d'Anna passe entièrement dans les dépenses du ménage et l'école privée de Céline.

Elle s'arrête au kiosque à journaux, choisit au hasard deux thrillers parmi les meilleures ventes. Anna n'en lit jamais. Le vol dure douze heures, ce sera l'occasion de se plonger dans un nouvel univers. Éric va passer son temps à boire et à manger. En classe affaire, la Thaï sert des vins à cent euros la bouteille et du foie gras frais, n'a-t-il cessé de lui répéter dans le taxi.

Il est 10h50. Anna n'a pas grand-chose à faire. Elle n'est pas très à l'aise au milieu de cette agitation. Alors, autant y aller tout de suite. Elle se dirige vers le tube qui relie l'aéroport au satellite d'embarquement. La sécurité franchie, elle appellera Céline de son portable.

Les cadeaux qu'Anna a expédiés par la poste sont arrivés à Chamonix. Nicole, la mère d'Éric, a fait le voyage jusqu'à Paris pour ramener Céline. La veille, elles sont reparties en train. Nicole a fait un arbre superbe, Anna se sent moins coupable d'abandonner sa fille. D'ailleurs, elle n'est pas vraiment certaine que Céline croie encore au père Noël.

Elle laisse passer un groupe de passagers turbulents avant de s'engager sur le tapis roulant qui mène au satellite.

Tout en se laissant entraîner, Anna regarde distraitement les panneaux violemment éclairés. Des publicités. Montres de marque, sacs de luxe, parfums coûteux : tout ce qu'elle ne pourra jamais s'acheter.

Puis son attention est attirée par un écran de télévision suspendu au plafond. Au fur et à mesure qu'elle s'en approche, les contours d'un visage se dessinent. C'est celui d'une petite fille. Il occupe tout l'écran.

Anna a le temps de lire le texte inscrit au-dessous. La fillette s'appelle Camille Laurent. Elle a disparu le 21 décembre à Montchat, un quartier calme, familial, de Lyon. Elle a huit ans. La police lance un appel national à témoins. L'écran est derrière Anna à présent. Elle ressent le drame comme s'il la touchait personnellement. Le coeur serré, elle espère de toutes ses forces que la petite Camille sera retrouvée d'ici le 25. Le plus beau des cadeaux de Noël, pour elle et ses parents. Sur le tapis contigu, celui qui va du satellite à l'aéroport, un homme arrive. Il n'y a que lui sur le ruban de caoutchouc noir qui glisse silencieusement. Le dernier passager d'un avion qui vient d'atterrir, ou le premier à en être sorti. Il est grand et mince. La quarantaine sportive. Un costume sombre, une chemise blanche au col ouvert. Il tient une serviette en cuir à la main et un manteau sous le bras. Il paraît fatigué. Ses yeux sont cernés et sa barbe date de plusieurs jours. Il donne l'impression de ne pas avoir dormi depuis des lustres. Au moment où ils se croisent, Anna ne peut s'empêcher de lui lancer un regard. Son visage énergique, volontaire, mais sans rudesse, rappelle celui de Georges Clooney. Lui ne l'a pas fixée. Son attention était ailleurs. Pourtant, durant une seconde, Anna a senti quelque chose, comme une vitalité intense filtrer derrière ses yeux sombres.

Un sentiment étrange s'empare d'elle. Un sentiment qui la trouble. Elle n'a jamais vu cet homme, pourtant elle a l'intuition qu'un lien les unit. Il ne s'agit pas d'une attirance physique, bien qu'il soit très séduisant. Non... c'est autre chose. Anna regarde la silhouette s'éloigner. Cette impression de déjà-vu est forte. Impossible à balayer. Où a-t-elle déjà rencontré cet homme ? Elle a beau essayer de raccrocher un souvenir précis à son impression, elle n'en trouve aucun. Mais ce qu'elle ressent est bien réel. Elle arrive au bout du tube, quitte le tapis mécanique. Ses premiers pas sont incertains. Elle est déséquilibrée, ce qui lui a traversé l'esprit comme un flash, c'est une prémonition : elle va revoir cet homme, et le lien qui les unit appartient au futur, pas au passé.

3

Paris, 26 décembre, 11e arrondissement

Quelques enseignes scintillent. Du rouge, du bleu, qui forment des halos dans l'océan blafard des réverbères.

Sur la petite place déserte, l'horloge de l'église Sainte Marguerite indique 3h du matin. La bruine donne aux tuiles du clocher l'aspect d'une carapace luisante. Dans une voiture garée sur un passage piéton, un homme compose un numéro sur son téléphone portable, appuie sur la touche d'appel…

Il a levé les yeux vers un immeuble dont une façade donne sur la place.

Au quatrième étage, une fenêtre s'éclaire. Dans la pièce, un homme vient d'ouvrir les yeux. Son téléphone portable reçoit un appel. Il cherche le bouton de la lampe de chevet, allume.

La chambre est vaste, dépouillée ; parquet en bois sombre, murs recouverts d'un tissu bleu roi, aquarelles figurant des paysages marins.

La barbe a disparu. L'homme paraît plus reposé. C'est lui qu'Anna a croisé trois jours plus tôt sur l'un des tapis mécaniques de l'aéroport de Roissy.

Il prend la communication.

-Bonsoir Rohmer, c'est Quelier, annonce son interlocuteur. Je suis un peu en retard, mon vieux, mais joyeux Noël quand même !

-Joyeux Noël, Philippe, répond Rohmer.

-J'ai besoin de te voir tout de suite.

-Ça concerne quoi ?

La main crispée sur son téléphone, Rohmer attend la réponse.

-Je préfère t'en parler de vive voix. Je suis en bas, place Sainte Marguerite.

Rohmer se lève, tire les rideaux, ouvre la fenêtre. Il respire le froid humide tandis que la pluie mouille son visage. Une voiture garée fait un appel de phares.

-Tu te souviens du code ? demande-t-il.

*

Rohmer referme la fenêtre. Il va dans la salle de bains se passer de l'eau sur le visage. Quelques minutes plus tard, on frappe à sa porte.

-Toujours aussi dépouillé chez toi, lance Quelier en entrant.

Rohmer hausse les épaules. Son voilier amarré en Bretagne est un gouffre financier dont pour rien au monde il ne se séparerait.

-Chez moi c'est pareil, sauf que c'est ma femme qui a pris les meubles, remarque Quelier tristement.

Originaires de Lons-le-Saunier, les deux hommes se connaissent depuis l'enfance. Ils ont partagé le même banc durant tout le secondaire au lycée Jean-Michel, et ne se sont jamais perdus de vue depuis.

Quelier tourne en rond comme un ours en cage. Il est chauve, avec des épaules voûtées et étroites. Rohmer lui trouve une mine épouvantable.

- Calme-toi, fait-il. Tu me donnes le tournis.

Rohmer a la bouche pâteuse. La veille, il a presque vidé une bouteille de Bordeaux. Il a dîné seul dans un restaurant du quartier. Il rentre d'un voyage épuisant. Ses voyages, il ne peut les raconter à personne. Alors...

-La gendarmerie de Montchat a reçu un appel hier après-midi, murmure Quelier. Ils ont trouvé le cadavre de la gamine disparue le 21, Camille Laurent. Elle a été violée puis étranglée.

Rohmer pousse un juron. Ses traits se sont figés. Il est rentré le 23 décembre du Liban via Doha. Une mission délicate où il s'agissait de négocier la libération d'un haut fonctionnaire français enlevé par un groupuscule terroriste. Après dix jours de menaces, de faux espoirs et trois simulacres d'exécution de l'otage, il a fini par obtenir gain de cause. Lorsque Quelier l'a appelé au téléphone, il craignait les conséquences d'une fuite sur l'épisode libanais. Un black-out total a été imposé par le chef de l'état en personne. La presse n'a été informée de rien, pas même de l'enlèvement. Rohmer connaît Quelier depuis toujours. C'est son seul véritable ami, et l'un des meilleurs journalistes français d'investigation. Sincère. Honnête. Bien informé, surtout.

-Comment tu sais pour la gamine? demande-t-il.

Quelier lui jette un regard surpris.

-J'ai des contacts dans la gendarmerie. J'ai travaillé il y a deux ans sur la disparition d'Eva Skold, une petite Suédoise enlevée à Villars les Dombes. On n'a jamais retrouvé son corps. Camille Laurent a été kidnappée à Montchat, à moins de trente kilomètres de Villars. Son corps a été retrouvé dans un dépôt appartenant à un entrepreneur de Bourg-en-Bresse, un type du nom de Daniel Eymard. On vient de l'arrêter.

Rohmer se laisse tomber dans l'unique fauteuil du salon. Un club confortable en cuir patiné où il aime s'installer le soir pour lire, quand il ne rentre pas trop tard.

Il connaît suffisamment Quelier pour savoir que le journaliste ne l'a pas réveillé à trois heures du matin pour lui donner la primeur d'un drame dont la presse parlera dans quelques heures.

- Si tu me disais ce que t'as en tête ?

- Eymard n'est pas dans le coup ! s'écrie Quelier avec conviction.

- Pourquoi, il était avec toi au moment de l'enlèvement de la petite Laurent ! réplique Rohmer sur un ton goguenard.

Quelier hausse les épaules.

- Mais non ! Appelle ça du flair de journaliste. Le corps de Camille est retrouvé dans le dépôt d'Eymard, rien à dire. Mais ce n'est pas tout : en ratissant les lieux, les flics ont mis la main sur des « preuves » qui l'incrimineraient dans la disparition d'Eva Skold.

- Quelles preuves ?

Le journaliste a enlevé ses lunettes. Il se frotte les yeux.

- J'en sais rien encore, des preuves. C'est là que ça cloche !

Rohmer s'est levé. Aucune chance de retrouver le sommeil. - Je vais faire du café, dit-il. Allons dans la cuisine.

Rohmer remplit le réservoir d'eau, met trois cuillères de café dans le filtre et revisse la cafetière.

- Tu peux m'expliquer pourquoi au lieu d'accabler ce type ces preuves l'innocenteraient ? demande-t-il

Quelier fait le geste d'un prestidigitateur sortant un lapin de son chapeau.

-La police et les gendarmes piétinent depuis deux ans dans l'affaire Skold. Ce qu'on sait du ravisseur se résume à une feuille blanche. Une seconde disparition survient, et comme par enchantement, suite à un coup de téléphone anonyme, les deux affaires sont résolues. C'est fini, plié, emballé, la police a son coupable. Le tueur, qui ne laisse pas la moindre piste quand il commet son premier enlèvement, devient subitement prodigue au second. Non seulement il nous fait cadeau du corps de Camille Laurent, mais il nous offre en prime les preuves de son implication dans le kidnapping de la petite Skold.

Le journaliste s'assied, met deux sucres dans sa tasse et aspire bruyamment une gorgée.

-Je n'achète pas ce genre de conte à dormir debout, Rohmer, même le jour de Noël. Par contre, le juge d'instruction Lambert va se jeter dessus, je te le garantis. Il est si pressé de se faire un nom qu'il risque de ne pas être très regardant.

Même s'il comprend les préoccupations de Quelier, Rohmer n'est pas disposé à entrer dans son jeu. Le journaliste lui raconte une histoire totalement invérifiable.

-Si c'est Eymard, pourquoi s'incrimine-t-il en commettant son deuxième meurtre ? Pourquoi abandonne-t-il le corps de Camille dans un dépôt qui lui appartient alors qu'il s'est débarrassé si habilement de celui d'Eva ? ajoute Quelier.

Rohmer réfléchit avant de répondre.

- Tu penses à une mise en scène ?

-Exactement ! Le tueur enlève Camille Laurent. Là encore, pas le moindre témoin. Aucune piste. C'est après qu'il décide de changer de scénario. Plus question de suivre le plan qui a si bien fonctionné avec Eva. Le corps de Camille ne doit pas disparaître, il faut que la police le retrouve de manière à ce qu'un autre porte le chapeau et soit accusé des deux crimes. Le tueur organise une mise en scène, choisit un bouc émissaire, en l'occurrence Eymard. Tu me suis ?

- Qu'est-ce qui le pousse à modifier ses plans après l'enlèvement de Camille ?

- La peur qu'on remonte jusqu'à lui.

Rohmer avale une gorgée de café et demande :

- Toi ou les flics ?

Quelier s'est mis à tambouriner sur la table pour marquer sa nervosité. Sous le coup de l'émotion, il répond d'une voix mal assurée.

- Dès qu'on a annoncé l'enlèvement de la petite Laurent, le 21 décembre, je suis descendu à Lyon, convaincu qu'il s'agissait du même ravisseur. Pendant deux jours, j'ai interrogé des dizaines de personnes, j'ai rapproché les deux affaires en posant mes questions, parlé d'un ravisseur unique. Sans le savoir, j'ai dû faire un pas dans la direction de l'assassin. Il a changé ses plans. Peut-être ai-je précipité la mort de Camille…

Rohmer a un geste de dénégation.

- Tu n'as rien précipité du tout et il n'a pas changé ses plans. Une mise en scène pareille ne s'improvise pas à la dernière minute.

- Je ne sais plus, souffle Quelier.

Rohmer occupe une position particulière. Détaché de la division nationale antiterroriste, il appartient à une cellule de crise qui relève directement du ministre de la Défense. Il s'occupe d'enlèvements liés au terrorisme, il n'est pas vraiment spécialisé dans les disparitions criminelles d'enfants, les viols et les meurtres à caractère sexuel. Mais c'est un flic, avec le grade de commissaire divisionnaire. Il sait que la littérature et le cinéma ont promu les tueurs en série au rang de monstres machiavéliques, les ont dotés d'une intelligence hors du commun. La plupart du temps, ce sont des médiocres au Q. I lamentablement bas. La chance et une conjonction de hasards servent ceux qui continuent d'échapper à la justice. Il suffit de lire les rapports d'enquête : le jour de l'enlèvement, la voisine qui d'habitude enregistre tout ce qui se passe dans la rue était couchée avec la grippe ; le conducteur du bus n'a pas regardé du « bon » côté au moment du rapt...

La liste de ceux qui auraient pu voir mais n'ont rien vu est longue.

Quelier a sorti une enveloppe de sa poche.

- Jette un coup d'oeil, murmure-t-il.

À l'intérieur de l'enveloppe, il y a deux photographies, deux portraits : Eva Skold et Camille Laurent.

Rohmer les examine l'un après l'autre, puis en même temps.

Eva sourit à l'objectif. Un visage ovale. De grands yeux clairs, deux bulles bleutées. Des cheveux blonds, presque blancs.

Camille est aussi brune qu'Eva est blonde. Une beauté singulière, sauvage. Des sourcils touffus, une bouche large, un teint mat, des prunelles sombres.

- On peut fumer chez toi ? demande Quelier.

Rohmer incline la tête. Le journaliste se concentre sur le bout de sa cigarette sur laquelle il tire par petites bouffées nerveuses.

-Dans le métier de flic, on se contente la plupart du temps d'un résultat où les faits coïncident, dit-il. Toi, tu m'as toujours donné l'impression de savoir que le résultat n'était pas forcément la vérité.

Quelier laisse échapper un soupir.

-Disons qu'aujourd'hui je suis venu réveiller ta conscience, Raphaël.

Rohmer esquisse un sourire. Personne ne l'appelle plus Raphaël depuis les bancs du lycée. C'est « Rohmer », y compris pour sa soeur et ses parents.

-Tu ne trouves pas qu'elles se ressemblent ? fait-il.

Quelier prend les photos.

-Pas vraiment.

-Regarde mieux.

Rohmer attend avec intérêt la réaction du journaliste.

-Je ne vois pas, dit Quelier en se mordant la lèvre. Tu as remarqué un détail ?

-Ce n'est pas vraiment un détail, plutôt la forme du visage, l'expression... Je ne sais pas. Je suis incapable de te dire exactement ce que je ressens. Disons que derrière ces portraits, le kidnappeur en a peut-être vu un autre.

-Comment ça ? s'étonne Quelier.

-Camille et Eva pourraient lui rappeler quelqu'un, correspondre à une image qu'il a dans la tête, une illusion, un fantôme.

-C'est sûrement important, mais pas à cet instant précis, réplique Quelier. Pour moi, Eymard est innocent et ses chances de le prouver sont nulles. Le procureur veut une inculpation tout de suite, à chaud. Ce qui signifie qu'un violeur, un tueur de gamines, va continuer à se balader en attendant de remettre ça.

Rohmer ressent la culpabilité de Quelier. Elle affleure à chacun de ses gestes, dans toutes ses phrases. D'une certaine manière, le journaliste s'estime responsable de la mort de la petite Laurent, de l'arrestation de l'entrepreneur qu'il croit innocent. Par discipline, Rohmer n'écarte aucune hypothèse. Si la plupart de ses collègues s'empressent d'additionner les indices pour reconstituer un drame, traquer les terroristes lui a appris à se méfier des vérités trop criantes, des coïncidences extraordinaires. La somme des indices conduit parfois à reconstruire une version fausse de ce qui s'est réellement passé.

-Je vais voir ce que je peux faire, murmure-t-il.

4

Phuket, matin du 26 décembre

Anna a passé la journée du 25 au bord de l'eau. Le sable était chaud, une brise humide agitait les palmes des cocotiers. La rumeur des vagues la berçait. Elle s'est assoupie, et quand, tard dans l'après-midi elle s'est baignée, un calme extraordinaire régnait.

Le bruissement incessant des palmes l'a plongée dans une sorte de quiétude. Pour la première fois depuis longtemps, cette journée lui procure une impression de paix, de bien-être. Ses angoisses paraissent loin. Dissoutes. Au téléphone, elle a parlé à Céline, qui semble avoir oublié cette première séparation tant le père Noël l'a gâtée. Et puis, Anna ne s'est pas trouvée trop nulle en maillot ; son ventre est plat, ses seins encore hauts et fermes.

Le soir, avec Éric, Benoît et sa femme, ils se sont perdus dans la foule tapageuse de l'immense plage. Une *full moon* party.

Anna a adoré. Tard dans la nuit, elle s'est baignée en compagnie de trois Australiennes passablement imbibées. Les feux d'artifice éclatent en scintillements multicolores avant de retomber dans la mer comme une pluie d'étoiles filantes. Un halo mystérieux monte de la côte. La musique techno arrive en bouffées chargées de décibels…

Anna a l'illusion de se tenir au bord du monde, au seuil d'un autre univers. Elle ne sent plus son corps. Flotter dans cette eau tiède et phosphorescente, c'est l'oubli total, le bonheur.

Cette soirée merveilleuse va s'achever sur un épisode qu'elle n'a pas prévu.

Lorsqu'elle regagne sa chambre, Éric l'attend. Il est ivre, agressif, Anna ne l'a jamais vu dans un état pareil. Lorsqu'elle l'a quitté pour se baigner, il était allongé sur le sable avec Benoît et semblait de bonne humeur.

« Quelque chose ne va pas ? Une mauvaise nouvelle ? » demande-t-elle.

Éric ne répond pas. Il lui saisit le bras, l'entraîne vers un des lits jumeaux avec une sorte de rage désespérée. Anna voudrait résister, mais elle se laisse faire.

« Pourquoi acceptes-tu, Anna ? »

Elle ne sait plus pourquoi elle joue la comédie. Une fois encore.

L'odeur de la lotion au minoxidil qu'Éric utilise contre la chute de cheveux, son haleine aigre de vin et de whisky, lui donnent la nausée. Les yeux fermés, elle cherche une ligne de sauvetage.

Oublier l'instant, être ailleurs, sur la plage par exemple.

Elle revoit ces oiseaux qui ressemblent à des corolles de fleurs, ils s'éloignent dans le soleil couchant.

Anna s'éloigne avec eux. Elle vole, loin, très loin.

Depuis deux ans, Éric et elle n'ont pratiquement plus de rapports. Il ne la touche plus, et quand il le fait, Anna simule, feint de partager une ardeur qu'elle a perdue.

La beauté, l'espace, la liberté qui l'entourent sur cette île, font qu'elle se sent davantage souillée ici qu'à Suresnes.

Le sexe avec Éric l'indiffère. Ce soir, il l'écoeure.

Elle a l'impression qu'il cherche à exorciser un ressentiment qui le mine. À travers elle !

Il finit par s'écarter, il lui tourne le dos.

Un intermède bref. Sans passé. Sans avenir. Sans amour.

Entre deux étrangers.

*

Anna se réveille en sursaut et regarde sa montre : 9h15. Malgré la fatigue et le décalage horaire de six heures avec la France - 3 h 15 du matin à Paris - le sommeil l'a quittée.

La chambre d'hôtel lui a plu dès qu'elle en a franchi le seuil : spacieuse et fraîche, d'un luxe sans tapage, un plancher en bois ciré agréable sous ses pieds nus, et deux vastes lits jumeaux avec vue sur la mer. Anna aime les rideaux en batik, le grand ventilateur silencieux au plafond. Une brassée de fleurs fraîches de lotus et de frangipanier plongées dans un grand vase embaume la pièce. Le parfum qu'elles dégagent est exotique, apaisant et entêtant à la fois.

Anna jette un regard vers l'autre lit. La tête sous l'oreiller, Éric cuve sa cuite. Elle n'a pas la moindre envie de le réveiller ou de l'attendre. Elle va prendre sa douche et son petit déjeuner, elle ira marcher sur la plage ensuite.

Elle file dans la salle de bains, en s'efforçant de faire le moins de bruit possible. Réveiller Éric ruinerait sa matinée. Elle a envie d'être seule. Elle se brosse longuement les dents, enfile un short et un tee-shirt. Tenant à la main la paire de tongs achetée à la boutique de l'hôtel, elle se dirige sur la pointe des pieds vers la porte de la chambre.

Au moment où elle tourne la poignée, Anna a l'impression de perdre l'équilibre. Les murs de la chambre oscillent. Une mauvaise sueur lui pique la nuque et les aisselles, un gouffre s'ouvre au creux de son estomac. Elle n'a pas le temps de se demander ce qui lui arrive. Une secousse fait bouger les rideaux, trembler les vitres. Une vibration lourde monte des profondeurs du sol.

Un tremblement de terre !

Pétrifiée, Anna n'ose pas bouger. Elle attend. L'idée que sur cette plage aucun immeuble ne risque de s'écrouler sur sa tête la rassure vaguement.

Les secousses semblent durer une éternité, et d'un coup, c'est le calme absolu, le silence.

C'est fini. Un mini tremblement de terre. On les dit fréquents en Asie.

Encore secouée, Anna cherche à réveiller Éric. D'une voix pâteuse, il marmonne une phrase qu'elle ne comprend pas, puis rabat rageusement le coussin sur sa tête. Elle tend la main pour le secouer de nouveau, se ravise, prend son sac et sort.

Dehors, le paysage a changé depuis la veille. La mer s'est retirée, découvrant une immense étendue. Le soleil s'y reflète, donnant une impression de mirage. Anna n'est pas surprise, à la pleine lune les marées atteignent leur amplitude maximale.

Il y a des promeneurs sur la grève : des clients de l'hôtel en quête de coquillages, et plus au large, des Thaïs qui ramassent des poissons. Personne ne semble s'inquiéter. Ils doivent avoir l'habitude de ce genre de secousses, se dit Anna.

Assise sous un parasol, face à la mer, elle mange la moitié d'une papaye, et après une deuxième tasse de thé change de programme. Elle ira marcher plus tard, à la marée montante, pour avoir les pieds dans l'eau. Ce dont elle a besoin, c'est de transpirer un bon coup, d'éliminer la fatigue. La salle de sport est bien équipée, à cette heure Anna a des chances de l'avoir pour elle seule.

Elle retourne dans la chambre prendre une serviette et chausser des tennis. Éric dort toujours. Elle hésite, puis décide de laisser son sac sur la table de nuit. Il contient leurs passeports, son téléphone portable, celui d'Éric, et des chèques de voyage American Express.

La salle de gym est vide. Anna perd quelques instants à régler à la bonne vitesse l'un des tapis d'entraînement. De l'autre côté des baies vitrées, elle aperçoit la piscine aussi bleue qu'un lagon et un morceau de ciel.

Elle court depuis une dizaine de minutes et cherche à trouver un second souffle, quand un grondement trouble sa concentration. Ça ressemble au sifflement des réacteurs d'un avion. Pourtant, l'aéroport n'est pas vraiment proche de leur hôtel, ils ont roulé près d'une heure pour le rejoindre.

Il se passe sûrement quelque chose, parce que les promeneurs qui se trouvent loin sur la grève courent maintenant vers l'hôtel. Les courts de tennis se sont vidés. Interrompant leur partie, les joueurs se précipitent en direction de la réception. Intriguée, Anna se demande si un visiteur de marque n'arrive pas en hélicoptère. Peut-être le roi de Thaïlande.

Soudain, des clients de l'hôtel passent en courant devant les baies vitrées. Anna n'a pas le temps de se demander pourquoi leurs visages reflètent une terreur indescriptible, le grondement est si proche que toutes les vitres de la salle de sports se sont mises à trembler.

Et d'un coup, masquant l'horizon, un mur monstrueux surgit, un front d'eau gigantesque de couleur sombre. À la vitesse d'un cheval au galop, il fonce sur l'hôtel.

Des éléments disparates s'assemblent en un éclair dans l'esprit d'Anna. Elle se revoit au milieu de la chaussée sur le boulevard de la République, la panique qu'elle a ressentie, la sensation de mort qui l'a submergée, le grondement qui emplissait la tête ce jour-là :

Elle les retrouve face au raz-de-marée qui se rue sur elle !

Les pièces s'emboîtent, révèlent leur sens caché : pour la seconde fois de son existence, Anna a eu la prémonition d'une catastrophe qu'elle ne pouvait ni imaginer ni prévoir.

Un regard à la pendule accrochée au mur lui confirme ce qu'elle sait déjà : il est 10h15 à Phuket, 4 h 15 du matin à Paris, l'heure où une frayeur inconnue la tirait du sommeil avec une ponctualité terrifiante les jours précédant son départ pour la Thaïlande.

Le mur liquide arrive dans un fracas épouvantable. Anna le voit rattraper et engloutir les fuyards, puis il submerge la piscine, balaye les tables, les chaises, les parasols.

La vague est énorme. Apocalyptique.

Une vague de fin du monde.

Paralysée, Anna réalise qu'elle ne reverra jamais sa fille. Cette fois, elle va vraiment mourir.

Brusquement, l'image de parents déposant un peu plus tôt leurs enfants au *Kid's Club* de l'hôtel la fait réagir. Elle doit essayer de les sauver. Elle n'a qu'une cinquantaine de mètres à parcourir. Elle se précipite vers la porte du fond.

C'est trop tard ! Les baies vitrées explosent. Anna a à peine le temps d'ouvrir la porte. Le flot est sur elle, il l'emporte.

Elle disparaît, entraînée comme un minuscule galet.

5

Elle émerge dans le parking de l'hôtel, au milieu d'une mer en furie. Affolée, à moitié suffoquée, Anna regarde désespérément autour d'elle. Elle aperçoit Éric. Il court sur la galerie extérieure de l'aile où ils logent. Il tient son sac à la main. Des Anglais qui occupent la chambre voisine le talonnent. Un couple et trois enfants, dont un bébé. Ils ont quitté le rez-de-chaussée et gagné l'étage. Ils essayent d'atteindre l'échelle métallique qui conduit au toit.

Mais l'eau monte, monte…

Anna n'a pas le temps de voir s'ils la gagnent de vitesse. Un remous terrifiant l'aspire.

Impuissante, elle se laisse emporter, luttant seulement pour garder la tête hors de l'eau. C'est la seule chose qui compte, tant qu'elle respire, elle a une chance.

La mer a un goût saumâtre, de sable, de sel, de terre aussi. Le raz de marée surgit de partout. Une puissance cataclysmique. Il emplit l'espace à une vitesse effarante. Empêtrée dans un magma de feuilles, de branches et de débris, Anna est entraînée vers la rampe d'accès de l'hôtel. L'immense déferlante balaie les voitures stationnées dans le parking. La barre d'eau bouillonnante venue du large les soulève aussi facilement que des modèles réduits. Un minibus gris acier, un amas de tôles qui file à la surface comme la tourelle émergée d'un submersible, vient droit sur Anna. Elle ne voit plus que lui. Il emplit son champ de vision, occulte le ciel, les arbres, les bâtiments. Porté par la vague, il va l'écraser, l'aplatir contre la rampe en ciment.

Elle ferme les yeux. Un sursis d'une poignée de secondes, avant la fin.

Le niveau de l'eau monte brutalement d'un cran. Anna sent la vague la soulever de plusieurs mètres. Elle est projetée de l'autre côté de la rampe d'accès. Le minibus et d'autres véhicules s'écrasent sur le béton dans un fracas de tôles broyées. La montagne liquide charrie d'invraisemblables débris : chaises, frigidaires, lits, télévisions. Anna a à peine le temps d'avaler une goulée d'air, le courant l'attire vers le fond, la coince sous un tronc d'arbre. Une nouvelle vague, la troisième, la délivre. Elle est refoulée à hauteur de la cime des cocotiers. Épuisée, au bord de la noyade, elle se cramponne à un bidon métallique qui passe devant elle.

Le niveau des eaux s'est stabilisé. Pas un vrai répit. Plutôt le calme au milieu de la tempête. Anna ignore si elle va vivre ou mourir. Elle attend, comme on attend l'inéluctable. L'esprit vide.

D'un coup, c'est le silence. Angoissant. Si angoissant que l'air paraît se solidifier. Cela dure quelques secondes. Puis le cri d'un oiseau traverse le ciel d'un bout à l'autre, et le reflux s'amorce.

Anna est aspirée vers le bas. L'obscurité pèse. Aussi opaque qu'un linceul. Des formes se déplacent à la limite de son champ de vision. Anna demeure plaquée au fond, incapable de remonter. Une douleur sourde bat dans son crâne. Des taches lumineuses marbrent l'obscurité. Elle est en train de s'asphyxier.

La main monstrueuse qui la retient prisonnière la relâche. Elle remonte. La surface est juste au-dessus d'elle. Un rectangle éclatant de lumière bleutée. Anna émerge, aspire une énorme goulée d'air.

Le flot de sable et de boue l'entraîne. Elle nage, essaie de se servir de la force du courant pour rejoindre le pont piéton en ciment qui relie la réception au parking. Si elle parvient à s'accrocher à la rambarde, elle a une chance d'en réchapper.

Elle aperçoit une silhouette sur le tablier. Un homme lui fait signe.

Le pont n'est plus qu'à deux mètres. Les piles défilent devant les yeux d'Anna. Lancée à toute vitesse, elle n'arrive pas à se rapprocher, à empoigner la rambarde. Une ombre masque le soleil. L'homme qu'elle a aperçu court pour se maintenir à sa hauteur. Il hurle, cherche à dominer le grondement des eaux.

Le tablier vibre sous les remous. La mer se retire, bouillonne de fureur. Les vitres de l'hôtel explosent, les murs s'effondrent, les arbres plient avant d'être arrachés. Le reflux emporte tout, les portes des chambres, les matelas, les corps des clients de l'hôtel, ceux des employés. Des dizaines de corps…

Soudain, Anna voit la palme que l'homme lui tend. Elle l'agrippe au passage. Aveuglée, à bout de force, elle est incapable de se hisser. L'homme tire pour l'arracher à l'immense tourbillon. Dans un effort démesuré, elle parvient à tendre le bras. L'homme se penche, lui saisit le poignet, la remonte d'une traction.

Il l'abandonne sur le pont, repart en courant vers la réception de l'hôtel, le point le plus haut, celui où les rescapés se regroupent.

Brisée, anéantie, Anna est en pleurs. Elle n'a pas le temps de se laisser aller. Les flots couleur de terre donnent l'impression d'un fleuve en crue. Leur niveau monte, recouvre le tablier, ne lui accordant aucun répit. Elle se relève. Un arbre lancé à toute vitesse manque de lui briser les jambes. Elle l'évite de justesse. S'accrochant à la balustrade, elle avance vers la réception. Elle est à bout de force. À bout de souffle. À bout de tout. Seule l'image de Céline qui se surimpose à ce cauchemar, la soutient. Elle va revoir sa fille.

Peu à peu, le niveau des eaux baisse. Bientôt, il lui arrive aux genoux, et sans même s'en rendre compte, Anna se retrouve au sec.

Choqués, hébétés, une cinquantaine de survivants se tiennent devant la réception de l'hôtel. Certains veulent partir à la recherche d'un membre de leur famille, d'un ami. D'autres ont essayé de rejoindre le *Kid's Club*. C'est trop dangereux. Il faut attendre que la mer se soit complètement retirée. Les rescapés continuent d'affluer. Bientôt, ils sont une centaine. Des clients, des employés de l'hôtel, à peine une demi-douzaine d'enfants.

Anna essaye d'identifier l'homme qui l'a sauvée. Où est-il ? Qui est-il ?

Il a disparu.

La confusion et la peur bouleversent les esprits. Une femme se met à hurler, en désignant du doigt l'horizon. Une barre d'écume se forme. Peut-être une nouvelle vague. Elle risque d'être plus haute encore.

Impossible de rester là. Il faut fuir.

Trois heures plus tard, les premiers hélicoptères tournoient dans le ciel. L'armée thaïe évacue les réfugiés vers l'intérieur des terres, à l'hôpital de Takua Pa. Tout au long de l'après-midi, les blessés s'accumulent. Faute de lits, on les allonge dans la boue et le sang.

Anna passe la nuit au milieu des gémissements. Les médecins travaillent sans relâche, elle fait de son mieux pour aider. Dès l'aube, elle mettra tout en oeuvre pour retrouver Éric.

Le lendemain, les cadavres s'alignent partout. Il y en a dans les chambres, dans les couloirs, à l'extérieur de l'hôpital. Des centaines de cadavres. Des Thaïs pour la plupart.

Quelques survivants examinent les corps avec l'espoir de n'en reconnaître aucun. D'autres, désemparés, incapables du même courage, tournent en rond. Tous ont perdu quelqu'un.

Anna, l'estomac au bord des lèvres, un foulard sur le visage à cause de l'odeur, soulève les draps, passe d'un corps à l'autre. Éric, Benoît et sa femme ne sont pas parmi les morts. Enfin, pas parmi ceux-là. Elle voudrait pleurer. Les larmes refusent de sortir. Autour, c'est l'enfer. Le chaos. Le lendemain d'une bataille, d'un gigantesque carnage. Quelqu'un lui tend un téléphone portable pour qu'elle puisse donner de ses nouvelles en France. Elle ne se souvient plus du numéro de Chamonix. Elle ne se souvient d'aucun numéro. Pas même du sien.

Anna se retrouve à l'Hôtel de Ville de Phuket transformé en centre d'accueil. Un fonctionnaire de l'ambassade de France débarque avec une liste de noms : celui d'Éric, le sien, ceux de Benoît et de sa femme, et d'autres, venus passer les fêtes de fin d'année dans les îles de la mer d'Andaman. Pas de nouvelles d'Éric, mais Anna s'effondre en apprenant que Benoît et sa femme ont péri noyé dans leur chambre.

Le jour suivant, le temps reste splendide. Le ciel est d'un bleu paradisiaque. Les rescapés continuent d'arriver au Centre. De moins en moins nombreux cependant.

Anna commence à perdre espoir. Des dizaines de survivants sont dans le même cas. Un parent, un ami cher manquent à l'appel. Anxieux, hagards, ils attendent qu'on leur annonce la terrible nouvelle en priant pour qu'un miracle s'accomplisse. Parmi les rescapés, Anna reconnaît l'homme qui occupait avec sa famille la chambre voisine de la leur. C'est lui qu'elle a vu courir sur la galerie extérieure avec sa femme et ses trois enfants. Éric les précédait.

L'homme ne sait rien. Il était le dernier à grimper à l'échelle métallique qui conduisait au toit. La vague l'a rejoint, elle l'a happé comme un animal affamé pour le recracher plus haut, dans la colline. Il s'en est sorti. Il cherche désespérément sa famille, il est sans nouvelles. Le 29 décembre, deux employés de l'UBS débarquent pour s'occuper du rapatriement des corps de Benoît et de sa femme. Ils font sans succès le tour des temples, des hôpitaux de l'île. Le corps d'Éric demeure introuvable. Sur le grand tableau du centre d'accueil, la liste avec les noms des morts identifiés s'allonge. Le 30 décembre, avant qu'elle ne regagne Bangkok, Anna la consulte une dernière fois. Les noms de deux des enfants de son voisin ont été rajoutés.

Celui d'Éric n'y figure toujours pas. Wölk, le président de l'UBS, a fait le voyage depuis Zurich. Il attend Anna à Bangkok, à l'hôtel Marriott. Ensemble, ils se rendent dans les centres d'accueil qui hébergent des rescapés. Sans résultat. À Phuket, la mer continue de rejeter des corps, des dizaines de corps. Elle en garde des centaines. Anna, elle, reprend l'avion pour Paris le 2 janvier. En France, il neige.

6

Nanterre 2005

Dernière semaine du mois de mars. Cinq heures du matin. Les rues sont vides, les cafés fermés. Tout est désert, irréel. Des façades sombres. Bientôt, l'aube blanchira l'horizon.

Un immeuble éclairé. Le siège de la Direction centrale de la Police judiciaire, la DCPJ. Dans les étages, une pièce de cinquante mètres carrés. Au centre : les bureaux des opérateurs, une vingtaine au total, avec leurs téléphones. C'est le QG du dispositif alerte enlèvement de la police nationale. Au fond d'un couloir, dans un bureau, un homme est penché sur l'écran d'un ordinateur. Une simple lampe éclaire son poste de travail. Une fenêtre éclairée, perdue dans la nuit.

Rohmer tape sur son clavier avec deux doigts, mais sans hésitation. À sa demande, il est devenu « Monsieur Enlèvement », en charge de l'O.C.D.I.P, l'Office central chargé des disparitions inquiétantes de personnes, une division de la Direction centrale de la Police judiciaire.

Quelier, son seul ami, est décédé en février d'un cancer du pancréas. Rohmer lui a souvent rendu visite à l'hôpital. Une semaine avant sa mort, le journaliste lui a arraché une promesse. Rohmer l'a tenue. Le poste qu'il a obtenu à la tête de l'O.C.D.I.P. va lui permettre de suivre le dossier Eymard.

Inculpé d'enlèvements et de meurtre, l'entrepreneur attend la fin de son instruction à la prison Saint Joseph de Lyon.

« Combien vaut la libération d'un innocent ? » lui avait demandé Quelier.

Le journaliste était méconnaissable. Sous morphine, il n'était lucide qu'une à deux heures par jour. Rohmer n'avait pas su quoi répondre. Quelier lui avait saisi la main, l'avait serrée. Les deux hommes s'étaient regardés. Quelier ne se faisait aucune illusion sur ses chances de s'en sortir.

« Avec tes états de service, on te donnera le poste que tu demandes, avait-il ajouté. Je veux partir en sachant que derrière moi tu feras tout pour rendre justice à ces deux gamines. Ils n'ont pas le bon type, Raphaël, Eymard est hors du coup. »

Certaines responsabilités ne se choisissent pas, on les accepte sans réserve.

*

Rohmer n'a pas vraiment de vie personnelle, mais il n'a pas toujours vécu comme ça. Il s'est marié, pour divorcer deux ans plus tard. La blessure a mis du temps à se cicatriser, pourtant il n'éprouve aucune amertume. Son ex-femme Léa est l'avocate d'une grande marque de bijoux. Elle voyageait souvent, lui de son côté n'avait pas vraiment d'horaires. Leurs professions les ont séparés avant qu'ils aient un enfant.

Léa, c'est le seul véritable amour que Rohmer ait connu. Depuis, ce sont des aventures plus ou moins brèves avec des femmes seules ou divorcées qui, comme lui, préservent leur indépendance. Alors, son temps vaut bien la libération d'un innocent et l'arrestation du vrai coupable.

7

Deux mois après son retour à Paris, Anna reprend son travail. Il lui offre le refuge qu'elle espérait. L'attitude chaleureuse de ses collègues, leur compassion, sont un vrai réconfort. Anna retrouve l'ambiance de la cafète, le goût de la plaisanterie, et Stéphanie, avec qui elle partage son bureau et des petits bonheurs, comme la tasse de thé à la cannelle tous les après-midi.

Stéphanie a 29 ans. Une fille tout en longueur. Des yeux clairs, une coiffure à la Meredith Grey. Elle est divorcée et sans enfant. Son ex-mari l'a laissée tomber pour sa meilleure amie avant de se faire larguer à son tour. Bien fait ! Jubile Stéphanie avec un sourire ravi.

Elle est persuadée qu'un ange gardien se tient aux côtés d'Anna.

« On n'échappe pas deux fois à la mort sans une sérieuse protection ! » lui a-t-elle dit.

Un ange gardien ?

Anna n'y croit pas vraiment, mais c'est plutôt rassurant d'imaginer qu'il y en a peut-être un qui veille sur elle. Et sur sa fille.

Plus que jamais, Céline représente le centre de son univers, sa préoccupation, sa joie et ses espoirs. Sans sa fille, Anna n'aurait jamais tenu le coup. Elles dépendent l'une de l'autre. Étroitement.

Anna est déterminée à remonter la pente, à s'épanouir dans son travail. Elle n'envisage pas de faire entrer un homme dans sa vie, elle n'est pas prête à tomber amoureuse. La disparition d'Éric pèse sur sa conscience, elle se sent coupable de ne pas avoir insisté pour le réveiller, ce matin du 26 décembre…

*

En mars, Anna est heureuse de s'occuper d'une exposition au Grand Palais, celle du peintre italien *Caravaggio*. La contemplation du génie la revigore, elle s'estime prête à affronter de nouveau la vie.

Elle pensait avoir surmonté le choc de cette journée du 26 décembre, mais contre toute attente ses malaises ont repris au mois d'avril. Ce n'est plus une sensation d'étouffement, un goût de mort imminente, qui la prennent par surprise ; Anna ressent une douleur paralysante au bras gauche, accompagnée de maux de tête.

Les crises surviennent dans le métro, l'ascenseur, au volant de sa voiture. La nuit, quelque chose semble la poursuivre dans son sommeil, quelque chose qui la réveille brutalement. Jamais à la même heure. Lorsqu'elle ouvre les yeux, Anna ne reconnaît ni le lit ni la chambre dans laquelle elle se réveille.

Est-elle chez Anne Laure à Saint-Brieuc ?

À Phuket dans cet hôtel au bord de la plage ?

Il lui faut une longue minute pour réaliser qu'elle se trouve à Suresnes, que la place à côté d'elle est vide.

Ces malaises la déstabilisent. Elle les endure un moment puis, à bout, se résigne à consulter un médecin.

Après une série d'examens qui se révèlent négatifs, Anna se rend à la consultation privée d'un des psychiatres qui les a accueillis à Roissy, elle et les autres rescapés. Il appartenait à la cellule de soutien psychologique mise en place par le gouvernement.

Il s'agit d'une névrose post-traumatique classique, lui annonce-t-il. Anna apprend qu'une partie d'elle-même s'est figée, qu'elle a dressé un écran pour ne plus voir certaines images douloureuses : le visage de sa fille quand elle a appris la disparition de son père, les centaines de cadavres alignés devant l'hôpital de Takua Pa, le *Kid's Club* de l'hôtel, cette famille qui cherchait à gagner le toit de l'annexe, et Éric, dont le corps n'a pas été retrouvé comme celui de centaines de victimes...

L'écran protecteur s'est déchiré. Anna réagit maintenant à un énorme sentiment de culpabilité. Ses malaises ne sont que des leurres destinés à détourner son esprit de la vraie souffrance. Il lui prescrit des antidépresseurs, des anxiolytiques, un arrêt de travail. Elle a aussi besoin d'une psychothérapie.

Elle n'est pas convaincue par le diagnostic. Elle ne se sent pas atteinte du syndrome propre à ce genre de névrose : le syndrome de répétition. Elle ne rêve pas systématiquement de la disparition d'Éric, pas plus qu'elle ne revit la catastrophe à l'état de veille. Elle y songe, bien sûr. Comment oublier ! Mais pas de manière obsessionnelle.

Au fil des séances, le psychothérapeute refuse d'envisager une autre cause que celle du traumatisme enduré. Le cas d'Anna est classique, elle souffre du complexe du survivant. Pas question pour l'instant qu'elle retourne à ses activités professionnelles, une dépression pourrait surgir à la moindre contrariété, au moindre surmenage. Anna est vulnérable, elle doit d'abord réapprendre à vivre avec elle-même avant de laisser les autres interférer dans sa propre existence.

Anna n'ose pas lui parler de ses prémonitions. Ses malaises, elle en a le sentiment, cachent autre chose. Sa voix intérieure lui souffle qu'il s'agit des signes avant-coureurs d'une catastrophe qui peut surgir à n'importe quel moment.

8

Céline lève les yeux vers le miroir de la salle de bains et sourit. La fille dans la glace lui rend son sourire, puis ramène ses cheveux en arrière en les coinçant derrière les oreilles. Elles sont moins décollées qu'hier, constate Céline. Ses yeux ne sont pas si rapprochés que ça après tout, quant à sa bouche, elle est loin d'être aussi grande que la semaine passée.

Ce mercredi matin, c'est une Céline différente qui apparaît dans le miroir.

Après la mort de son père, elle a eu des difficultés à accepter sa propre image. Sa mère lui répétait qu'elle avait de magnifiques yeux en amande, mais Céline les trouvait petits et bien trop rapprochés. Sa bouche, en revanche, semblait trop large, son nez pas assez droit. Le pire, c'étaient ses oreilles : elles étaient décollées, comme celles d'un jeune éléphant. Et puis, elle n'arrivait plus à se concentrer, surtout en classe. Le maître, elle avait un maître cette année, ne parlait que de choses sans intérêt.

Ses notes du trimestre s'en étaient ressenties. Sa mère s'était inquiétée. Céline présente un déficit d'attention, avait expliqué la directrice. Anna l'avait emmenée voir un psychologue pour enfants, Claire, une jeune femme avec qui Céline s'était bien entendue. Elles avaient parlé. À présent, Céline comprenait qu'elle n'était pour rien dans la mort de son père, que personne n'avait cherché à la punir en le lui enlevant. Elle avait souffert évidemment, elle souffrait encore, mais elle devait continuer à vivre. Il y avait une place pour chacun d'entre nous dans ce monde. Quand à ton visage lui avait expliqué Claire, tu n'as que celui-là et il est plutôt joli. Alors autant l'accepter. On peut choisir ses amis, mais on ne peut pas se choisir soi-même.

- Céline ?

Céline regarde sa montre. Il est presque 11 h. Anna est à la maison, en arrêt de travail.

« Je suis sûre qu'elle va me demander d'aller chercher le courrier », glisse-t-elle à la fille dans le miroir.

- Oui, maman.

- Tu peux descendre voir si le facteur est passé, s'il te plaît.

Pas mécontente de son physique, Céline s'adresse une révérence. L'instant d'après, elle est dans le couloir, devant la porte de l'ascenseur.

« Non, finalement je préfère l'escalier », décide-t-elle.

Parvenue au rez-de-chaussée, elle est envahie par un sentiment étrange : depuis la mort de son père, elle a perdu sa petite vie tranquille, mais ce matin, c'est comme si un coup de baguette magique venait de la lui rendre. C'est mercredi, ce qui explique peut-être pourquoi elle se sent si légère.

Le facteur est passé. La boîte contient une enveloppe marron adressée à Anna, et une carte postale avec la photo d'une île.

Céline retourne la carte. Les timbres lui sont inconnus. Son coeur se met à battre plus fort en lisant le nom du destinataire :

Céline Jannin, 178 boulevard de la République, Suresnes, 92150.

« *Ma chérie,*

Nous te souhaitons un merveilleux Noël et nous t'embrassons très fort. La plage où nous nous trouvons se trouve en bas de l'île. La deuxième en partant de la gauche. Tu nous vois ? À très bientôt. Papa et Maman. »

Céline reconnaît l'écriture de sa mère. Elle a aussi signé pour son père. D'un coup, elle est triste. La carte a mis plusieurs mois à lui parvenir, sûrement à cause de la catastrophe qui a eu lieu là-bas. Elle lui fait plaisir, mais elle lui rappelle en même temps de mauvais souvenirs.

Céline commençait à peine à oublier que ce Noël avait été le plus terrible de son existence. Cela ne faisait pas si longtemps que son père était mort, qu'il n'était plus à la maison, et elle ne savait pas s'il lui manquait vraiment. Il n'avait jamais été beaucoup là, et elle s'était toujours sentie plus proche de sa mère et de mamie Nicole. Céline aimait son père, bien évidemment, mais il n'avait jamais le temps de l'écouter, de s'intéresser à ce qu'elle faisait. Sauf quand ils allaient à Chamonix. Le reste du temps, il partait en voyage, et quand il était à Paris, il rentrait tard, fatigué et nerveux.

Et puis, ces deux dernières années, ça n'allait pas très fort entre ses parents. Elle avait remarqué qu'ils ne s'embrassaient plus le matin en partant au travail ; en parlant d'Anna, Éric ne disait plus à Céline « maman », mais « ta mère ». Anna faisait de même, c'était « ton père » et pas « papa ».

Céline regarde attentivement la carte postale. La mer a l'air si calme, si bleue. Quelque part dans ce bleu son père a disparu, avec des centaines d'autres personnes.

Céline va dans une école catholique. On lui a appris qu'il existait une vie après la mort, un lieu que Jésus (par sa résurrection) a préparé, un lieu d'où on ne revient jamais parce qu'on ne veut pas en revenir. Ça s'appelle le Paradis.

Peut-être que son père y est. Parfois, Céline a l'impression qu'il la surveille, qu'il est tout près.

Elle glisse la carte postale dans sa poche et remonte chez elle. Par l'ascenseur cette fois.

Anna est assise dans la cuisine, devant une tasse de thé. Céline l'embrasse et pose l'enveloppe marron sur la table. Anna se contente d'y jeter un regard distrait.

Céline sent la carte postale dans sa poche, et ce que lui a dit Laurence, sa psychologue, lui revient à l'esprit :

« Si quelque chose te trouble, tu en parles, Céline, tu ne le gardes pas pour toi. »

- Maman, est-ce que tout le monde a un ange gardien ?

Sa mère paraît pensive. Céline n'est pas certaine qu'elle cherche la réponse à sa question. Elle la répète. Anna lève enfin les yeux.

- Je suppose, mon trésor. Pourquoi me demandes-tu ça ?

- Parce qu'en éducation religieuse on nous a dit que tout le monde avait un ange gardien. Si papa en avait un, pourquoi il ne l'a pas sauvé comme le tien l'a fait ?

Une ombre passe sur le visage de sa mère qui demeure silencieuse. Cette fois, Céline voit bien qu'elle cherche une explication. Elle a pris la tasse de thé entre ses paumes, comme pour les réchauffer.

- D'abord, ce n'est pas un ange gardien qui m'a sauvée, Céline, c'est un homme.

Sa mère ne lui a jamais raconté en détail son sauvetage, Céline voudrait des précisions.

- Je ne l'ai jamais revu, conclut Anna. Il a disparu juste après m'avoir hissée sur le pont.

- Si tu le rencontrais, tu pourrais le reconnaître ?

Anna ferme un instant les yeux.

-Franchement non, ma chérie. Plus aujourd'hui. Tout s'est passé tellement vite. Je n'ai vu qu'une silhouette à contre-jour.

- Donc, c'était peut-être ton ange gardien.

-Peut-être, dit Anna en esquissant un sourire. J'ai répondu à ta question ?

Céline fait la moue. Sa mère, au fond, ne sait pas vraiment qui l'a sauvée.

-Et moi, demande-t-elle. Qui me protègera si je suis en danger ?

-Ce n'est pas le genre de questions que je me posais quand j'avais ton âge, réplique Anna.

Céline n'est pas d'accord, c'est justement le genre de questions que tout le monde doit se poser, parce que personne ne peut savoir à l'avance ce genre de choses. Ses parents sont partis sur une île entourée d'une mer qui fait rêver, une vague énorme a surgi, et le rêve s'est terminé en pleurs.

Sa mère pose sa tasse et l'oblige à s'asseoir. Céline comprend que c'est sérieux.

-Pourquoi veux-tu être en danger ?

Maintenant, c'est à Céline de trouver une réponse. Oh, elle n'a pas à inventer une histoire impossible, il suffit de regarder la télévision pour savoir que le monde est dangereux. Même pour les filles de son âge.

- Quelqu'un pourrait m'enlever, comme la petite fille qui a été enlevée à Noël et qu'on a trouvée morte.

Anna l'a prise dans ses bras. Céline se sent un peu étouffée, mais elle aime bien quand sa mère la serre de cette façon. Elle a le sentiment que rien de mal ne peut lui arriver.

- Personne ne t'enlèvera. Tu as un ange gardien et il te protégera toujours !

Céline se dit qu'elle va enfin obtenir une réponse claire à ce qui la préoccupe.

- Et c'est qui mon ange gardien ? demande-t-elle.

- Moi, fait Anna, l'embrassant bruyamment sur les deux joues. Maintenant, fais ton lit et range ta chambre, on va au bois profiter du soleil.

Une fois seule, Anna termine son thé, lave sa tasse et la soucoupe et les range dans l'égouttoir. Elle s'essuie les mains, ouvre l'enveloppe marron que Céline a posée sur la table.

Elle contient un paquet de lettres adressées à Éric à l'agence UBS de Paris. La banque les lui a réexpédiées. Anna les ouvre.

Ce sont essentiellement des offres commerciales venant de Thaïlande, des réponses à des demandes qu'Éric a faites l'année passée. L'une vient d'un grand hôpital de Bangkok et concerne des implants capillaires ; un club de gym, toujours à Bangkok, lui propose un membership à vie ; plusieurs agences immobilières offrent leurs services pour trouver l'appartement de ses rêves dans la capitale thaïlandaise.

L'une des lettres a été postée à Paris. Elle porte l'en-tête d'une agence de la banque HSBC, place de la Madeleine.

Anna croyait être sortie des ennuis, mais en la lisant, la certitude qu'elle plonge dans un nouveau cauchemar s'empare d'elle.

Éric lui a fait des cachotteries, un secret qui risque bien de se révéler empoisonné.

9

L'estomac noué, mais décidée à en avoir le coeur net, Anna se rend le lendemain à l'agence de la HSBC. Elle est reçue dans une petite salle de réunion. Mobilier fonctionnel et élégant, couleurs agréables ; des tons chaleureux, rassurants, qui semblent dire « ici vous êtes dans la bonne banque, la banque des gagnants. »

Avec une expression désolée, un conseiller financier lui résume la situation : Éric a ouvert un compte dans cette agence et déposé une grosse somme. Il a également donné un ordre de virement mensuel automatique. Le compte est presque vide. La banque demande de nouvelles instructions.

Ce qu'Anna veut savoir, c'est le montant du prélèvement mensuel et le nom du bénéficiaire des virements.

L'homme tique. La banque est tenue par le secret, ce genre de renseignements est confidentiel.

Le corps d'Éric n'ayant pas été retrouvé, Anna a dû déposer une requête auprès du tribunal de grande instance pour obtenir le certificat de décès. Deux mois de démarches. Elle ouvre son sac, tend le document au conseiller. Il le lit, hoche la tête et le lui rend.

Il compatit, mais Anna n'ayant pas procuration sur le compte de son mari, il faut une décision de justice pour qu'elle obtienne un relevé des opérations. C'est la loi.

Anna argumente. Si son mari a pris des engagements vis-à-vis d'un tiers, le paiement d'une dette par exemple, elle doit savoir de quoi il retourne. Elle est débitrice de ses dettes, c'est aussi la loi.

Le conseiller se laisse fléchir. Anna s'est préparée au pire, mais la réponse la percute avec une rare violence : Éric a déposé dix mille euros sur ce compte, et demandé d'en virer six cents tous les mois sur une banque de Bangkok. Le compte n'est pas à son nom.

–Un compte société ou un compte de particulier ? demande Anna.

Le conseiller financier paraît gêné par la question.

Elle insiste. C'est sa dernière demande.

–Un compte de particulier, répond-il fuyant son regard. Un nom thaï.

En sortant de l'agence, Anna est groggy. Ses oreilles bourdonnent. Le sang lui bat les tempes. Elle étouffe. De consternation, de rage aussi. Éric avait un compte bancaire dont il ne lui a jamais parlé, un compte où il versait probablement ses primes, ses compléments de salaires, un compte dont il s'est servi pour envoyer de l'argent en Thaïlande, pendant quinze mois.

Éric s'était rendu huit fois en Thaïlande, des séjours de deux semaines minimum. À qui envoyait-il cet argent ?

Anna en a la nausée. Pas besoin de beaucoup d'imagination pour remplir les blancs. Au cours de son premier voyage, Éric avait probablement rencontré quelqu'un, une fille qui s'inclinait les mains jointes en faisant ses quatre volontés, pour six cents euros par mois.

Anna maudit sa lâcheté. Elle aurait dû quitter Éric au moment où leur mariage n'était plus qu'un mensonge. Mais il y a Céline.

Hébétée, Anna s'est mise à marcher au hasard. Elle commence à croire à la fatalité, cette force inéluctable capable de transformer certaines vies en enfer.

Comment justifier ce qui lui tombe sur la tête depuis six mois ? Son mari a disparu lors d'un cataclysme naturel qui ne se produit qu'une fois par siècle, leur assurance vie exclut les raz-de-marée et autres catastrophes naturelles, et pour couronner le tout, Éric la trompait avec une femme qui devait avoir la moitié de son âge.

La totale !

La loi de la tartine beurrée, aurait dit Stéphanie. Elle tombe toujours du côté où le beurre est étalé.

Les implants capillaires, la salle de gym, l'appartement de « rêve », la petite amie exotique, les éléments s'emboîtaient : la *middle-life crisis*, Éric n'y avait pas échappé.

Perdue dans ses réflexions, Anna a tourné en rond. Elle se retrouve quasiment à son point de départ, devant le Café de la Paix. Sa voiture est garée dans un parking souterrain proche de la rue des Pyramides. Il faut redescendre l'avenue de l'Opéra.

Elle est lasse, épuisée, à bout de nerfs. Le sort s'acharne sur elle comme s'il avait un compte personnel à régler. Son moral, son amour-propre ont pris un sérieux coup.

Cette journée est à marquer d'une pierre noire, mais Anna doit prendre rapidement des décisions. À Paris, les loyers sont trop élevés pour un seul salaire, il faut qu'elle demande sa mutation en province, en priant pour qu'un poste équivalent au sien soit disponible. Elle inscrira Céline dans une école publique, les privées coûtent trop cher.

Les larmes lui montent aux yeux. Anna lutte pour les refouler. Elle ne voit pas la fin de ses ennuis, mais elle doit se concentrer sur le bon côté des choses : sa fille a retrouvé son équilibre, elle-même s'est sortie d'une catastrophe où des milliers d'autres ont péri.

Plaie d'argent n'est pas mortelle, lui répétait sa grand-mère, qui l'avait recueillie à la mort de ses parents.

Restent les blessures d'orgueil, que le temps finira par cicatriser.

Au bout du tunnel, la lumière brille. Anna veut y croire. Stéphanie a peut-être raison lorsqu'elle évoque la protection d'un ange gardien. Au moment décisif, celui où elle était sur le point d'être entraînée au large, la « providence » a surgi, un homme l'a sauvée d'une mort certaine en la hissant sur le pont. Un vrai miracle.

Les évènements la malmènent, elle se laissera porter sans résistance en gardant la tête hors de l'eau, comme à Phuket.

Anna est entrée dans un *Starbucks* dont les vitrines donnent sur l'avenue de l'Opéra. Elle commande un cappuccino, et son plateau à la main va s'asseoir près d'une fenêtre pour retrouver son calme.

Il est presque midi. Le flot des passants s'est mis à gonfler. Les nuages s'écartent. Un rayon de soleil éclaire les vitrines de luxe, les carrosseries, les chromes des voitures. Au bout d'un moment, Anna se rend compte qu'elle suit du regard les Mercedes et les BMW qui passent sur l'avenue. Les carrosseries étincelantes, les intérieurs qui sentent le cuir neuf, symbolisent une autre vie dans un autre monde.

Que font ces gens pour gagner autant d'argent ? se demande-t-elle.

Elle regarde son reflet dans la vitre, secoue la tête. Décidément, ça ne va pas du tout. C'est la première fois que ce genre de réflexion lui vient à l'esprit. C'est aussi la première fois qu'elle a un tel besoin d'argent. Devoir bousculer Céline dans ses habitudes alors qu'elle est encore fragile, lui est insupportable.

L'heure du déjeuner approche, la salle se remplit. Anna décide de s'en aller. Il est temps d'aller récupérer sa Mégane.

Elle marche la tête basse vers le parking où elle s'est garée. Brusquement, elle s'arrête. Une femme au visage prématurément vieilli lui barre le passage. Une femme en noir, chemisier et longue jupe frôlant le sol. Sa chevelure, aussi sombre qu'une aile de corbeau, tombe en vagues sur ses épaules. Un crucifix d'argent brille sur sa poitrine.

Avant qu'Anna n'ait le temps de réagir, la femme s'est emparée de sa main gauche. Elle la retourne, paume vers le ciel.

- Tu veux savoir pour l'amour ou pour l'argent ? dit-elle en souriant.

C'est une bohémienne qui prédit l'avenir en accostant les passants. Anna n'est pas d'humeur à écouter des élucubrations, d'ailleurs elle ne croit pas aux prédictions.

La gitane scrute sa paume en fronçant les sourcils. Ce qu'elle y lit semble l'alarmer au plus haut point.

Anna n'est pas dupe. Cet air inquiet propre à angoisser le client a pour but de le pousser à poser des questions.

D'un mouvement ferme, elle dégage sa main, secoue la tête.

Elle ne veut rien savoir. Ni pour l'amour ni pour l'argent.

Elle sait déjà !

La femme refuse de s'écarter, de la laisser passer. Elles se défient du regard. La lueur au fond des yeux de la bohémienne met Anna mal à l'aise. Après quelques secondes de cet échange silencieux, l'autre lui lance d'une voix agressive :

- Méfie-toi de l'eau ! Et de l'homme qui est près de toi. Il te veut du mal.

Elle lui tourne le dos sans rien ajouter, rejoint le jeune garçon qui l'attend à l'écart.

Anna est abasourdie. « Méfie-toi de l'eau ! » Elle a bien entendu. C'est à donner la chair de poule. Comment cette femme a-t-elle fait le rapprochement ? Anna sent poindre un malaise. Son bras gauche devient lourd. Une migraine s'amorce. Elle respire profondément. Un homme se tient près d'elle. Il lui veut du mal.

10

Dans les locaux de la DCPJ à Nanterre, Rohmer a simplement changé d'étage. C'est ici que se trouvent la Division nationale antiterroriste à laquelle il appartenait, et le siège de la brigade qu'il dirige, l'O.C.D.I.P. Un bureau plus grand. Une secrétaire. Plusieurs dizaines d'hommes sous ses ordres.

C'est là qu'il entend poursuivre ce qu'au ministère on appelle les « affaires non résolues judiciairement. »

Rohmer n'aime pas l'expression, il lui préfère celle de « tragédies inachevées ». C'est toujours le cas lorsqu'il s'agit de disparitions d'enfants, d'enlèvements auxquels il manque une conclusion. Le dernier acte en quelque sorte, celui qui permettra aux familles de tourner la page, d'en finir avec l'incertitude, qui ronge leurs vies comme un acide.

Ces tragédies sont rares, une par an, si l'on se réfère aux dix dernières années. Mais elles demeurent les plus marquantes, soit parce que l'enquête n'a pas permis de retrouver l'enfant, soit parce qu'il est question de meurtre, et que l'assassin n'a jamais été identifié.

Sur le bureau de Rohmer, se trouve une pile de dossiers. Chacun contient plusieurs CD, la compilation des procès-verbaux des enquêtes, de la paperasse qui atteint parfois plus d'un mètre de haut.

Le dossier d'Eva Skold est au sommet de la pile. Il appartient encore, pas pour longtemps, aux tragédies inachevées.

Celui de Camille Laurent n'en fait pas partie. Le corps de la victime a été retrouvé, l'affaire, instruite par le parquet de Lyon, est pratiquement bouclée. Le juge a la certitude de détenir le bon coupable, les preuves qu'il a réunies sont accablantes.

Mais Rohmer a découvert dans ces « preuves » une faille qui laisse planer un doute sérieux sur la culpabilité d'Eymard, l'entrepreneur de Bourg-en-Bresse.

Le 25 décembre, l'appel téléphonique que les gendarmes reçoivent les conduit au dépôt d'Eymard. Le témoin qui a prévenu la gendarmerie parlait d'une voix fébrile, sous le coup d'une forte émotion ou sous l'emprise de la boisson. Peut-être des deux.

En traversant la zone industrielle-est de Bourg-en-Bresse, le témoin dit être passé devant une fourgonnette Renault blanche garée près d'un dépôt. Un coup d'oeil machinal à son rétroviseur lui permet alors de surprendre une scène troublante : il voit un homme et une fillette jaillir de la fourgonnette et se précipiter à l'intérieur du dépôt. La fillette donne l'impression d'être entraînée de force, et le témoin, qui n'a pas son portable avec lui, se met en quête d'un téléphone. C'est d'une station-service qu'il appelle la gendarmerie. Il raconte à l'officier de garde ce qu'il a vu, donne l'emplacement du bâtiment, et coupe la communication avant de fournir son nom.

L'appel est tracé. Le pompiste de la station se souvient d'un automobiliste ayant passé un coup de téléphone aux alentours de 16 h. La description qu'il en donne est imprécise, inexploitable. Occupé à servir un autre client à ce moment-là, il n'a pas non plus fait attention à la marque, à la couleur de son véhicule. L'homme qui a alerté les gendarmes ne sera pas identifié.

Camille Laurent a été kidnappée près de son domicile, quatre jours plus tôt, le 21 décembre dans l'après-midi. L'enlèvement a été signalé tardivement parce que personne ne s'est aperçu de sa disparition. Lorsque Camille n'est pas rentrée chez elle à la tombée de la nuit, ses parents se sont dit qu'elle était probablement chez une amie, dans le même groupe d'immeubles. Un quartier de Lyon, tranquille. Calme. Les enfants ont toujours joué dehors. Jusqu'au 22 décembre.

Personne n'a revu Camille vivante après le 21. Sauf son meurtrier, son bourreau. Elle avait huit ans.

Le rapport de la gendarmerie fait une cinquantaine de pages. Il contient les observations des gendarmes sur l'état du dépôt d'Eymard, un inventaire détaillé de ce qu'ils y ont trouvé, et des clichés de la scène de crime.

Camille est allongée sur des sacs de ciment, la jupe remontée au-dessus des cuisses. Ses yeux, si lumineux sur les photos qu'ont fournies ses parents, ont perdu leur éclat. Écarquillés, exorbités, ils sont recouverts d'une taie laiteuse. Pour parfaire l'épouvantable tableau, ses mains sont jointes, dans une sorte d'ultime prière.

L'autopsie confirme qu'elle a été étranglée peu après l'heure où la gendarmerie a reçu l'appel du mystérieux automobiliste. Elle montre aussi que Camille a été violée à plusieurs reprises, mais pas le jour de sa mort.

Où l'a-t-on gardée prisonnière après son enlèvement ?

Pas dans le dépôt où on l'a découverte, affirment les experts, aucune trace d'un séjour prolongé de Camille n'a été relevée.

Eymard possède une fourgonnette Renault de couleur blanche. Sur la moquette arrière, des cheveux appartenant à Camille seront identifiés.

L'entrepreneur nie tout en bloc : l'enlèvement, le viol, le meurtre. Ce 25 décembre, après un déjeuner bien arrosé, sa femme était sortie rendre visite à une amie. Lui, s'était assoupi devant la télévision. Un coup de téléphone l'avait réveillé. Une partie de la toiture de son dépôt, lui apprenait-on, s'était effondrée la nuit précédente. Préoccupé, Eymard avait pris sa fourgonnette pour vérifier, un trajet de dix minutes depuis son domicile. En découvrant son bâtiment intact, soulagé, il était retourné à sa sieste.

L'heure de la disparition de Camille Laurent n'ayant pas été établie de façon précise, Eymard est sans alibi pour l'après-midi du 21 décembre. Il dit l'avoir passé sur les routes, entre ses différents chantiers. Les ouvriers de son entreprise l'ont décrit comme un homme bourru, mais un patron consciencieux, honnête, travailleur.

Le juge ne croit pas à l'innocence d'Eymard. Un psychologue rattaché à l'équipe technique de la gendarmerie se livre à une enquête sur la personnalité de l'entrepreneur. C'est à la mode, prescrit par la loi.

Mais des fuites se produisent. Des extraits de ce profil psychologique sont publiés par la presse.

« Daniel E., un homme inadapté, marié mais sans enfant, rusé mais d'intelligence moyenne. Personnalité primaire, mal structurée et très immature, affectivité pauvre, inhibée et fixée au stade égocentrique. Il présente des capacités relationnelles réduites, notamment face à la femme adulte. Il est instable et impulsif, et véhicule une problématique foncière de frustration. Le sujet est très refoulé aux plans fantasmatique et pulsionnel, notamment dans le domaine sexuel. Sa collection d'insectes épinglés dissimule un désordre mental. Ce genre de hobby, épingler des insectes, révèle en général l'existence d'un complexe d'Oedipe, la présence de violents désirs inassouvis chez ceux qui le pratiquent. Il est fréquent de trouver parmi eux des voyeurs, des déviants sexuels animés d'un désir malsain de contrôle et de possession. »

Plus de trente gendarmes fouillent le dépôt d'Eymard, juste après l'enlèvement du corps de Camille. Dans un bureau près de l'entrée, dont ils forcent la serrure, ils découvrent une cache dans le faux plafond. Elle contient deux albums de photos soigneusement enveloppés dans une feuille de plastique. L'un des albums est « dédié » à Camille Laurent, l'autre à la petite Skold. La feuille de plastique et les albums ne comportent aucune empreinte.

Eymard ne comprend pas comment ces albums ont atterri dans son bureau.

Pour le juge d'instruction, ces photos constituent des preuves accablantes, décisives, irréfutables. Eymard est l'auteur des clichés. Sous le siège avant de sa fourgonnette, on retrouve une sacoche contenant des gants en cuir usagés et un appareil photo Minolta équipé d'un téléobjectif.

Eymard a enlevé, violé et tué Camille Laurent. Il est également responsable de la disparition deux ans plus tôt d'Eva Skold.

La chape de béton qui forme le sol de son dépôt est démolie au marteau-piqueur à la demande du juge, dans l'espoir de mettre à jour le cadavre d'Eva. On fait venir des chiens, mais il n'y a rien sous la chape, pas les moindres ossements.

Où Eymard a-t-il gardé prisonnières les deux fillettes avant de les assassiner ? Dans un endroit qu'il refuse de dévoiler, décrètera le juge.

*

Rohmer, lui, n'est pas aussi catégorique que le parquet. Loin d'incriminer l'entrepreneur, les deux albums de photos posent le problème même de sa culpabilité. Moins à cause des photos qu'ils contiennent, que de celles qu'ils ne contiennent pas.

Pris au téléobjectif, les clichés prouvent que le meurtrier a photographié ses victimes avant de les enlever. Il conserve des souvenirs, se constitue une mémoire en archivant ses futures proies.

Pourquoi, une fois soumise à sa volonté, cesse-t-il de prendre ses victimes en photo ? Aucune épreuve de Camille ou Eva *après* leur enlèvement ne figure dans les albums.

Les photos de leur captivité, de leur asservissement, de leur viol et de leur meurtre, existent, Rohmer n'en doute pas une seule seconde, ce sont elles qui permettront à l'assassin de revivre ces moments. Elles représentent les pièces maîtresses de sa « collection », le combustible qui alimentera sa pulsion jusqu'à ce qu'il récidive.

Or, elles ne figurent dans aucun album.

En fait, elles sont introuvables.

La fouille au domicile d'Eymard, l'examen de son coffre à la banque n'ont rien donné.

Le raisonnement de Rohmer est simple :

1. si Eymard est coupable, pourquoi n'a t-il pas conservé *toutes* les photos dans les mêmes albums et au même endroit : la cache dans le faux plafond de son bureau ?

2. s'il n'est pas coupable, celui qui a placé les albums dans cette cache improvisée possède une excellente raison de ne pas y avoir ajouté les photos prises *après* les enlèvements. Elles ont été forcément réalisées là où il gardait ses victimes prisonnières, un endroit que la police pourrait identifier en analysant les clichés.

Rohmer sait qu'il n'est pas au bout de ses peines. À part espérer que le véritable coupable frappe à sa porte avec une confession signée, il ne voit pas comment il pourrait convaincre le juge de réorienter l'instruction.

« Je veux partir en sachant que derrière moi tu feras tout pour rendre justice à ces deux gamines. »

La voix de Quelier n'était qu'un souffle quand il exprimait cette dernière volonté.

Cette phrase, Rohmer l'entend toujours, comme si le journaliste la murmurait inlassablement à son oreille.

Rohmer a fait une promesse au seul ami qu'il n'ait jamais eu. Sur son lit de mort, il a donné sa parole. Il fera tout pour la tenir.

Devant lui, punaisées sur un carré de liège, les photos que Quelier lui a montrées la nuit du 26 remplacent celles de son bateau.

Camille Laurent, enlevée à Montchat le 21 décembre, retrouvée morte le jour de Noël.

Eva Skold, disparue deux ans plus tôt le 28 juin à Villars les Dombes.

Rohmer a pris le dossier Skold. Il sort les disquettes, six au total. Il en glisse une dans le lecteur de son ordinateur, se plonge une nouvelle fois dans le suivi de l'enquête.

Nous sommes le 22 mai. La nuit tombe.

Deux heures plus tard, Rohmer est toujours devant son écran. Il n'a pas avancé d'un pouce, mais l'intuition de Quelier était bonne, il n'en doute plus une seconde. Après avoir été si prudent en commettant son premier crime, l'assassin n'a pas pu se montrer totalement négligent au second.

11

À quatre cents kilomètres de Nanterre, ce 22 mai, la lune se lève sur la Dombes et ses mille étangs.

Deux ombres avancent le long d'un îlot. La plus proche de la berge s'arrête.

- Viens voir ! crie-t-elle.

L'autre, de l'eau jusqu'à la taille, la rejoint.

- Là !

Dans un rayon de lune, une forme bizarre émerge de la vase.

- Ne crie pas ! Souffle la plus grande des deux silhouettes. On va se faire repérer.

Une voiture vient de s'arrêter sur la route.

Les deux ombres attendent un moment. La route passe au pied de la forteresse de Bouligneux, sur la rive opposée.

Les frères Maurois : Christophe quinze ans, et Titou, son cadet, à peine douze, un garçon encore émotif. Ils braconnent le brochet dans un étang privé. Pas question de se faire surprendre.

La voiture est repartie. Quand ses feux arrière disparaissent dans la nuit, Christophe sort une lampe de poche.

- À côté de l'arbre, murmure Titou d'une voix tremblante.

Une nappe de brume flotte, donnant au paysage un aspect fantastique. Christophe braque sa torche sur une espèce de buisson. On dirait un amas de racines. Il s'approche, pas très rassuré.

Ce ne sont pas des racines, mais des côtes… La chose est hideuse, couverte de concrétions molles, de filaments blanchâtres, comme dans les films d'épouvante.

Le coeur de Titou résonne dans sa poitrine quand il rejoint son frère.

- C'est un cadavre ? demande-t-il.

- Sûrement un chien, répond Christophe. Mais il lui manque les pattes et la tête. On a dû les lui couper.

- Un gros chien alors, remarque Titou d'une voix inquiète.

Un oiseau passe comme une flèche. Le battement de ses ailes fait sursauter Titou. Un cri de frayeur s'étrangle dans sa gorge. L'envie de prendre ses jambes à son cou est irrésistible. Il empoigne son frère par le bras, mais Christophe se dégage.

- Qu'est-ce que tu fais ? Parvint à murmurer Titou. La pêche est foutue, les brochets ont dû manger de cette pourriture.

Christophe a ramassé son épuisette.

- Je cherche s'il n'y a pas autre chose. Rentre si tu veux.

À l'idée de retraverser seul le marais, Titou se résigne. Christophe lui tend la lampe, puis fouille la vase autour du cadavre, avant de déverser le contenu de l'épuisette sur la berge.

Titou pointe la lampe sur le paquet d'algues et de boue.

Soudain, il y a un reflet. Les deux frères cessent de respirer. Le faisceau lumineux vient d'accrocher quelque chose. Ils se penchent.

Un bout de métal qui ressemble à une grosse capsule de bouteille réfléchit la lumière. Titou réagit le premier, le dégage de la touffe d'algues.

- Putain ! Une montre ! s'écrie-t-il.

Il la rince, la frotte contre sa manche, puis la met sous la lampe.

Cassé au niveau d'une attache, le bracelet pend. Les aiguilles sont arrêtées, mais l'eau n'a pas pénétré à l'intérieur du cadran. Au centre, en relief, un personnage, une petite marionnette colorée, que le mécanisme des secondes doit animer.

Titou retourne la montre. Une inscription est gravée au dos du boîtier.

- Donne-la-moi ! dit Christophe.

Il contient mal son irritation. Titou se renfrogne, fait la sourde oreille.

- Donne-la-moi ! répète Christophe.

Titou paraît hésiter. Puis il fourre la montre dans sa poche et déclare l'air buté :

- C'est moi qu'ai trouvé le chien. Je la garde !

12

Il fallait qu'elle arrête de se torturer en cherchant à deviner ce que cachaient ses malaises.

Les antidépresseurs n'ont provoqué aucune amélioration, Anna a complètement écarté l'hypothèse d'une névrose post-traumatique.

Le psychiatre était à côté de la plaque. Son diagnostic à elle, c'est que son esprit l'avertit d'un danger.

Mais comment confier ce genre de certitude à un médecin ?

Anna s'est renseignée. Elle a lu dans une revue spécialisée que la conviction d'avoir des « prémonitions répétées » était une psychose qu'on associait parfois à une forme insidieuse de schizophrénie génératrice d'hallucinations.

Elle voit bien où tout ça risque de l'entraîner si elle s'aventure à en parler à un psychiatre : il lui prescrira encore plus de cachets.

« Tu ne souffres pas d'une névrose post-traumatique, se répète-t-elle, pour la simple raison que tes malaises ont commencé *avant* Phuket. Quant à la schizophrénie, insidieuse ou pas, d'abord tu n'hallucines pas, ensuite, pourquoi t'aurait-elle réveillée morte d'angoisse à 4 h 15 du matin des nuits durant, alors que c'est exactement l'heure à laquelle le tsunami t'a emportée ? »

Anna s'accroche à son instinct. Après trois mois de répit, ses malaises ont repris. Son inconscient, qui perçoit une nouvelle menace, lui transmet l'information. Ses troubles physiques sont comme une ampoule rouge qui se remet à clignoter pour signaler :

Attention ! Danger !

Elle a beau s'interroger sur la nature de ce danger, pas moyen de trouver un embryon de réponse. Elle avance dans l'inconnu.

En arrêt de travail, Anna attend chez elle le résultat de sa demande de mutation. Sans grand espoir. En principe, il n'y a pas de poste disponible en province, et pas de budget pour en créer un.

*

Céline déposée à l'école, une nouvelle journée de solitude s'étire devant elle. Anna se sent vaseuse, les paupières lourdes et la bouche pâteuse. Elle s'est réveillée vers trois heures du matin, tenaillée par une pensée venue juste avant qu'elle s'endorme, en relation avec son voyage en Thaïlande.

Perturbée, incapable de se souvenir de quoi il était question, elle a dû prendre des somnifères pour se rendormir.

Dans la salle de bains, Anna ouvre le robinet d'eau froide, s'asperge le visage. Le miroir lui renvoie une image floue, comme vue à travers un regard noyé de larmes. Traits fins, réguliers, pâleur de neige, cheveux sombres coupés courts. Depuis l'été de ses quatorze ans, Anna les garde de cette longueur.

Elle a perdu ses joues qu'elle trouvait trop rondes. Elle a maigri malgré l'antidépresseur dont l'un des effets secondaires est la prise de poids. Son expression s'est modifiée. Stéphanie lui trouve l'air plus volontaire.

73

Ces deux derniers jours, déprimée, Anna a passé son temps à circuler entre son lit et le canapé du salon, en se disant qu'au fond rien n'avait vraiment changé. Mêmes habitudes. Même sensation de piétiner dans sa propre existence. Même monotonie. Même décor. Mais sans l'Éric qu'elle connaissait.

L'Éric qui se renseignait sur les implants capillaires et les salles de gym de Bangkok, qui virait de l'argent en Thaïlande, ne la concerne pas. C'est pour une autre femme que son mari avait décidé de rajeunir. Sa volonté de s'installer en Bangkok, le fait de se dérober chaque fois qu'elle évoquait la perspective qu'ils y aillent tous les trois, ne surprend plus Anna.

Le plan d'Éric, c'était de se séparer d'elle, de la laisser tomber.

Elle était sur le point de se faire larguer. Comme Stéphanie.

Anna s'appuie contre le lavabo. Le sang bat dans son crâne comme un tambour de guerre. En douce, Éric se préparait une autre vie. Le hasard en a décidé autrement. Il est mort avant de mettre son plan à exécution.

Hasard ou justice immanente ?

« Tu bénéficies d'une protection, Anna. Alors, c'est quoi à ton avis ? »

Stop ! Elle refuse de se laisser entraîner dans ce délire. C'est du Stéphanie à l'état pur.

Anna scrute son image dans le miroir. Quelle impression d'elle-même les autres perçoivent-ils. Est-elle à ce point naïve pour n'avoir rien deviné de ce qui se tramait ? Dans quelle catégorie Éric la rangeait-il ? Que lisait-il inscrit sur son front : conne ou tarée ?

Les deux, ma petite, murmure-t-elle en soupirant. Les deux.

Elle ne va pas se prendre la tête avec cette histoire de tromperie, ni s'apitoyer sur son sort. Inutile d'en rajouter.

Elle sursaute. Son téléphone portable s'est mis à sonner. Qui l'appelle à neuf heures du matin ?

L'appareil est dans sa chambre. L'écran à cristaux liquides affiche un numéro inconnu, à l'étranger.

Intriguée, Anna prend la communication. A l'autre bout, elle entend une voix de femme. Calme, posée. Professionnelle.

- Madame Jannin ?

- Oui, répond Anna après une hésitation.

- Bonjour Madame, je suis Laurence Hollin, la secrétaire d'Anton Wölk. Monsieur Wölk souhaiterait vous voir à Zurich. Je crois que c'est assez urgent.

Les jambes en coton, Anna se laisse tomber sur le bord du lit.

Dans quel nouveau pétrin Éric l'a-t-il plongée ?

Au bout de quelques secondes, elle se rend compte qu'elle n'a toujours pas répondu.

- C'est à dire… s'entend-elle bafouiller.

- Ne vous inquiétez pas. Nous prenons en charge votre billet d'avion et les taxis à Paris. À Zurich, une voiture vous attendra à l'aéroport, poursuit son interlocutrice.

Pourquoi monsieur Wölk souhaite-t-il me voir ? S'inquiète Anna.

Elle n'a rencontré le président de l'UBS qu'une fois, à Bangkok, juste après le tsunami.

- Je ne sais pas, Madame Jannin. Il vous le dira lui-même. Ça concerne votre mari, je suppose.

- Oui bien sûr, murmure Anna.

- Demain vous conviendrait-il ?

- Demain ?

- Ce serait parfait, reprend la secrétaire de Wölk. En prenant le vol de dix heures, vous serez à Zurich à onze. Il y a un vol retour à quinze heures trente. Votre billet vous attendra au comptoir Air France à Roissy, un taxi passera vous prendre demain matin à 8 h

Anna donne son accord. Une onde de panique lui tord l'estomac. Ce voyage imprévu la préoccupe, sa situation financière la préoccupe, mais c'est le petit tour qu'Éric se préparait à lui jouer avant sa disparition qui sape complètement son moral.

Les questions tourbillonnent. Un tas de questions, sans la moindre réponse.

L'une d'elles lui arrache un sourire. Elle peut au moins répondre à celle-là :

Je mets quoi demain pour rencontrer Wölk ?

En se dirigeant vers son placard, Anna se fige. Une lueur. La pensée qui l'a tenue éveillée une partie la nuit lui revient sans le moindre effort. Pourtant, elle a désespérément tenté de la retrouver la nuit précédente.

Elle était associée à son voyage en Thaïlande…

L'aéroport de Roissy…

Le tube qui conduisait au satellite d'embarquement…

Sur le tapis mécanique, un homme arrivait dans l'autre sens…

Anna ferme les yeux, essaye de retrouver son visage. Les traits ont perdu de leur netteté, mais elle garde en mémoire l'allure, et la lueur que le regard de cet homme a laissé filtrer.

Anna se rappelle qu'en le croisant elle a éprouvé une sensation étrange, comme si un lien l'unissait à cet homme.

Un lien qui appartient au futur.

13

Céline ouvre à demi les yeux, convaincue que son réveil vient de sonner. 7 h du matin, l'heure de se lever pour aller à l'école. Couchée en chien de fusil, elle décide de s'octroyer encore cinq minutes de sommeil.

Le robinet de la salle de bains fuit, mais autour c'est le silence. Habituellement, elle entend sa mère préparer le petit-déjeuner dans la cuisine, et l'odeur de pain grillé lui chatouille les narines.

Ce matin, pas le moindre bruit. Pas la moindre odeur.

Céline se retourne dans son lit. Le jour ne filtre pas derrière les rideaux, il fait nuit. Intriguée, elle tend le bras, tâtonne pour trouver l'interrupteur de sa lampe de chevet. Sur sa table de nuit, le réveil indique 4 h 35. Elle est sûre qu'il a sonné, pourtant il est bien réglé sur 7 h du matin.

Elle glisse ses jambes hors de la couette, se lève, sort dans le couloir. La lumière des réverbères éclaire le salon. La télévision est éteinte, les coussins du canapé en ordre.

Elle retourne dans sa chambre, s'arrête sur le seuil. La veille des jours où elle va à école, sa mère prépare son uniforme : chemisier à col boutonné, jupe plissée et cardigan. L'école est très pointilleuse sur la tenue des élèves, la jupe et le cardigan doivent être bleus, le chemisier blanc. Mais Anna a posé sur la chaise une tenue que Céline n'a mise qu'une fois, lors d'une occasion dont elle se souvient parfaitement : cette chemisette blanche, la jupe droite toute noire et le pull en V, elle les portait pour assister à une messe à la mémoire de son père, à Chamonix.

Une petite bouffée de chagrin la fait renifler. Elle ne veut pas se rappeler une période qu'elle essaie d'enfouir sous une épaisse couche d'oubli. Anna lui a dit qu'elle allait à Zurich le lendemain rencontrer le patron d'Éric, mais elle y va seule.

Pourquoi lui a-t-elle préparé ces vêtements de deuil ?

Ces derniers temps, Céline trouve bizarre le comportement de sa mère, elle donne l'impression d'attendre quelque chose.

Quoi ? Céline n'en sait rien. Mais ce n'est sûrement pas une bonne nouvelle.

Sa mère est nerveuse, tendue, elle sursaute au moindre bruit, et la sonnerie du téléphone la fait bondir. Elle s'enferme parfois dans la salle de bains sans ouvrir le robinet.

En collant son oreille contre la porte, Céline a entendu comme des sanglots.

Céline s'est assise sur son lit. Elle serre contre son coeur Casper, le chien de traîneau en peluche dont elle ne se sépare jamais.

Les larmes jaillissent. C'est elle qui pleure maintenant. Demain, sa mère prend l'avion. Céline ne peut pas oublier ce qui est arrivé la dernière fois qu'elle est partie en voyage. Et si demain l'avion s'écrasait ?

Sa mère soutient que ce genre de pensées n'est pas de son âge, mais Céline se rend bien compte que ceux qu'elle aime disparaissent sans prévenir, et qu'un jour elle risque de se retrouver sans personne pour l'aimer et la protéger.

Les sanglots ont fini par s'espacer. Le gros du chagrin est passé, mais il faut trouver d'autres choses tristes, pour que toutes les larmes s'en aillent.

Ce n'est pas très difficile. Son chien, Casper, même si elle l'adore, n'est qu'une vieille peluche usée. Ses parents ont toujours refusé de lui en acheter un vrai. Au journal télévisé, on a parlé de la petite fille retrouvée morte, et montré la photo d'une autre petite fille enlevée alors qu'elle promenait son labrador. Ce qui peine Céline, c'est que personne ne se soucie du chien. Lui aussi a disparu pourtant.

Elle renifle, embrasse Casper dont le pelage est tout mouillé. La psychologue lui a recommandé de ne pas imaginer de choses tristes en se disant qu'elles allaient arriver. C'est inutile, et ça peut lui faire du mal.

Pour commencer, elle va ranger cette tenue qu'elle déteste et sortir son uniforme.

Deux minutes plus tard, l'uniforme bien en évidence sur la chaise, sa chambre paraît plus rassurante. Demain est une journée d'école identique aux autres, sans surprises.

À cet instant, une sorte de chuchotement attire l'attention de Céline. Elle tend l'oreille. Il lui semble entendre la voix de sa mère.

- Maman ?

Aucune réponse. Elle sort dans le couloir.

- Maman ?

Le chuchotement s'est tu. Céline n'entend plus rien. Mais un détail lui saute aux yeux : la porte de la chambre où dort sa mère est entrouverte, alors que quelques minutes plus tôt, elle se souvient l'avoir vue fermée.

Un peu inquiète, elle pousse le battant le plus silencieusement possible. Une impression familière la saisit. Elle lui rappelle la période où son père était encore là.

Peut-être va-t-elle s'apercevoir qu'elle a fait un très long et très mauvais rêve.

Au fond d'elle-même, elle sait qu'elle ne rêve pas. Tout ce qui s'est produit ces six derniers mois est bien réel. D'ailleurs, la lumière du couloir forme une avancée lumineuse dans la chambre, et Céline ne distingue qu'une forme dans le lit.

Sa mère dort sur le côté, recroquevillée, le visage enfoui sous l'oreiller.

Ce n'est donc pas sa voix que Céline a entendue. Pourtant, c'était bien de sa chambre qu'elle semblait provenir.

Tout parait en ordre dans la pièce. Céline continue son examen, un petit pincement d'angoisse au coeur. Que va-t-elle découvrir ?

Tiens ! Le téléphone est décroché. Le combiné repose sur la table de nuit. Encore une bizarrerie. Sa mère a le sommeil difficile ; peut-être craint-elle de ne plus pouvoir se rendormir une fois réveillée.

Mais qui peut l'appeler au milieu de la nuit ?

Le silence règne. Céline a bien entendu une voix, elle en est certaine. Elle ne croit pas aux fantômes, mais elle n'a plus très envie de retourner dans sa chambre pour réfléchir à ces énigmes : le réveil qui sonne au milieu de la nuit, une porte fermée qui s'ouvre seule, sa mère qui parle en dormant, le téléphone décroché...

Elle se glisse dans le lit d'Anna le plus doucement possible, ferme les yeux en soupirant.

Pourquoi sa vie devient-elle si difficile, si changeante ? Cette année, il n'y aura pas de grandes vacances à Chamonix. Céline aimait bien Chamonix et sa grand-mère lui manque. Elle se rappelle le glissement des pantoufles de Nicole sur le parquet, quand elle entrait dans sa chambre avec sa tasse de chocolat et sa brioche au sucre. Il n'y avait que sa grand-mère pour lui apporter son petit déjeuner au lit.

Et puis, à la rentrée, sa mère n'est pas sûre de pouvoir l'inscrire dans la même école.

C'est le moment de prier pour que tout redevienne comme avant, songe-t-elle. Mais avec un vrai chien, un chien de garde cette fois. Un doberman.

Le sommeil la gagne. Céline s'endort avant d'avoir fini sa prière.

14

Les dernières ombres de la nuit se sont enfuies depuis longtemps. Levé depuis l'aube, Rohmer regarde le lac et boit son café à petites gorgées. Simone, sa sœur aînée, lui a suggéré de passer quelques jours à Doucier. Rohmer cherchait un endroit isolé, loin de Nanterre et de la DCPJ pour réfléchir. « Va à Doucier, lui a-t-elle dit. Tu seras seul et au calme. Pas de visite à faire, Papa et Maman partent en Grèce. Madame Ducrez te louera une chambre. Tu pourras te gaver de meringues. Elle les fait toujours aussi bien. »

Plus bas se trouve la maison où il passait autrefois ses grandes vacances. Une bâtisse en pierres, au toit de tuiles et aux volets couleur de tilleul que ses parents, qui vivent à Lons-le-Saunier, louaient une partie de l'été. Les plates-bandes sont garnies de fleurs, contre les murs des treillis portent des rosiers grimpants.

C'est le début du mois de juin. Le lac de Chalain est encore paisible. Dans ce coin du Jura, les choses changent avec l'arrivée des estivants.

La pièce où se tient Rohmer, tout en longueur, est meublée d'un lit de cuivre, d'un bureau en bois verni et d'une chaise. L'unique fenêtre ouvre sur le lac. Un rai de soleil dessine un ovale lumineux sur le parquet. Le rectangle de la fenêtre laisse voir un ciel d'un bleu nostalgique.

Rohmer est arrivé la veille. Un petit moment de déprime l'a saisi. Il a grandi dans la région avec d'autres rêves que celui de devenir flic. Pourtant, les posters qui tapissaient sa chambre à l'époque étaient déjà les indices de sa vie future : *Le Cercle rouge, Le vieux fusil, Le juge et l'assassin*... Il y avait aussi ceux de l'A.S Saint-Étienne, championne de France en 1975.

C'est si loin... Presque une autre vie.

Rohmer se demande pourquoi il a accepté de se rendre ce matin à Lyon. Il déteste les enterrements. C'est le deuxième cette année.

Quelier en février, et maintenant Eymard, l'homme que le journaliste considérait comme victime d'une machination.

Rohmer a appris la nouvelle la veille alors qu'il s'apprêtait à raccorder son ordinateur à la ligne de téléphone sécurisée installée par la gendarmerie chez Madame Ducrez.

- Vous êtes bien arrivé, commissaire ?

Au bout du fil, le brigadier Costanzo, son adjoint à l'O.C.D.I.P, lui annonçait la mort d'Eymard.

- Il s'est pendu aux barreaux de sa cellule, avait précisé Costanzo.

Rohmer était demeuré silencieux. Il éprouvait une peine sincère. Eymard avait perdu confiance dans un système qui s'apprêtait à faire de lui un monstre et il s'était suicidé.

-Qui vous l'a appris ? avait demandé Rohmer à son adjoint.

- Sa femme.

Rohmer l'a rencontrée une fois, après sa nomination. Une silhouette effacée, qui semblait redouter le pire. Le pire s'était produit.

-On l'enterre demain. Le communiqué officiel ne sort que dans l'après-midi. J'ai l'adresse si vous voulez y aller, commissaire, avait ajouté Costanzo.

Rohmer a sorti de sa housse le costume sombre qu'il emporte à chaque déplacement. Il est un peu lourd pour cette lumineuse journée de printemps. Il garde la veste sous le bras, attrape son sac à dos, y fourre son ordinateur et les dossiers d'Eva Skold et Camille Laurent.

Sur l'A404, il conduit lentement. La circulation est fluide. Il atteint la banlieue de Lyon, perd une dizaine de minutes à trouver un fleuriste. Lorsqu'il arrive devant l'église, un homme se tient sur le parvis. Rohmer le voit allumer une cigarette. Il descend de voiture, s'approche.

- L'enterrement de Daniel Eymard, c'est ici ?

L'homme hésite, il hoche la tête puis ajoute :

- Je crois.

- Vous êtes de la famille, demande Rohmer.

- Non, répond l'homme. Et vous ?

Rohmer se détourne, retourne s'asseoir dans sa voiture. Il baisse la vitre, incline son siège et ferme les yeux.

Lorsqu'il les rouvre, un corbillard est arrêté devant l'église. Trois hommes descendent un cercueil. Un coffre en bois bon marché fourni par l'administration pénitentiaire, surmonté d'une seule couronne. Une voiture freine devant le parvis. Au volant, la femme d'Eymard. Elle échange quelques mots avec le chauffeur du corbillard avant d'aller se garer.

Rohmer attend qu'elle ait quitté son véhicule pour la rejoindre. En noir, elle est plus frêle que dans son souvenir.

- Merci de vous être déplacé, dit-elle en jetant un regard apeuré sur la petite place qui sert de parking. J'ai préféré qu'on l'enterre discrètement, à cause des journalistes. Il n'y aura que vous et moi.

Rohmer enfile sa veste et demeure silencieux. L'homme qui se tenait sur le parvis a disparu. Ils entrent dans l'église. La nef baigne dans un demi-jour. Un halo de lumière flotte au-dessus des bancs vides, comme une toile d'araignée tendue entre des rideaux sombres. Des cierges brûlent devant un crucifix en bois.

Rohmer dépose son bouquet sur le cercueil, prend place à côté de la femme d'Eymard. Il a le sentiment d'être épié. Il perçoit le bruit d'une respiration étouffée, un chuintement, comme le trottinement d'un rat sur les dalles, juste derrière lui.

Il se retourne. L'allée est vide, les travées obscures. Il croit deviner un mouvement dans une alcôve, fait un pas de côté. Un simple jeu d'ombres, qui se diluent dans l'ossature massive des voûtes et des piliers.

Une musique d'orgue s'élève. Un prêtre surgit du fond de l'église, se met à réciter un texte tiré des Saintes Écritures :

« Dieu n'a pas envoyé son Fils dans le monde afin qu'il jugeât le monde, mais afin que le monde fût sauvé par lui. Celui qui croit en lui n'est pas jugé, mais celui qui ne croit pas est déjà jugé, parce qu'il n'a pas cru au nom du Fils unique de Dieu... »

La veuve d'Eymard est en larmes. Rohmer lui tient le bras. Il s'efforce de chasser la boule au fond de sa gorge.

Le prêtre s'est tu. L'oraison a pris fin. Les cloches sonnent. Déjà, on soulève le cercueil pour le porter à l'extérieur.

Depuis qu'il a été nommé, Rohmer est tourmenté par une question : alors que l'enquête sur la disparition d'Eva Skold est dans un cul-de-sac depuis deux ans, pourquoi le meurtrier de Camille Laurent a-t-il jugé nécessaire de faire endosser le crime à Eymard ?

Une réponse a fini par émerger. Rohmer la trouve logique, mais ce n'est pas forcément la bonne. Le tueur n'est pas certain d'avoir commis un sans-faute en enlevant la petite Suédoise, alors il prend des risques, il organise une mise en scène, il fournit à la justice un coupable pour obtenir la clôture de ce dossier.

Une faute que la police s'est avérée incapable de mettre à jour existe, le tueur vit dans la hantise qu'elle soit découverte. En récidivant, il fait d'une pierre deux coups : Eymard va endosser la responsabilité des deux crimes.

Rohmer pense qu'il tient le bon bout, sans pour autant écarter la possibilité de faire fausse route.

Il n'y aura pas de procès, Eymard est mort. La vérité, si elle est découverte un jour, se révélera peut-être plus dérangeante que le suicide d'un homme que la presse qualifie déjà de « Dutroux » français.

Quelque part entre Montchat et Villars les Dombes, un tueur d'enfants continue à se réveiller dans son lit. Camille Laurent est morte, mais l'espoir de retrouver Eva Skold vivante, Rohmer ne l'a pas totalement abandonné.

15

Le siège de l'UBS à Zurich, *Bahnhofstrasse*.
Un bâtiment de quatre étages, avec une
façade de pierre grise, de hautes fenêtres
rectangulaires, sans balcons. Une
architecture conservatrice, inspirée de
principes solides, évidents : équilibre,
symétrie, ordre.

Un huissier accueille Anna, la conduit
jusqu'au bureau de Wölk qui se lève pour la
recevoir.

Difficile de lui donner un âge précis.
Proche de la soixantaine. Un costume
sombre, une chemise un ton plus clair barrée
d'une cravate vert bouteille, qui cadrent avec
le reste. Tout ici dégage une impression
d'austère respectabilité.

Wölk tend à Anna une main énergique, lui
indique l'un des deux sièges réservés aux
visiteurs, puis retourne s'asseoir derrière son
bureau.

- Merci d'être venue si vite, madame
Jannin. Comment va Céline ? C'est bien
Céline, n'est-ce pas ?

Il l'observe, un sourire aimable aux lèvres.
Depuis qu'elle est entrée dans cette pièce, les
mains d'Anna sont moites.

- Elle va bien, je vous remercie, répond-
elle, en s'efforçant de rendre son sourire à
Wölk.

Il hoche la tête.

- Vous prendrez quelque chose ? demande-t-il. Je peux vous offrir du café, mais si mes souvenirs sont exacts vous préférez le thé.

- Oui, un thé, s'il vous plaît.

Wölk décroche son téléphone, prononce quelques mots en allemand. Un instant plus tard, une secrétaire entre, portant deux tasses, un sucrier et une théière sur un plateau d'argent.

D'un geste, Wölk désigne la petite table près d'Anna, puis prenant le dossier posé devant lui, il va s'asseoir près d'elle.

Le dossier sur ses genoux, il remplit les deux tasses et présente le sucrier à Anna. Il lui demande :

- Connaissez-vous maître Kiedjman ?

Ça y est, pense Anna. Un avocat. Dans quelle galère vais-je encore me retrouver ?

Elle prend un sucre, et pour cacher son trouble, remue frénétiquement la cuillère dans sa tasse.

- C'est la première fois que j'entends ce nom, répond-elle d'une voix qu'elle a du mal à reconnaître.

Wölk n'a aucune réaction. Il avale une gorgée de thé, repose sa tasse, et s'essuie délicatement les lèvres avec l'une des serviettes en lin disposées sur le plateau.

Anna est au supplice. Pourquoi prend-il son temps ? C'est plus simple d'aller droit au but, de lui annoncer d'entrée la mauvaise nouvelle.

Inutile de prendre des gants. Qu'on en finisse !

Wölk a ouvert le dossier posé sur ses genoux. Il baisse les yeux, puis les relève.

- Maître Kiedjman représente la famille de Benoît Antonin, commence-t-il.

Benoît Antonin, le patron direct d'Éric, le directeur de la filiale de l'UBS à Paris. Lui et sa femme sont morts dans leur chambre d'hôtel sur la plage de Phuket, le 26 décembre.

Pourquoi Wölk lui parle-t-il de Benoît et de cet avocat ? Où veut-il en venir ?

-Je ne vous ai pas contactée plus tôt, madame Jannin, parce que nous avons mis du temps à nous entendre avec maître Kiedjman, dit-il. Tout ça est derrière nous à présent. Un accord a été trouvé. Lisez, s'il vous plaît.

Wölk a sorti une feuille du dossier. Il la lui tend. Anna pose sa tasse. Sa main tremble.

Éric et Benoît se sont peut-être livrés à des placements risqués en utilisant sans autorisation l'argent du Crédit suisse. On parle beaucoup de ces traders qui se lancent en solo dans des opérations boursières, avec les fonds de leurs banques.

Éric n'évoquait jamais son travail à la maison. Anna connaissait les détails du projet de Penang parce qu'il lui avait demandé de l'accompagner.

Les lettres se brouillent. Anna a de plus en plus de mal à les lire. La seule chose qui lui saute aux yeux, c'est une ligne en caractère gras :

Huit cent mille francs suisses.

Wölk parle. Les mots traversent la distance qui les sépare comme s'ils arrivaient du fin fond de l'espace.

-Un peu plus de cinq cent mille euros, Madame Jannin. Je n'ai pas cessé de me reprocher de ne pas avoir écouté Éric et Benoît lorsqu'ils souhaitaient reporter la date de la réunion avec les Malais. Je n'ai pas cessé aussi de me reprocher de les avoir contraints à emmener leurs épouses. Alors, même si l'argent ne remplace pas une vie, il m'a paru nécessaire pour les enfants Antonin, pour vous et Céline, que l'UBS se montre à la hauteur de sa réputation. Nous sommes difficiles en affaires, Madame Jannin, mais nous sommes humains. La détresse des autres nous touche, particulièrement celle des familles de nos collaborateurs, comme le montre la feuille que vous tenez à la main. La banque est prête à vous verser cette somme à titre de dédommagement pour la mort d'Éric et le calvaire que vous avez enduré.

Anna perd pied.

- Vous pouvez naturellement refuser de signer ce document et choisir d'engager une action en justice contre notre banque, ajoute Wölk. C'est votre droit le plus absolu…

*

Un épais manteau de nuages - une ouate gris sombre - enveloppe l'appareil. Certains passagers lisent sous le faisceau des spots, d'autres discutent. Anna est dans un état second. Dans l'avion qui la ramène à Paris, elle flotte dans une dimension inconnue. Elle craint à tout moment de découvrir que rien n'est vrai, qu'elle hallucine.

Elle se baisse, cherche son sac sous le siège, le pose sur ses genoux. Elle l'ouvre d'une main hésitante. Ce n'est ni un cauchemar ni un rêve de Cendrillon : les documents de l'UBS sont là.

Juste avant qu'elle n'y appose sa signature, Wölk lui a dit : « L'argent, lorsqu'on en a subitement beaucoup, est souvent une arme à double tranchant, c'est ce qu'on appelle « l'effet loto». La seule manière de ne pas le voir miner votre existence, c'est de mener une vie riche de challenges. Une autre ville peut-être, mais surtout un travail qui vous apportera l'équilibre et de vraies satisfactions. Ce sont sur ces valeurs que l'on bâtit des fondations solides. L'argent n'est plus un problème. Oubliez-le. »

Une autre ville ?

Anna y songeait avant même que Wölk ne lui en fasse la suggestion. Elle garde le souvenir des étés de son enfance à Nantua, ils avaient la fraîcheur d'une cascade d'eau claire.

Tout à coup, elle a l'intuition que c'est dans cette petite ville du Jura qu'elle prendra un second départ.

Elle range les papiers dans son sac, ferme les yeux. Le visage d'Éric se surimpose. C'est de lui dont il a été question juste avant que Wölk ne mette fin à leur entrevue.

« Éric était un cadre remarquable, disait Wölk, et si nous avions signé Penang, il en aurait été le principal artisan. Je lui avais promis en échange la direction de Bangkok, malheureusement c'est une promesse que je n'aurais pas pu tenir. »

La surprise d'Anna n'avait pas échappé à Wölk. Il avait ajouté :

« Un cadre d'origine asiatique avec des compétences équivalentes aux siennes, était candidat. Il aurait eu la priorité.»

« Éric le savait ? »

« Benoît Antonin devait l'en informer à Phuket, après la signature du contrat. », avait répondu Wölk.

Dieu sait pour quelle raison, Benoît n'avait pas attendu la fin des négociations pour dire à Éric que le poste de Bangkok lui échappait. Il l'avait fait quand ils étaient restés seuls sur la plage, la nuit du 25 décembre. Anna se rappelait l'humeur exécrable d'Éric quand elle avait regagné leur chambre d'hôtel. Elle lui avait demandé si quelque chose clochait, il n'avait pas répondu, mais il savait : la vie qu'il se préparait s'écroulait comme un château de cartes.

Un bip a tiré Anna de ses pensées. Une annonce s'échappe des haut-parleurs : « Mesdames et Messieurs, nous allons traverser une zone de turbulences... »

Anna attache sa ceinture, regarde par le hublot. Ils traversent une masse nuageuse épaisse et sombre. À l'intérieur de l'appareil, il fait presque nuit.

Les secousses commencent. Les deux hôtesses abandonnent la préparation des chariots. S'agrippant aux sièges, elles vérifient à la hâte que toutes les ceintures sont bouclées avant de retourner s'attacher.

L'appareil est chahuté. Des embardées le projettent de part et d'autre. Combien de temps durent les turbulences ? se demande Anna. Une minute ? Deux ? Cinq au maximum ?

Un étau glacé lui serre les tempes. Elle ferme les yeux. La peur se fraie un chemin, une affreuse limace qui grignote peu à peu ce qui lui reste de calme et de raison.

Les haut-parleurs du bord diffusent un message :

« Mesdames et Messieurs, nous sommes au regret de vous annoncer qu'en raison des conditions atmosphériques, aucune collation ne pourra vous être servie. Nous nous excusons... »

L'avion tombe brusquement. Un trou d'air, une chute. Une sensation effroyable. Anna sent le vide s'ouvrir dans son estomac. Des cris éclatent dans la cabine. Les mains crispées aux accoudoirs, les mâchoires serrées, les passagers sont blêmes. Vague après vague, les masses d'air secouent l'avion. Il y a des soubresauts, des embardées brutales, on se croirait dans une marmite de sorcière. La pluie gifle rageusement les hublots. Ils sont au coeur de la tempête. Au coeur des ténèbres. Entre ciel et terre.

Anna ne souhaite qu'une chose : faire taire la panique qui dévore ce qui lui reste de sang-froid. Ses deux premières prémonitions se sont traduites par la mort d'êtres proches, ses parents d'abord, son mari ensuite...

Et si...

Et si la fatalité la visait directement. Et si elle était la prochaine sur la liste ?

Ses malaises l'ont avertie. Ce voyage impromptu à Zurich, c'est le piège mortel que le destin lui a préparé. Hier, au milieu de la nuit, Céline est venue se réfugier dans son lit. Ça ne lui arrive jamais. Pas depuis des années en tout cas. A-t-elle pressenti que sa mère allait mourir le lendemain ?

« Tu as la mort aux trousses, Anna. Qui s'occupera de Céline ? Qui veillera sur ta fille ? »

Le pilote a perdu de l'altitude dans l'espoir d'atteindre une zone moins agitée. Soudain, à l'extérieur, une lumière aveuglante déchire les ténèbres. Un flash blanc bleuté. Une seconde plus tard, l'avion est secoué par une déflagration. Le fracas du tonnerre résonne dans l'appareil. Glacée d'effroi, Anna aperçoit une boule de feu près du fuselage qui disparaît vers la queue de l'avion. À l'arrière, des hurlements éclatent. La nouvelle se propage, aussi rapidement qu'une traînée de poudre : un réacteur est en feu !

L'avion perd encore de l'altitude. Les haut-parleurs crachotent : « Mesdames et Messieurs, c'est votre commandant qui vous parle… »

C'est la fin…

Le destin est encore plus machiavélique qu'elle ne l'imaginait. Il l'a épargnée à Phuket pour lui montrer qu'il était seul maître du jeu, qu'il prenait ou laissait selon son bon vouloir.

Soudain, la voix du commandant lui parvient, faible, lointaine.

« … Nous avons été frappés par la foudre, mais aucun des réacteurs n'est en feu. D'ici une ou deux minutes, nous sortirons du cumulonimbus. Une boisson chaude vous sera servie avant notre arrivée à Paris. L'atterrissage est prévu dans trente-cinq minutes, à 17 h 10… »

Aussi soudainement qu'elles ont commencé, les turbulences cessent. La masse nuageuse a changé de couleur. La grisaille succède aux ténèbres.

Ils sortent de l'enfer. Pour Anna, les mauvais présages s'accumulent. L'horrible demi-heure qu'elle vient de passer est un signe. Une force malfaisante s'apprête à lui barrer le chemin, à lui interdire cette nouvelle existence que Wölk lui offre.

Tout peut arriver, Anna. N'importe où. À n'importe quel moment.

16

20 juin, Doucier

« … J'ai oublié combien de fois je l'ai poignardée. Elle était morte, mais je ne pouvais plus m'arrêter. »

La voix de femme qui sort des haut-parleurs s'est tue.

- C'est de qui ce morceau choisi ? demande Rohmer

Cela fait une semaine qu'il est à Doucier. Il est dix heures du matin. La journée est splendide. Les estivants commencent à arriver, mais la surface du lac reste huileuse, languide, seul le bruissement des cigales trouble le silence.

Rohmer est dans sa chambre devant son ordinateur. À l'écran, Agnès Serra. Elle est au siège de l'O.C.D.I.P, à Nanterre.

Pour renforcer son équipe, Rohmer a obtenu que les RG lui détachent Agnès, un petit bout de femme d'une trentaine d'années, très classique, aux cheveux raides et blonds séparés par une raie bien sage sur le côté gauche. Rohmer a eu l'occasion de l'apprécier au Liban. Agnès parle le russe, l'arabe et l'hébreu, et elle a su très vite saisir la manière dont il travaille. Elle est capable d'associer des idées apparemment sans liens, et ne panique jamais. Rohmer est convaincu qu'au Liban, s'il lui avait annoncé que la fin du monde était imminente, elle lui aurait répondu en souriant : « Tâchons de ne pas perdre de temps pour obtenir la libération de notre otage.»

Rohmer lui a confié la lecture des rapports sur l'enlèvement d'Eva Skold. Il espère que l'erreur commise par le ravisseur, celle qui l'a poussé à faire inculper Eymard pour clore l'enquête, se trouve immergée dans les déclarations, les dépositions et les constats.

Il n'attend aucune percée miraculeuse. Un détail infime, une aspérité microscopique sur la surface terriblement lisse que le ravisseur a laissée derrière lui, lui suffit.

Rohmer n'a rien trouvé. Quelle que soit l'erreur que le meurtrier d'Eva ait pu commettre, elle lui échappe toujours.

Mais le vent risque de tourner. Si Agnès a demandé une vidéoconférence, c'est qu'elle a dû mettre le doigt sur un élément important.

- Andreï Chikatilo, répond Agnès. Le nom te dit sûrement quelque chose.

- Beaucoup moins que tu ne l'imagines.

Rohmer regarde par la fenêtre. Les collines dansent dans une bulle de chaleur et de lumière. Il ferme les yeux, rassemble ses souvenirs, essaie de se remémorer les rapports dont il s'est imprégné après sa nomination.

Andrei Chikatilo, marié, deux gosses, tueur, violeur, anthropophage. Surnom : le boucher de Rostov.

Nombre de victimes : 55.

Exécuté d'une balle dans la tête au milieu des années 90.

Lorsque Rohmer rouvre les yeux, il accroche le regard d'Agnès sur l'écran.

- L'Hannibal Lecter ukrainien, dit-il.

-Exact ! Il s'attribue 55 assassinats. La justice, faute de preuves, n'en retiendra que 52 : 21 garçons, 14 fillettes, et 17 femmes. Ce que je viens de te lire, c'est une petite partie de sa confession, celle de son premier meurtre, une gamine de dix ans qu'il a poignardée 22 fois.

Le texte semble n'avoir aucun rapport avec l'enlèvement d'Eva Skold. Rohmer, qui commence à flairer la suite, ne veut pas gâter l'effet qu'Agnès recherche.

- Je suis curieux de voir où tu veux en venir, dit-il.

Agnès hoche la tête.

- Au moment où il larde la petite de coups de couteau, Chikatilo avoue au psychiatre qu'il est dévasté par le plaisir, par les sensations qui le traversent. Il jouit, au vrai sens du mot. Il éjacule. Il vient de découvrir que c'est en tuant qu'il obtient une gratification sexuelle totale. Ce sera vrai jusqu'à sa dernière victime. Comme il ne viole pas au sens classique du terme, on le qualifiera d'impuissant.

Agnès marque un temps d'arrêt. Rohmer comprend qu'elle est en train de choisir la meilleure manière de faire valoir son argumentation.

- Le rapport d'autopsie de Camille Laurent me dérange, annonce-t-elle.

Rohmer s'est redressé sur sa chaise. Il a lu maintes fois ce rapport, il n'a rien relevé de « dérangeant. »

- Continue, murmure-t-il.

- Le médecin légiste dit qu'elle a été violée durant sa séquestration, mais pas le jour où elle a été étranglée. Ça ne colle pas avec l'idée que je me fais du ravisseur.

- Pourquoi ?

- À cause de ce qu'a confié Chikatilo au psychiatre. Je ne crois pas que le ravisseur de Camille Laurent l'ait tuée par peur qu'elle le dénonce, il l'a tuée parce que, comme Chikatilo, c'est dans cet acte, et seulement dans cet acte, qu'il s'est libéré sexuellement. Chikatilo poignardait, lui étrangle. Peut-être cherche-t-il à contrôler l'agonie de sa victime en la faisant durer plus longtemps. Le viol sur Camille dont parle le légiste a dû être pratiqué avec un instrument quelconque durant sa séquestration. C'est un acte de torture, de domination, mais ce n'est pas la raison pour laquelle le tueur a kidnappé Camille. Il est incapable d'un acte de pénétration, il ne peut jouir qu'en la tuant. Les viols classiques sur des mineures finissent rarement par des meurtres, surtout chez les récidivistes. Nous avons peut-être affaire à un impuissant, un homme qui cache une immense frustration. Il tue pour s'en libérer.

Rohmer a toujours eu la conviction qu'ils n'étaient pas confrontés à une simple affaire de pédophilie. Avant de donner son avis, il tient à ce qu'Agnès aille jusqu'au bout de son raisonnement.

- Si je continue le parallèle avec Chikatilo, poursuit-elle, l'homme que nous cherchons pourrait être marié, avoir des enfants. Chikatilo enseignait dans une école, il était en permanence entouré de gosses, garçons et filles. Il savait comment leur parler, quoi dire pour gagner leur confiance. Le meurtrier d'Eva et Camille peut se trouver dans une situation identique.

- Tu penses à un enseignant ?

- Pas forcément. Un éducateur, un moniteur de colonies de vacances, un type qui donne des leçons particulières. On a le choix. Mais c'est un homme frustré sur le plan professionnel, affectif et sexuel, et il le cache. Je te dis ça dans l'optique d'une similitude avec Chikatilo. Il était père de deux enfants, membre du parti communiste, et personne ne s'est jamais douté de rien avant sa 52e victime.

Agnès s'est accoudée sur son bureau. Elle regarde droit vers la caméra. Vers Rohmer.

- À la question, pourquoi avons-nous retrouvé le corps de Camille et pas celui d'Eva, la réponse qui vient à l'esprit, si on croit à l'innocence d'Eymard, c'est que le meurtrier avait besoin qu'on le retrouve pour faire porter le chapeau à l'entrepreneur. Logique, non ?

- Logique, approuve Rohmer.

- À mon avis, ce n'est pas la seule raison.

On y vient, songe Rohmer. Elle a établi une connexion qui m'a échappé. Il sourit. Il a fait le bon choix en recrutant d'Agnès.

- Le ravisseur, poursuit Agnès, sait que depuis deux ans, de tous les chemins suivis par les enquêteurs après la disparition d'Eva, aucun ne mène à lui. La piste est glacée. Ce ne sont plus des dizaines de flics qui travaillent sur cette disparition, mais un ou deux, et à temps partiel. À sa place, je dormirais tranquille. Lui, non. Il prend un risque énorme en montant un scénario. Il nous donne le corps de Camille, sa seconde victime, essentiellement pour qu'en fouillant le dépôt de l'entrepreneur on découvre les deux albums de photos, dont l'un incrimine Eymard dans l'affaire Skold. C'est ce meurtre qui pose un problème à l'assassin. Tu vois où je veux en venir ?

Rohmer voit. Il voit même très bien. Il y a lui-même songé quand il assistait à l'enterrement d'Eymard.

Le tueur a commis une faute en enlevant Eva Skold, une faute qui pourrait bien, si elle était découverte, le perdre. Alors en récidivant, il décide de faire d'une pierre deux coups : Eymard, le bouc émissaire, endossera la responsabilité des deux crimes.

17

20 juin, Nantua

Anna redoutait cette arrivée autant qu'elle l'avait désirée. Elle craignait que ses souvenirs de petite fille dans ce village ne soient qu'une collection de cartes postales, une série d'images sans profondeur que son imagination aurait recréées pour justifier sa décision de venir s'installer à Nantua. Elle avait eu tort de s'inquiéter.

Anna a quitté Paris sous la grisaille et la bruine. Elle a pris le TGV jusqu'à Lyon, puis loué une voiture pour terminer le trajet. Par la vitre baissée lui parvient l'odeur de la forêt. Devant, cernée par les sapins, se niche la commune de Nantua. La brise hérisse la surface du lac, les nuages ont laissé la place à un vaste ciel d'azur. La tiédeur d'une matinée de juin enveloppe le paysage.

L'appréhension qu'Anna a accumulé ses dernières heures se dissipe. Le bonheur est là, elle le sent. Elle a oublié combien la France peut être belle, loin de Suresnes, de ce deux-pièces alourdi de pénibles souvenirs.

Elle rejette ses cheveux en arrière, les coince derrière ses oreilles.

- Alors, dit-elle se tournant vers Céline. Ça te plaît ?

Céline hoche la tête. Elle semble étonnée et ravie.

- Je pourrai me baigner dans le lac, maman ? demande-t-elle.

- Je ne sais pas, ma chérie. En principe, oui.

Rue de l'Hôtel de Ville, devant l'agence immobilière qui porte son nom, Didier Dumas les attend. Anna l'a prévenu de son arrivée par téléphone en quittant l'A40. Elle a du mal à cacher sa surprise en l'apercevant. Elle ne l'imaginait pas si jeune, vingt-sept, vingt-huit ans, au grand maximum

Didier est svelte, avec un visage aux traits réguliers et des cheveux blonds coupés courts relevés par une touche de gel. Sa chemise Ralph Lauren kaki, son pantalon couleur feuille morte forment un ensemble à la fois élégant et décontracté.

- Bienvenue à Nantua, madame Jannin, dit-il en s'installant sur le siège à côté d'elle. Je suis sûr que vous êtes impatiente de voir la maison. Allons-y, c'est à peine à un quart d'heure de mon bureau.

Le sourire chaleureux de Didier découvre des dents très blanches, une lueur charmeuse et amicale éclaire ses yeux bleus. Son eau de toilette, dont Anna sent les effluves, cadre tout à fait avec l'image qu'il veut donner de lui : une note franche et sportive en premier, puis en tamis, se révélant par touches intimes, une trame boisée, plus chaude, plus sensuelle, plus profonde. Il a de belles mains, fines, avec des doigts longs et racés. Anna remarque la Patek Philippe en platine à son poignet.

Après avoir longé le lac, ils prennent la direction d'Apremont. La route s'incurve, et soudain, sur sa gauche, Anna aperçoit cloué à un arbre un panneau de bois. Il indique en lettres dorées *Les Sapins*.

-C'est par là, précise Didier, en désignant l'allée qui remonte vers les hauteurs. La maison est louée tous les ans de juin à octobre. Cette année, les gens se sont désistés à la dernière minute.

- J'aurai le droit d'avoir un chien ? demande Céline.

Didier se tourne vers elle.

- Ça n'est pas interdit, répond-il en souriant.

Parfois juste assez large pour le passage d'une voiture, l'allée ondule, s'enfonce au cœur d'une forêt silencieuse. Par endroits, les branches des sapins se rejoignent, formant comme la voûte d'une cathédrale. Le soleil pénètre, projette un semis de taches scintillantes sur le tapis d'aiguilles.

Après un détour, au bout d'une ligne droite, une clairière se découvre.

- Nous y sommes presque, annonce Didier.

Un morceau de ciel se dévoile, les arbres s'espacent, puis le sous-bois disparaît. Devant, un pré d'une blancheur de neige, piqueté de jaune, monte en pente douce vers le sommet de la colline.

Ils sont au milieu d'un parterre de narcisses sauvages, luxuriant, fantastique.

- Mon dieu, s'écrie Anna. C'est magnifique.

Des fleurs émanent un parfum envoûtant, une odeur sensuelle, indienne. Anna est enivrée, elle n'a jamais ressenti une euphorie si parfaite. Elle éclate de rire, une force inconnue l'a poussée à venir trouver ici l'antidote à tous ses maux.

Céline a traversé suffisamment de turbulences pour avoir envie et besoin de calme. Elle se plaira aux *Sapins*, Anna n'a aucun doute. À la fin de l'été, elle louera une maison plus petite près du village pour y passer l'année. Anna imagine déjà les nuits froides, la résine qui grésille dans les flammes d'un feu de cheminée.

L'allée s'élargit. Ils approchent de la maison. Elle est bientôt en vue.

Oui, c'est bien ce qu'Anna espérait. Entourée de pins parasols et de chênes, elle s'intègre en douceur dans le paysage comme si elle était là depuis toujours. L'architecture, les volumes, le jardin en terrasses, les pelouses, l'immense pré de narcisses qui semble se fondre dans les eaux du lac : c'est un joyau enchâssé, qui conjugue à la perfection tradition et modernité

Anna coupe le moteur. Céline est déjà descendue. Elle court vers un portique où pendent deux balançoires.

- La maison a été entièrement rénovée il y a deux ans, dit Didier. L'objectif : harmoniser son énergie de manière à favoriser le bien-être et la prospérité des occupants.

Anna le regarde en fronçant les sourcils. Il a l'air sérieux.

- L'architecte a cherché à mettre en oeuvre un feng-shui adapté, souple, facile à utiliser, proche des aspirations des Européens, ajoute-t-il.

Il lève les mains dans un geste évasif.

- On y croit, on n'y croit pas... Venez, je vais vous faire visiter.

En tâtonnant, Anna cherche la poignée de la portière, rejoint Didier sur le perron.

- Le coeur de la maison est un salon cathédrale largement ouvert sur la nature grâce à de larges baies coulissantes à la japonaise. Il n'y a pas de volets, mais le vitrage est antieffraction, précise-t-il.

Par les baies vitrées, derrière les voilages, Anna devine une pièce immense, très haute, avec un escalier qui conduit au premier étage.

Elle se retourne. Elle veut immortaliser cet instant : elle sur le perron, un peu étourdie par le trajet ; Céline qui prend possession du jardin, un éden de velours harmonieusement partagé entre terrasses et massifs de fleurs ; le scintillement du lac, la vibration de la topaze mêlée à l'azur du ciel.

Ce précieux moment, Anna en gardera le souvenir pour toujours. L'avenir s'étend, inconnu et invisible, mais cet instant de bonheur nul ne pourra plus y toucher.

- On va passer par la porte de service pour désactiver l'alarme, dit Didier.

- Céline ! lance Anna. Tu viens ?

- Laissez-la, conseille Didier. Entre le TGV et la voiture, elle a besoin de se dégourdir, de respirer. Elle ne risque rien. La région est très sûre.

Anna hoche la tête avec un maigre sourire. Elle fait un effort pour paraître détachée, elle n'a pas l'habitude de quitter Céline des yeux.

Si elles doivent vivre ici, il vaut mieux se faire une raison. Elle se voit mal confiner sa fille dans la maison, ou la suivre pas à pas dans le jardin.

Ils longent la façade latérale couverte de rosiers grimpants.

-La maison a déjà été cambriolée ? S'inquiète Anna, tandis que Didier fouille dans une pochette pleine de trousseaux de clés.

-Jamais. Le propriétaire a fait installer l'alarme pour une question d'assurance. Elle n'est reliée à aucune société de sécurité, seulement à mon téléphone portable. Elle ne s'est déclenchée qu'une fois en deux ans, et encore c'était à la suite d'un gros orage. Pour vous dire…

Anna a tourné la tête. Elle regarde en direction du perron, des terrasses, cherche à apercevoir le portique et Céline.

- Madame Jannin …

Didier a ouvert la porte. Il l'invite à entrer.

-Excusez-moi. Je suis un peu distraite aujourd'hui.

La cuisine est immense, d'un vert absinthe frais et tonique. Les meubles de rangement en noyer d'Amérique se fondent au plancher à larges lattes teintées. Anna songe au contraste entre son deux-pièces minuscule et cette cuisine gigantesque à l'équipement dernier cri.

- La maison a été rachetée par un chirurgien de Genève. Il ne l'a habitée qu'une fois durant les vacances de Noël, mais il a modernisé pas mal de choses en la rénovant. Les chambres à coucher ont été réduites à trois pour que chacune dispose de sa salle de bains, dit Didier.

Il la précède dans un couloir au plafond voûté qui donne dans un hall. Une paire d'armoires blasonnées est disposée de part et d'autre de l'entrée du salon. Une lumière surnaturelle semble filtrer des baies vitrées, allumant l'orange brûlée, l'ambre et le vieil or des tapis d'Orient. Trois vastes canapés en lin écru encadrent une table basse en bois précieux marquetée de nacre et surchargée de livres. Les murs sont parsemés de gravures, de vitrines chargées de bibelots. La cheminée est assez grande pour qu'on y brûle un tronc entier.

Didier actionne un interrupteur, les voilages s'écartent doucement.

Instinctivement, Anna cherche des yeux le portique, tout en songeant qu'elle doit surmonter l'appréhension qui s'empare d'elle dès que Céline est hors de sa vue.

Le portique est vide. La balançoire bouge, elle oscille doucement. Les terrasses, les pelouses, sont désertes.

Le lac brille. Vues de la maison, ses eaux ont une teinte bleu nuit.

- Tout en bas sur la droite, il y a une petite plage. On y accède par un sentier, explique Didier. C'est à une quinzaine de minutes de la maison. Vous pouvez vous baigner sans problème.

Une voix résonne dans la tête d'Anna.

« L'eau ! Méfie-toi de l'eau ! »

Une décharge d'adrénaline la secoue. Elle tente de faire coulisser l'une des baies vitrées. Surpris, Didier débloque les sécurités. Elle lit dans ses yeux qu'il a deviné pourquoi elle cherchait à sortir.

Anna se précipite sur le perron sans se soucier d'être ridicule.

- Céline ?

Elle s'efforce de paraître calme, alors qu'une pointe d'angoisse lui transperce la poitrine.

- Céline, reviens immédiatement s'il te plaît !

La voix d'Anna a pris un ton suraigu. Le lac ! En arrivant, Céline a parlé de s'y baigner.

« L'eau ! Méfie-toi de l'eau ! »

Anna s'est mise à courir. Elle regarde désespérément autour d'elle. Il faut qu'elle trouve ce sentier, qu'elle aille jusqu'au lac.

Céline sait nager, mais l'eau ici doit être si froide, si glacée...

18

20 juin, Villars les Dombes

À l'entrée de l'A46, Rohmer s'est arrêté dans une station-service pour faire le plein d'essence et acheter une bouteille d'eau minérale. Il a décidé de se rendre à Villard les Dombes, là où deux ans plus tôt, presque jour pour jour, la petite Skold a été enlevée.

Quelier lui manque. Sa mort est un coup très dur. Il se souvient de ce que le journaliste lui a dit la nuit où il a débarqué pour parler d'Eymard : « Dans le métier de flic, on se contente la plupart du temps d'un résultat où les faits coïncident. Toi, tu m'as toujours donné l'impression de savoir que résultat n'était pas forcément la vérité. »

Pour les familles Skold et Laurent, pour la presse, l'opinion publique et le procureur de la République, le meurtre de Camille et l'enlèvement d'Eva ont trouvé leur conclusion : le coupable a été arrêté. Il s'appelait Daniel Eymard. Il repose aujourd'hui au fond d'un cimetière.

En se rendant à Villars les Dombes, Rohmer se demande si c'est vraiment sa priorité. D'autres dossiers réclament son attention. Des familles en détresse continuent d'écrire au ministre, au président de la République, pour que leur drame ne soit pas oublié, qu'une conclusion soit apportée à la disparition de leurs enfants. Le temps,

Rohmer le sait, est le pire ennemi des enquêteurs.

Un poids lourd qui se rabat trop vite manque de le précipiter dans le fossé. Il doit s'arrêter sur une aire de repos, reprendre ses esprits.

La gorge sèche, il vide la moitié de la bouteille d'eau minérale, défait sa ceinture de sécurité, descend de sa voiture.

Il a l'impression d'entendre Quelier lui murmurer : « Je suis venu réveiller ta conscience, Raphaël. »

Un jour, Rohmer avait demandé à sa mère : pourquoi m'avoir donné Raphaël comme prénom si vous devez m'appeler Rohmer ?

Elle lui avait répondu avec un sourire ironique : « Ton père voulait Michel, moi Gabriel. On s'est mis d'accord sur Raphaël, le seul archange qui restait. Mais comme ce n'était ni son choix ni le mien, on a fini par t'appeler Rohmer. »

Pensif, Rohmer fait quelques pas. Il résume à haute voix ce qu'il sait de la disparition d'Eva.

Les Skold sont suédois, ils vivent à Malmö et passent depuis quatre ans leurs vacances à Villars les Dombes dans le même appartement de location, un deux-pièces au lotissement des Cytises, en bordure de la rue du Bugey.

Eva vient d'avoir onze ans. Cette année, elle a la permission de circuler seule en vélo durant la journée. Elle connaît Villars et se débrouille plutôt bien en français.

Le 23 juin, aux alentours de 16 h 15, elle emprunte l'avenue Charles de Gaulle sur son vélo. Stevie, un labrador noir de huit mois qu'elle tient en laisse, court à côté d'elle.

Eva tourne sur le Chemin de Bel Air qui conduit au Parc des Oiseaux. Depuis son arrivée à Villars, elle s'y rend presque tous les après-midi. Les toucans et les aras sont ses oiseaux préférés. Ce 23 juin, Eva porte un t-shirt jaune, un short blanc, et une casquette de base-ball.

Ce sera tout. Elle disparaîtra après 16 h 15. Son corps, son vélo, son chien ne seront jamais retrouvés.

Les efforts déployés sont sans précédent. Les maisons de Villars et des environs sont fouillées. Les pédophiles placés en garde à vue, les affaires d'agressions d'enfants, recoupées. Les appels téléphoniques passés à proximité du parc sont épluchés, près de trois mille, car la borne relais capte aussi ceux qui viennent des autoroutes A42 et A46.

Les services de police identifient une centaine de noms, des individus connus principalement pour des délits mineurs. Après des mois d'investigation, les enquêteurs concluront qu'aucun d'entre eux n'était en mesure d'enlever Eva.

Rohmer ne sait vraiment pas par quoi commencer. Des dizaines d'hommes ont consacré des milliers d'heures à tenter d'isoler une piste, toutes les questions possibles ont été posées. Tous les chemins, même les plus invraisemblables, explorés.

Que peut-il faire de plus ?

Dans quel sens faut-il reprendre l'enquête ?

Il ne s'est jamais senti aussi démuni.

Il imaginait pouvoir s'accrocher à son hypothèse : le ravisseur d'Eva Skold a commis une faute. Elle est passée inaperçue, mais elle existe et figure peut-être dans le dossier.

D'une certaine manière, Rohmer sait maintenant qu'il se trompe. Agnès Serra l'a convaincu un peu plus tôt que la faute ne peut pas être dans le dossier. Les enquêteurs ont épluché ce qui de près ou de loin se rattachait à la disparition d'Eva, leurs rapports ont été analysés et recoupés par d'autres équipes.

Le moindre indice laissé par l'assassin aurait été détecté.

Pour Agnès, c'est en se débarrassant du corps d'Eva que l'assassin a commis une erreur, une faute, qui pourrait conduire les enquêteurs jusqu'à lui. Alors, pour clore l'enquête, il donne en pâture le cadavre de Camille Laurent et relie sa mort à l'enlèvement d'Eva grâce aux deux albums photo.

La police a un coupable, le juge un inculpé. Le tueur peut dormir tranquille. Son plan a fonctionné.

Le suicide d'Eymard ? Une bonne surprise. La cerise sur le gâteau.

- Tu as une idée de l'endroit où il aurait pu se débarrasser du corps ? avait demandé Rohmer à Agnès.

- J'y ai réfléchi. Je pense qu'il a découpé le corps d'Eva et celui de son chien, et qu'il a dispersé les morceaux dans plusieurs étangs. Au cours de l'opération, il a dû perdre quelque chose qu'il est incapable de retrouver.

- Il y a plus de mille étangs, lui avait fait remarquer Rohmer. On ne peut pas tous les assécher.

- Je sais. Lui aussi le sait.

Elle avait ajouté après quelques secondes de silence.

- Mais tu es un type chanceux, Rohmer. Je m'en suis rendu compte au Liban. Je ne m'en fais pas.

19

20 juin, Nantua

- Madame Jannin !

Anna entend confusément qu'on l'appelle, mais le coeur battant, elle poursuit sa course.

« L'eau ! Méfie-toi de l'eau ! »

- Madame Jannin !

Le sentier ? Où est le sentier qui va jusqu'au lac !

- Céline ?

- Elle est là, Madame Jannin, votre fille est là !

Anna s'arrête net, se retourne. Céline est sur le perron, un bouquet de narcisses à la main.

Les jambes flageolantes, Anna remonte vers la maison. Elle a perdu son sang-froid, elle vient de donner d'elle l'image d'une femme déséquilibrée. Mais elle a surtout honte de s'être fait du mauvais sang à cause des prédictions d'une bohémienne.

Céline lui tend les narcisses. Anna prend le bouquet, serre sa fille dans ses bras.

- Céline, dit-elle posément. Je veux savoir où tu es pour ne pas avoir à te chercher quand j'ai besoin de toi. Tu comprends ?

Céline hoche la tête. Anna lui donne une petite tape sur la cuisse.

- Attends-moi à l'intérieur.

Elle se tourne vers Didier.

- Il y a une chose que je ne vous ai pas dite, avoue-t-elle. J'ai perdu mon mari il y a quelques mois dans un accident…

D'un coup, Didier qui la regardait curieusement, semble mal à l'aise.

- Je suis désolé. Avec les enfants, il vaut mieux un excès de prudence que l'inverse. Ne vous tourmentez pas, madame Jannin.

- Anna, dit-elle soulagée par sa réaction. Appelez-moi Anna. Vous avez des enfants, Didier ?

Il secoue la tête.

- Je ne suis pas marié, mais j'en ai une trentaine sous ma responsabilité. Je suis moniteur à l'école de voile de Nantua. Je comprends parfaitement votre réaction, croyez-moi.

Du salon, la voix de Céline leur parvint.

- Maman, je peux monter au premier ?

Didier éclate de rire.

- Notre guide nous appelle. On n'a plus qu'à le suivre.

Un imposant escalier de bois ciré mène à l'étage. Didier passe un doigt sur la rampe laquée de blanc : il n'y a pas une trace de poussière.

- La maison est louée avec son jardinier et sa gouvernante, Monsieur et Madame Célik, explique-t-il. Elle vient deux fois par semaine quand la maison est inoccupée et tous les jours quand il y a des locataires. Elle habite sur la route d'Apremont, juste après l'embranchement qui conduit aux *Sapins*. C'est une très bonne cuisinière, surtout si vous aimez la cuisine méditerranéenne. Elle est d'origine turque, comme son mari.

Au premier étage, Anna admire les parquets en lattes de chêne, les fenêtres à vitraux, les plafonds ornés de poutres. Elle ouvre la croisée. Le parfum des narcisses monte jusqu'à elle. Les jardins s'étendent à ses pieds, avec à sa gauche le pré et le bois qu'ils ont traversés en arrivant. À droite, un talus descend jusqu'au lac.

- Ça te plairait de passer les grandes vacances ici ? demande-t-elle à sa fille.

Céline lui fait signe de s'approcher. À sa mine de conspiratrice, Anna comprend qu'elle veut lui parler sans que Didier l'entende.

- Ça doit coûter très cher une maison comme ça. Comment on va faire pour l'argent ? Lui souffle-t-elle à l'oreille.

Anna se doutait que sa fille lui poserait un jour cette question. La psychologue s'était montrée catégorique : « pas question de faire naître un nouveau sentiment de culpabilité chez Céline en lui disant que la vie qui s'offre à elle a pour prix la mort de son père. »

Anna l'embrasse sur le front.

- Ne t'inquiète pas, ma chérie, dit-elle, Papa nous a laissé de l'argent.

*

Didier les a invités à déjeuner à l'Embarcadère, un hôtel en bordure du lac. L'endroit est charmant, Genève n'est qu'à une cinquantaine de kilomètres, et dans le parking, la plupart des véhicules sont immatriculés en Suisse.

- Vous devriez faire un arrêt à Villars les Dombes pour voir le Parc des oiseaux, suggère Didier au dessert. C'est l'un des plus importants d'Europe.

Céline, qui semblait ailleurs, a brusquement tendu l'oreille.

- Maman, Villars les Dombes ce n'est pas l'endroit où une petite fille a disparu avec son labrador ?

Anna s'est raidie. Elle se lève, fait signe à Didier.

- Céline, j'ai quelque chose à dire à Monsieur Dumas. Termine ton dessert, on en a pour cinq minutes.

En se dirigeant vers la sortie, Anna éprouve une crampe à l'estomac. Son empressement à quitter l'appartement de Suresnes, sa décision de s'engager sur un nouveau chemin ont occulté le double drame qui s'est déroulé dans la région.

Didier, qui lui a emboîté le pas, s'inquiète :
- Quelque chose ne va pas, madame Jannin ?

- Vous avez une cigarette ? demande Anna.

- Je ne fume pas, mais je peux aller vous chercher un paquet. Quelle marque ?

- Une cigarette suffira. Peu importe la marque. Merci.

« Les décisions prises impulsivement ont des conséquences désastreuses. Le contrat de location est signé, tu as remis à Didier le chèque de la caution et celui du loyer, et maintenant ta propre fille te rappelle... » Se répète Anna.

- Tenez, dit Didier.

Elle ne l'a pas entendu revenir.

- C'est la remarque de Céline qui vous a troublée ? demande-t-il.

Anna acquiesce. La première bouffée de cigarette lui donne le vertige.

- Vous m'avez dit tout à l'heure que la région était sûre, que ma fille ne risquait rien.

-Elle est sûre. Nous n'avons jamais eu d'enlèvements d'enfants. Enfin, pas à ma connaissance.

- Et ce qui s'est passé à Villars et à Lyon ?

- Madame Jannin, je n'ai pas suivi en détail ces deux affaires, mais je sais que le ravisseur a été arrêté et qu'il s'est suicidé en prison. Vous êtes au courant, je suppose ?

Anna ne répond pas. Didier ajoute :

-En tout cas, lorsqu'un enlèvement a lieu quelque part, l'endroit ne devient pas automatiquement « dangereux ». Il y a des disparitions chaque année, les gens ne fuient pas pour autant avec leurs enfants. Maintenant, si vous avez changé d'avis pour la maison, je peux appeler le propriétaire et trouver un arrangement.

Anna se mord la lèvre. Elle doit arrêter de voir tout en noir. Envisager le pire chaque fois qu'il s'agit de sa fille est ridicule. Céline ne risque rien, le coupable a été arrêté, il s'est même suicidé en prison.

- Vous entendre m'a fait du bien, avoue-t-elle à Didier. La cigarette aussi d'ailleurs.

Didier esquisse un sourire.

- Alors, que décidez-vous pour *Les Sapins* ?

Anna semble un moment perdue dans ses pensées, puis elle écarte la mèche qui tombe sur son front.

- Je n'ai pas changé d'avis.

Elle regarde sa montre, ajoute :

- Il vaut mieux y aller. Je ne voudrais pas rater mon train pour Paris. Céline a manqué l'école aujourd'hui, je ne veux pas qu'elle la manque demain.

Quand Anna revient, Céline l'attend avec une requête.

- Maman, on pourrait s'arrêter au Parc des oiseaux avant de rentrer à la maison ?

Anna fixe sa fille droit dans les yeux. Il n'y a ni malice ni provocation dans son regard, Céline voit le monde selon ses propres critères, et ils sont différents des siens.

« Je suis plus faible que toi, je mélange tout », a envie de lui avouer Anna.

Elle a quand même un signe de tête négatif.

- Il est tard. Tu as classe demain.

Elle se tourne vers Didier, pour obtenir son soutien.

- Le spectacle de dix-sept heures vaut vraiment le coup, dit-il, lançant un clin d'oeil complice à Céline. Vous pouvez passer la nuit à Villars, rendre votre voiture de location demain matin et prendre ensuite le TGV pour Paris. Je connais une auberge près du parc, *Le goéland bleu*. Je peux les appeler et voir s'ils ont des chambres disponibles.

- Je ne sais pas, dit Anna.

Elle observe sa fille. Les lèvres de Céline sont plissées. Une moue boudeuse et implorante à laquelle Anna résiste difficilement.

20 juin, Villars les Dombes

Il est 13 h 45 quand Rohmer s'arrête place de l'Hôtel de Ville. Il met sa veste et sa cravate dans le coffre de sa voiture, récupère son sac à dos et retrousse les manches de sa chemise.

Il fait chaud. Le soleil tape dur. Sur la place, l'Office du Tourisme vient d'ouvrir. Rohmer se fait délivrer un plan des environs, puis se met en quête d'un café.

Il y en a un dans une petite rue ombragée. Il évite la terrasse, préfère s'installer à l'intérieur. Il commande un sandwich, une bière pression, sort son ordinateur, le pose sur ses genoux et fait défiler les photos d'Eva sur l'écran, celles qui ont constitué pour le juge d'instruction les preuves irréfutables de la culpabilité de Daniel Eymard.

Il y en a dix. Toutes montrent Eva sur son vélo, parfois avec son chien courant à ses côtés.

L'arrière-plan est flou. Le ravisseur s'est servi d'un téléobjectif, il est quasiment impossible de déterminer où Eva se trouvait au moment où les clichés ont été pris.

Rohmer les fait défiler en boucle tout en mangeant son sandwich. Au bout de plusieurs passages, un détail attire son attention.

Sur neuf photos, les angles, la posture, l'expression du visage d'Eva ne laissent aucun doute : elles ont été prises à son insu.

La dixième est différente. Un gros plan, de face. C'est vague, sans réel fondement, mais Eva donne l'impression de poser. Le cliché n'a pas été pris au pied levé. C'est à la demande du photographe qu'Eva a arrêté son vélo dont le guidon est visible.

Rohmer n'a pas de raison valable pour mettre en doute les conclusions de ses collègues. Ils ont vérifié les allées et venues de tous ceux qui de près ou de loin sont entrés en contact avec Eva.

Elle ne connaît probablement pas l'homme qui la photographie, même si Rohmer a l'impression du contraire.

Pourtant, un sourire s'amorce sur les lèvres d'Eva. Elle regarde vers l'objectif, comme si une sorte de complicité s'était établie entre elle et celui qui la prend en photo.

Rohmer avale deux cafés. Il est seize heures quand il se met en route. Il veut refaire à pied l'itinéraire où Eva a été aperçue pour la dernière fois.

En face du lotissement des Cytises où la famille Skold a séjourné se trouve le camping des Autières. Les gendarmes sont allés jusqu'à passer l'aspirateur sur les moquettes des caravanes dans l'espoir d'identifier des cheveux appartenant à Eva.

Le vélo qu'elle utilisait, son labrador n'ont jamais été retrouvés. Le ravisseur s'est probablement servi d'une caravane, ou d'une fourgonnette. La Renault blanche d'Eymard avec sa portière à glissière fait l'affaire. Coïncidence malheureuse, la moquette qui recouvrait la plage arrière a été changée un mois après la disparition d'Eva. L'entrepreneur affirmait qu'elle était en piteux état à cause des sacs de plâtre et de ciment qu'il transportait. Il se souvenait l'avoir jetée dans une décharge publique.

Le juge d'instruction Lambert ne l'a pas cru. Eymard s'est servi de sa Renault pour enlever la petite Skold, et s'il a changé la moquette, c'était à cause des traces de sang qui se trouvaient sur l'ancienne.

Laissant le camping derrière lui, Rohmer a tourné dans l'avenue Charles de Gaulle. Sur sa droite, un boulodrome et deux stades de football. Sur sa gauche, un tennis couvert.

Il marche sans se presser, observe les alentours. À la mi-juin, les visiteurs sont nombreux. Facile de passer inaperçu dans cette foule. Des employés du Parc des oiseaux, le visage dissimulé par un masque, circulent en patins et distribuent des programmes. Un spectacle a lieu à dix-sept heures.

Le chemin de Bel Air conduit au Parc. En face, cinq étangs, un grand et quatre petits, sondés sans succès.

Il y a un siècle à peine, la Dombes était une région de marécages, la plupart ont été transformés en étangs de pêche.

Pour les enquêteurs, Eva n'est pas parvenue au parc ce jour-là. À l'entrée, on se serait souvenu de son t-shirt jaune, de sa casquette de base-ball et du labrador. Elle a donc été enlevée avant, sur le chemin de Bel Air, celui que Rohmer vient d'emprunter.

La manière dont le ravisseur s'y est pris pour l'entraîner loin de la foule et des regards sans qu'on le remarque reste un mystère. Camille Laurent a elle aussi disparu sans laisser la moindre trace.

Rohmer achète un billet, se mêle aux visiteurs du parc. Il ressort vers dix-huit heures trente, les oreilles pleines de piailleries stridentes.

Il reprend l'avenue Charles de Gaulle, s'arrête au boulodrome, joue les curieux autour d'une partie de pétanque férocement disputée.

La journée s'étire. Le paysage prend des allures d'aquarelle. Dans les rues du village, la lumière s'infiltre, éclairant ici un portail, là un balcon.

Rohmer déguste une bière à une terrasse. Les hirondelles planent en poussant des cris plaintifs. Il s'abîme dans la contemplation de leur vol, de leur battement d'ailes, pareil à des papillons de velours noir.

L'après-midi touche à sa fin. Le ciel a pris une luminosité qui semble maintenir la nuit en haleine. Le bleu transparent du ciel refuse l'obscurité.

Rohmer décide de dîner dans le coin avant de rentrer à Doucier. Il feuillette le plan que lui a donné l'Office du tourisme, cherche d'un restaurant. *Le goéland bleu* réveille un écho dans sa mémoire : sa propriétaire, la mère Émile, connaissait les Skold. Rohmer se souvient d'avoir parcouru sa déposition.

Le goéland bleu est une longue bâtisse au toit couvert de tuiles, à la sortie de Villars les Dombes, sur la départementale 2. La salle donne sur un jardin entouré de rosiers, avec des tables abritées sous de larges parasols.

Rohmer s'est installé au fond du jardin. Il a commandé un poulet fermier aux cèpes et une eau minérale. Malgré le bruit des conversations et les cris des enfants impatients de goûter aux cuisses de grenouilles, on perçoit l'appel des oies, des canards et des grues, qui par vols entiers regagnent les étangs.

Au fond de la salle, derrière la caisse, trône une vieille femme vêtue d'une robe noire boutonnée jusqu'au col. C'est la mère Émile. Rohmer a décidé d'attendre que le restaurant se vide pour aller lui parler.

Une table attire son attention. La femme est jeune, des lunettes noires dissimulent son regard, mais son allure, son rire, l'ovale délicat de son visage sont de nature à marquer les mémoires. Une petite fille d'une dizaine d'années lui fait face. Elles sont engagées dans une discussion animée. Leur ressemblance est frappante. Une mère et sa fille, pense Rohmer.

Il dîne sans se presser, termine par un café, puis quand il juge qu'il peut questionner la patronne sans trop perturber le service, il se dirige vers elle, se présente.

-Je peux vous offrir quelque chose ? demande la mère Émile.

- Non merci. Il est tard et j'ai de la route à faire.

- Vous pouvez prendre une chambre. J'en ai de libres.

Rohmer esquisse un sourire.

- Vous connaissiez bien les Skold ?

La mère Émile joue avec la chaîne en or qu'elle porte autour du poignet.

-Comme clients. Ils venaient tous les dimanches. Lui était discret, sa femme, toujours élégante. Ça nous a fait un coup quand on a appris le drame.

- Et Eva ?

- Les cheveux très blonds, de grands yeux. Très polie. On la connaissait bien... pauvre gosse.

Rohmer attend qu'elle encaisse une addition pour demander :

- Vous vous souvenez d'un journaliste du nom de Quelier ?

La mère Émile hausse les épaules.

- On a vu tellement de journalistes défiler.

Il donne une brève description de Quelier avant de préciser.

- Vous avez dû le revoir au début de l'année, juste après l'enlèvement de Camille Laurent.

Elle paraît d'un coup se souvenir.

- Oui, il est venu. Il disait d'ailleurs que c'était la même affaire que la petite Suédoise. Il ne s'est pas trompé. C'est vous qui l'avez arrêté ce type de Bourg-en-Bresse ?

- Non.

- Il s'est suicidé, c'est mieux que rien. Dommage qu'on ait supprimé la peine de mort !

Rohmer demeure un moment silencieux.

- Vous avez une idée de ce que Quelier cherchait ?

Elle fronce les sourcils.

- Des informations, comme tous les journalistes.

- Quel genre d'informations ?

La mère Émile regarde en direction du jardin. Rohmer se retourne. La jeune femme qui dîne avec sa fille s'est levée. Elle fouille dans un sac qui porte le logo du Parc des oiseaux.

Il répète sa question à la mère Émile, sous une autre forme.

- Quelles questions vous a posées Quelier ?

Elle a un long soupir.

- Il voulait savoir si Camille Laurent était venue ici, au restaurant.

- C'est plutôt Eva qui m'intéresse. Il vous en a reparlé ?

- Ça ne me revient pas, reconnaît la mère Émile après avoir réfléchi.

Rohmer entend des rires. Il tourne de nouveau la tête. La gamine qui dîne avec sa mère a passé un masque d'oiseau, de perroquet. Elle prend la pose. Sa mère, qui l'appelle Céline, utilise son téléphone portable pour la prendre en photo.

Rohmer est pétrifié. Il vient de comprendre comment Eva Skold a été enlevée. L'intuition est si forte que le doute ne l'effleure même pas.

- Est-ce que l'assassin a avoué où il avait caché le corps de la petite Skold ? demande la mère Émile.

Rohmer ne répond pas. La jeune femme vient dans sa direction. Elle tient ses lunettes à la main. Il se tourne vers la mère Émile, demande son addition.

- Je vous ai fait préparer une chambre, lance la mère Émile à la jeune femme qui arrive.

Elle est là, tout près, juste derrière Rohmer. Il s'écarte, lui fait face. Il découvre de grands yeux sombres, des cernes sur la peau pâle des pommettes. Leurs regards se croisent. La jeune femme marque une hésitation, puis l'expression de son visage change, elle donne l'impression de le reconnaître, comme s'ils s'étaient déjà rencontrés.

Rohmer ne sait quoi penser. Peut-être lui rappelle-t-il quelqu'un. Lui ne l'a jamais vue avant ce soir, il s'en serait souvenu.

Il sourit, incline poliment la tête. Il paye sa note, sort du restaurant.

La nuit tombe. Il pose son sac sur le siège passager, s'installe au volant. Il laisse Villars derrière lui, reprend la route qui passe devant la forteresse de Bouligneux.

En bordure de l'étang, il s'arrête, éteint le moteur. Le coassement des grenouilles trouble le silence. Les étoiles commencent à strier le ciel. Rohmer laisse son regard se perdre dans l'eau noire et scintillante.

« Il sait comment parler aux enfants, quoi dire pour gagner leur confiance ».

Le parallèle établi par Agnès entre Chikatilo et le ravisseur d'Eva et Camille, n'a pas cessé de le troubler. Il y aura une troisième victime. Rohmer ignore quand, mais s'il ne met pas la main sur un élément concret, ses chances de remonter jusqu'au tueur avant qu'il ne récidive resteront insignifiantes.

Il le cherche oui, mais en tâtonnant, en aveugle.

21

Mardi 9 juillet, Nantua

Après avoir fait son lit et rangé ses affaires dans la penderie, une tâche que sa mère lui a imposée malgré la présence de madame Kiliç, (elle ne vient dans sa chambre que pour enlever la poussière, passer l'aspirateur et nettoyer la salle de bains), Céline a pris sa douche dans une drôle de cabine en verre où l'eau jaillit de tous les côtés à la fois. C'est devenu pour elle une récréation. Les dents brossées, elle s'applique à faire disparaître les traces de dentifrice dans le lavabo, puis suspend la sortie de bain moelleuse avec laquelle elle s'est séchée.

Sa tenue de la journée : chemisette de toile, pantalon treillis et sneakers. Avant de refermer la porte, elle jette un dernier coup d'oeil : si sa mère s'avise de faire une inspection, elle sera satisfaite. Et qui sait ! Au passage, Céline pourrait bien obtenir une récompense, un iPod par exemple.

Il est 10 h du matin. Aucun rai de lumière ne filtre sous la porte d'Anna. Depuis qu'elles ont emménagé aux *Sapins* une semaine plus tôt, sa mère se lève vers 11 h, parfois même aux alentours de midi.

Madame Kiliç s'occupe du ménage, fait la cuisine, mais aussi les commissions. Un jour sur deux, elle repart avec une liste et rapporte ce qui manque.

Lorsque Céline a fait sa connaissance, elle a eu un léger sentiment d'inquiétude à cause de ses yeux creux et de son air sévère. La gouvernante est une grande femme maigre plutôt silencieuse, qui parle avec un accent bizarre. Mais elle n'est pas aussi terrible qu'elle en a l'air, parce qu'elle prépare des gâteaux délicieux.

Céline dévale l'escalier. Madame Kiliç est dans le salon. Elle nettoie les bibelots avec un plumeau coloré. Par les baies vitrées entrouvertes, on voit le vert des pelouses, les crêtes blanches des vagues sur le lac.

- Ton petit déjeuner est prêt, Céline. Tu ne sors pas avant de l'avoir terminé. Tu restes dans le jardin ou dans le pré et tu ne t'aventures ni dans le bois ni près du lac, ordonne Madame Kiliç.

- Oui Madame, répond Céline.

Le ton cérémonieux arrache un demi-sourire à la gouvernante.

Céline file dans la cuisine, et se précipite dans le jardin vers la niche qui se trouve au pied d'un chêne.

Casper, un golden retriever de quatre mois, s'est levé d'un bond. Céline a obtenu gain de cause le lendemain de leur arrivée. Elle va s'ennuyer pendant ces vacances, elle aimerait bien avoir un chien, un compagnon de jeu. Un doberman.

Anna a cédé à deux conditions : « Pas question d'avoir une bête féroce, donc pas de doberman. Ensuite, ton chien restera dehors. Je ne veux pas qu'il entre dans la maison pour salir les canapés ou casser un bibelot ».

Céline a boudé. Elle tient à son doberman. Et puis, en visitant un refuge, elle a vu Casper et son coeur a fondu.

Ses longues oreilles affectueusement repliées en arrière, Casper a enfoui son museau entre les mains de Céline. Il mouille ses paumes de petits coups de langue.

Céline éclate de rire.

- Je reviens tout de suite avec une surprise, dit-elle.

Son petit-déjeuner expédié, une tasse de chocolat et deux brioches, Céline prépare une tartine de confiture de fraises qu'elle enveloppe dans une serviette en papier.

Sur l'un des buffets, le plateau préparé par madame Kiliç attend le réveil d'Anna. Céline est perplexe. Sa mère, qui à Paris se contente d'une tasse de thé et d'un yaourt dans la cuisine, passe une heure sur la terrasse à prendre son petit déjeuner : du thé, un oeuf à la coque, des toasts avec du miel, des fruits frais, mangues ou papayes, coupés en fines tranches et disposés sur une assiette en argent. Un vrai repas.

D'ailleurs, ce n'est pas le seul changement que Céline a noté. Sa mère plane sur un nuage et sa manière de s'habiller n'est plus la même. Elle aime toujours les jupes strictes et les chemisiers classiques, mais la jupe est devenue plus moulante et le chemisier plus décolleté.

Et finis les talons plats ! Pour sortir, Anna ne porte que des escarpins, ce qui convient parfaitement à Céline qui s'empresse de les mettre dès que sa mère a le dos tourné.

Casper gambadant joyeusement à côté d'elle, elle a pris le sentier qui va vers les bois. Aujourd'hui, elle a l'intention d'explorer ce qui se trouve au-delà du pré.

De part et d'autre du chemin, il n'y a ni arbres ni buissons, mais un parterre de narcisses dont les corolles s'inclinent gracieusement. Leur parfum emplit l'air, et

Céline a la sensation de pénétrer dans un lieu enchanté.

Plus bas, la vallée s'étire. On aperçoit une crique de galets blancs et l'eau du lac, qui de verte devient bleue à quelques mètres de la berge. Au fond, la brique des tuiles du village de Nantua pâlit sous le soleil.

Le pré descend en pente douce, puis remonte. Au début, seuls les jappements de Casper troublent le silence. Puis les oiseaux se mettent à chanter. D'abord la note claire d'une alouette immobile dans le ciel, et venant du bois, les cris des merles qui se poursuivent. Le paysage s'anime peu à peu.

Céline défait la serviette en papier et Casper a droit à sa tartine de confiture. Il la fait disparaître en deux secondes, et les babines barbouillées de confiture se met à bondir autour d'elle en aboyant.

Céline n'a jamais été aussi heureuse. Sa mère l'autorise à s'écarter de la maison, cette liberté la grise.

Casper, les oreilles flottant au vent, s'élance maintenant vers le sommet du coteau à la poursuite d'un papillon. Céline rejette ses cheveux en arrière et le poursuit en riant. Elle a oublié de prendre sa laisse, mais son chien s'est habitué à elle, il ne manque pas de revenir quand elle l'appelle.

Sur le versant opposé, un nouveau champ de narcisses apparaît. Les fleurs, plus clairsemées, laissent entrevoir des plaques de mousse spongieuse d'un vert éclatant.

Le sentier fait une fourche, une branche oblique vers les bois, tandis que l'autre descend en ondulant vers la route et le fond de la vallée. Au loin, une cloche résonne, puis se tait. Casper, lassé de sa poursuite infructueuse, renifle le sol.

Céline tourne la tête vers la maison.

Les terrasses et les jardins s'étendent, paisibles et calmes, avec le vert frais et poudré des feuillages qu'illuminent les rosiers. De là où elle se trouve, Céline distingue le grand parasol carré qui couvre d'ombre la table où sa mère prend son petit déjeuner. Anna doit dormir, les persiennes de sa chambre sont encore fermées.

Madame Kiliç est sortie sur le perron. Céline lève la main, mais la gouvernante ne regarde dans sa direction, car elle rentre dans la maison sans répondre à son geste.

Poussés par le vent, de petits nuages doux comme des animaux en peluche fuient dans le ciel. Céline se baisse, coupe la tige d'un narcisse et frotta les pétales entre ses mains. Elle ferme les yeux, respire très fort le parfum vivace.

Lorsqu'un peu étourdie elle les rouvre, Casper n'est plus là.

- Casper ?

Où est-il allé se fourrer ?

-Casper ? Casper ! Reviens tout de suite ! crie-t-elle.

Il aboie, juste derrière elle. Il a filé dans le bois !

Céline n'a pas le droit d'y aller, pas seule en tout cas. Sa mère le lui répète tous les soirs.

- Casper ! Ici, Casper !

Le chien demeure silencieux. Il revient, guidé par le son de ma voix, pense-t-elle.

Soudain, Casper pousse une série de jappements aigus qui surprennent Céline. Quel animal peut-il bien poursuivre pour être aussi surexcité ?

Si Casper s'entête, elle risque d'être obligée de partir toute seule à sa recherche.

Madame Kiliç ne refuserait certainement pas de l'aider, mais si sa mère se réveille entre-temps, elle risque d'en faire tout une histoire : « Tu dois tenir ton chien en laisse, il n'est pas dressé. Je ne veux pas que tu sois obligée de courir derrière lui s'il se sauve vers le lac. Il y a une route à traverser ! »

Comme tous les Golden Retriever, Casper adore l'eau. Mais c'est aussi un chien de chasse... Qu'est-ce qui a bien pu l'attirer dans le bois ?

Céline hésite, puis finit par hausser les épaules. Tans pis, elle doit retrouver son chien.

La futaie est touffue. L'ombre épaisse des sapins l'enveloppe aussitôt. Très vite, le sentier disparaît. Les arbres sont proches les uns des autres, dans les rais lumineux qui filtrent entre les branches, flotte une poussière dorée.

Les aiguilles craquent sous ses pieds. Céline a l'impression d'écraser une colonie d'insectes. Il fait beaucoup plus frais que dans le pré, elle est secouée par un frisson.

Mal à l'aise, elle s'arrête.

- Casper ?

Les branches basses, les buissons touffus, la gênent pour voir autour d'elle.

- Casper !

Où est-il passé ?

Un gros merle qui s'envole bruyamment la fait sursauter. Le charme de la promenade se dissipe, c'est comme si en pénétrant dans cette forêt, elle se retrouvait dans un endroit où elle n'avait pas envie d'être.

À Chamonix, là où vivait sa grand-mère, les forêts étaient différentes, les arbres plus grands, plus espacés. On voyait le ciel et les montagnes, et surtout elle ne s'y aventurait jamais seule. Son père ou Nicole, sa grand-mère, l'accompagnait toujours.

Tout d'un coup, quatre ou cinq aboiements montent d'une ravine en contrebas.

- Casper, viens ici tout de suite !

Manifestement, Casper n'a pas la moindre intention de lui obéir. C'est à elle d'aller le chercher. À quoi joue-t-il ?

Elle entreprend de descendre, scrutant l'espace entre les troncs. Au fond de la ravine, une mauvaise surprise l'attend : Casper n'est plus là, il ne l'a pas attendue.

Céline commence à être en colère, elle va être obligée de grimper de l'autre côté.

Elle glisse, bute sur des souches couvertes de mousse, s'écorche même la paume en s'agrippant à l'écorce rugueuse d'un grand sapin. Elle fait une halte, appelle son chien. Casper ne répond plus.

Poussant un soupir, elle reprend son ascension. Pourquoi Casper fait-il semblant de ne pas l'entendre ? C'est la première et la dernière fois qu'elle le sort sans sa laisse !

Arrivée au sommet, une ravine plus abrupte que celle qu'elle vient de franchir lui barre le chemin. Les arbres redeviennent très serrés. Les rayons du soleil n'atteignent pas le sol, ils se perdent dans les hautes branches hérissées d'aiguilles qui s'enchevêtrent.

La pente est trop raide pour que Casper s'y soit risqué.

Céline longe la crête parsemée de fourrés. Le matelas d'aiguilles craque sous ses pieds. Subitement, elle se fige. Des crissements, derrière elle.

- Casper ? dit-elle en se retournant.

Elle s'attend à le voir apparaître en jouant les penauds. Mais rien ne bouge dans la forêt. Pas un frémissement. Pas un chant d'oiseau. Plus un bruit.

« Ne va pas seule dans le bois, Céline, tu peux y faire de mauvaises rencontres, te retrouver face à un sanglier, un renard, un animal dangereux. Ou un rôdeur. Il n'y a pas que les gens du village en cette saison. »

Sa mère cherche à lui faire peur. Céline est sûre que, sans le lui dire ouvertement, elle veut lui rappeler ce qui est arrivé aux deux petites filles enlevées alors qu'elles étaient seules.

« Tout dans la vie ne se transforme pas en catastrophe, lui a dit la psychologue. Ce qui ne veut pas dire que tu dois te montrer imprudente et désobéir chaque fois qu'on te met en garde. »

Céline ne voit surgir ni sanglier ni renard, encore moins ce que Anna appelle un rôdeur, pourtant elle éprouve une drôle d'impression, comme si quelqu'un la surveillait en se cachant.

Elle aimerait bien ressortir tout de suite de cette forêt, mais elle continue à suivre la crête, parce qu'elle doit retrouver Casper.

Les crissements ont repris. À chaque fois qu'elle s'arrête, elle ne les entend plus, mais quand elle repart, ils reprennent dans les buissons.

Il y a sûrement des petits animaux. L'un d'eux doit m'espionner, pense-t-elle.

Elle s'écarte des buissons pour suivre un chemin entre deux rangées d'arbres. Une clairière pas plus large qu'une piste de cirque se découvre. Au centre, il y a des pierres plates couvertes de plaques verdâtres qui ressemblent aux écailles d'un gros lézard. Une odeur de terre mouillée et de feuilles mortes saute au visage de Céline. Un peu oppressée, les bras serrés sur sa poitrine, elle appelle.

- Casper ?

Sa voix ne porte pas. Elle s'avance dans la clairière, jusqu'à la ligne de sapins. La forêt semble changer de forme. Entre les troncs, les galeries sont étroites, noyées dans la pénombre.

- Casper ?

Où est passé son chien ?

Céline scrute les couloirs d'ombre, espérant apercevoir la note claire de son pelage. Elle écoute, attentive au craquement d'une brindille, au bruissement d'une feuille, à un trottinement furtif.

Sur sa droite ! Un bruit ! Une sorte de crissement. Une branche a bougé ! Qui s'approche ?

Les yeux écarquillés, elle s'efforce de percer la pénombre. Les sapins donnent l'illusion de former un véritable mur.

Brusquement, derrière le rideau d'arbres, un visage... Pourquoi est-il si blanc ?

Elle s'entend balbutier :

- Qui êtes-vous ?

Elle a l'impression que la terre s'est arrêtée de tourner. Tout d'un coup, le visage s'efface. Là où elle regardait, il n'y a plus personne.

Céline tremble de peur. Le craquement d'une branche sèche qui casse devant elle la cingle comme une gifle, incapable de dominer plus longtemps sa frayeur, elle se met à courir de toutes ses forces.

*

Elle fuit au hasard, pareille à une bête traquée, sans se retourner, sans se soucier de savoir où elle va. Les sapins s'étirent en rangées interminables. On dirait qu'on les placés là uniquement pour la ralentir. Les branches l'obligent à lever les bras pour protéger son visage. Sa respiration haletante, son coeur qui cogne résonnent comme un tocsin. Elle imagine entendre le martèlement d'un pas lancé à sa poursuite. La pénombre refuse de s'éclaircir, les arbres de s'espacer. Il n'y a plus ni pré ni champs. Ni allée. Juste un labyrinthe sans repères, sans limites. Qui refuse de s'entrouvrir.

Un point de côté a forcé Céline à s'arrêter. Pliée en deux, les mains sur les genoux, elle halète, cherche à récupérer son souffle. Un sanglot s'étouffe dans sa gorge. Elle ne comprend pas. Un moment plus tôt elle se promenait avec Casper, maintenant…

La forêt semble déserte. Remplies de ténèbres informes, les allées se ressemblent. Céline n'a pas la moindre idée de l'endroit où elle se trouve ni de la direction à suivre pour sortir de ce bois.

Elle s'est perdue.

Son coeur, loin de se calmer, bat de manière précipitée. Son sang se glace dans ses veines. Elle vient de sentir un souffle sur sa nuque…

Ce n'est pas… Non, ça n'est pas le vent.

Elle voit bien que les branches ne bougent pas. C'est quoi alors ?

Elle entend quelque chose. Une respiration. Un halètement. L'homme au visage tout blanc l'a poursuivie. Il s'est approché sans faire de bruit.

Céline veut s'enfuir…

Impossible ! Ses jambes refusent d'obéir. La panique la cloue au sol.

Un frôlement… Qui lui touche les cheveux ?

Ça descend, c'est sur sa joue à présent. Ça continue à descendre. Quelque chose lui effleure le...

Ça s'est arrêté. Elle ne sent plus rien...

D'un coup, elle se retourne, hurle de terreur : une main vient de l'agripper par le cou !

22

Mardi 9 juillet, Nantua

Wölk ne s'était pas trompé : il fallait à Anna un endroit où se reconstruire, la perspective d'une nouvelle existence.

Depuis son arrivée à Nantua, elle ne vit plus dans l'alarme permanente, elle dort sans somnifères, se réveille la tête riche de projets. La sinistrose qui la poursuivait depuis son retour en France appartient à une époque révolue.

Lors de son premier matin aux *Sapins*, Anna se rappelle être sortie sur la terrasse, une tasse de thé à la main. Une journée claire, lumineuse, un ciel sans nuage, d'un bleu profond, troublé par un vol d'oiseaux blancs au-dessus du lac.

Elle a dégusté son thé en admirant le paysage, tandis que les rayons du soleil réchauffaient son visage. La sérénité environnante a accru la sensation de paix procurée par sa longue nuit de sommeil, la première depuis longtemps.

Cela fait huit jours maintenant que la magie du lieu agit.

Bien sûr, sa deuxième rencontre avec l'homme de Roissy à *l'Oiseau Bleu* l'a désorientée. Ce qu'elle a ressenti en le revoyant est confus.

Anna a perçu autour de lui une sorte de tension, comme s'il se déplaçait à l'intérieur d'un cercle où les hommes et les situations sont tout sauf ordinaires. Mais il a aussi esquissé un sourire désarmant qui semblait dire : je suis désolé, pardonnez-moi d'avoir provoqué une réaction aussi vive.

Le mélange des genres plaît assez à Anna.

Elle a essayé d'obtenir de la mère Émile des informations, son nom par exemple, mais l'aubergiste s'est contentée de dire qu'elle le voyait pour la première fois.

Anna a eu l'intuition qu'elle reverrait cet homme et elle l'a revu. Pourquoi continue-t-elle à chercher un sens à leurs rencontres ? Peut-être va-t-il y avoir une suite ? Quel genre de suite ?

Elle soupire, se lève, ouvre les persiennes. La lumière la fait cligner des yeux. L'air est tiède, embaumé par le parfum des narcisses. Anna inspira profondément cette odeur qu'elle trouve céleste. « Le secret du bonheur est dans les petites choses. Encore une journée au paradis. »

Elle regarde sa montre : presque 11 h. Et dire qu'il y a deux semaines elle se considérait comme insomniaque !

Elle doit se dépêcher. Une amie d'enfance lui rend visite en fin de matinée.

Anna file dans la salle de bains, se glisse sous les micros jets de la douche. Une séance d'hydrothérapie. Dix minutes de bien-être. Elle s'abandonne à la sensation tonifiante qui chasse de son corps les dernières particules de sommeil.

Éric se préparait en secret une seconde jeunesse, il était sur le point de l'abandonner pour une femme plus jeune.

Anna ne se trouve pas totalement dépourvue de séduction. Ses seins ne sont peut-être pas très gros, mais ils gardent leur galbe, leur fermeté. Son visage semble avoir retrouvé la douceur, la fraîcheur de l'adolescence.

Sortie de la douche, elle se sèche rapidement avant d'enfiler un jean et une confortable chemise en coton dont elle retrousse les manches.

La chambre de Céline est à l'autre bout du couloir. Elle décide d'y jeter un coup d'oeil avant d'aller prendre son petit-déjeuner sur la terrasse. Elle veut s'assurer que sa fille a bien rangé ses affaires et fait son lit avant de se précipiter dehors.

Céline est obéissante, mais Anna se méfie un peu. Elle est bien capable de jouer de son charme et de son innocence auprès de Madame Kiliç pour s'éviter les petites contraintes que sa mère lui impose.

Quand Anna ouvre la porte, elle demeure figée sur le seuil, un mélange de stupéfaction et de colère sur le visage.

Comment sa fille a-t-elle osé laisser sa chambre dans cet état ?

23

Mardi 9 juillet, Nantua

Céline est seule. Il n'y a personne derrière elle. Pas âme qui vive. Rien que la forêt. Pourtant, elle a senti une main lui serrer le cou.

Elle ne va pas se réveiller d'un mauvais rêve. C'est un mauvais rêve et elle est bien réveillée.

Le désespoir s'empare d'elle. Elle s'effondre en pleurs. Cette fois, elle n'a besoin de penser à des choses tristes pour que les larmes sortent.

Où est sa mère ? Pourquoi madame Kiliç ne vient-elle pas la chercher ? Qu'est devenu Casper ?

Voilà que maintenant, elle entend comme un bruit de pas, sur la gauche. Ils se rapprochent.

- Céline ?

Qui chuchote son nom ?

- Céline ?

La voix… Les pas… Ils ne viennent pas du même côté.

Elle tourne lentement la tête sur sa droite.

- Monsieur Kiliç ? murmure-t-elle d'une voix que l'émotion fait trembler.

Ne la voyant pas revenir, sa mère a peut-être demandé au jardinier de partir à sa recherche.

- Céline…

Une lumière blafarde baigne les sapins. Céline ne voit rien d'autre que les arbres qui l'encerclent, les buissons bardés d'épines qui semblent prêts à se refermer sur elle.

Qui l'appelle ? Pourquoi ne lui répond-on pas ?

- Céline…

On cherche à l'effrayer. Elle est sur le point de vomir.

« Ne vas pas seule dans le bois, Céline, tu peux y faire de mauvaises rencontres. »

Soudain, un aboiement.

Casper !

Un jappement qui se mue en plainte.

- Casper ?

Céline n'arrive pas à y croire.

- Casper ?

Le chiot continue à gémir. Céline se retourne. Les plaintes viennent d'un gros buisson.

Elle hésite, songe une seconde à s'enfuir. Elle n'a pas le droit d'abandonner son chien.

Elle se penche, regarde au bas du buisson. Tout d'abord, elle ne voit qu'un amas de feuilles et de branches, puis quand son regard s'est accoutumé, elle distingue une tache d'un roux doré. Casper est caché là, au milieu du fourré.

- Casper ! Viens Casper !

Elle l'appelle plusieurs fois, ne sachant pas si elle doit rire du bonheur de l'avoir retrouvé malgré la voix qui l'a terrorisée.

Qui a prononcé son nom ? Que fait son chien dans ce buisson ? Cette main qui lui a saisi le cou, ce souffle sur sa nuque…

Tout est si bizarre.

Casper s'impatiente, mais refuse de sortir de sa cachette. Les nerfs à vif, la respiration courte, prête à fuir à la moindre alerte, Céline s'approche du fourré dont les feuilles vernissées se terminent en piquants. Les branches sont plus espacées à la base ; en rampant, elle pourra récupérer Casper.

Elle ramassa ses cheveux en chignon, les fixe avec une branchette, puis se faufile dans la mince trouée.

Le museau entre les pattes, Casper paraît terrorisé. Il ne va pas être facile à libérer, il s'est emberlificoté les oreilles dans un rameau hérissé de piquants.

Céline prend son temps pour ne pas le blesser. À peine délivré, le chien jappe de contentement, lui lèche le visage. Elle le serre dans ses bras, enfouit son nez dans son pelage, et sent comme un choc dans sa poitrine.

Une odeur étrange émane de Casper.

Céline replonge le nez dans ses longs poils, ferme les yeux, renifle.

L'odeur... Elle est presque sûre de l'avoir respirée avant d'entrer dans le bois.

Pas sur son chien. Pas dans le jardin ni sur madame Kiliç...

Ou alors ?

Elle n'en sait rien. L'odeur la met mal à l'aise. Elle lui rappelle l'homme au visage tout blanc qu'elle a vu, qui fait si peur.

Une cloche s'est mise à sonner dans le lointain. Céline pousse un cri de joie. Elle sait comment ressortir de la forêt : la cloche indique la direction du village.

Elle attrape Casper par son collier, et tant bien que mal s'extirpe du fourré. La cloche sonne toujours. Casper dans les bras, jetant des regards craintifs autour d'elle, Céline coupe à travers les allées. Un quart d'heure plus tard, elle débouche enfin sur un promontoire.

Le lac étincelle sous le soleil. La maison se détache sur le blanc et l'or des Sapins. Les volets de la chambre de sa mère sont ouverts.

Céline est inquiète. Elle va devoir affronter sa mère qui possède un sixième sens pour deviner si elle lui ment ou dit la vérité.

Céline décide de tenter sa chance. Elle ne parlera pas de son escapade si on ne lui demande rien. Après tout, sa mère ne s'est peut-être pas rendue compte qu'elle avait disparu dans les bois.

Avant de rentrer, elle doit d'abord débarrasser Casper des brindilles accrochées à son poil, et aussi retirer les aiguilles de sapin piquées dans ses cheveux et ses vêtements.

Sa tâche accomplie, Céline s'est accordé un moment de repos. Allongée dans l'herbe, elle réfléchit à la silhouette entrevue à la lisière de la clairière, au visage blanc comme celui d'un clown, à la voix qui avait chuchoté son nom.

Les a-t-elle imaginés sous le coup de la frayeur ?

Peut-être, elle veut bien l'admettre. Mais elle n'a pas pu inventer une odeur sur le pelage de son chien. Ça, c'est impossible !

Que s'est-il passé ?

Quelqu'un qui connaissait son nom a pris Casper dans les bras pour qu'il ne puisse pas revenir vers elle. Il voulait l'obliger à pénétrer dans la forêt, à s'enfoncer au milieu des sapins.

Pourquoi ?

Céline frissonne.

On s'amuse à lui faire peur. Qui lui veut du mal ?

Elle meurt de soif. Casper lui aussi doit rêver à une écuelle d'eau fraîche. Perdue dans ses pensées, elle se met en route vers la maison.

La voix dans la forêt l'a appelée par son prénom. C'est quelqu'un qu'elle connaît. Mais elle n'est là que depuis une semaine. Qui a-t-elle rencontré depuis son arrivée ici ?

Céline compte sur ses doigts : Didier, l'homme qui leur a loué la maison. Monsieur Kiliç, le jardinier…

La fourgonnette blanche dans laquelle il range ses outils est là.

Cela fait deux personnes.

Au village, elle a accompagné sa mère chez le libraire. Il y a aussi le boulanger, le jeune homme du vidéoclub.

Cela fait cinq personnes.

Qui d'autre ?

Tiens ! Une voiture verte est garée derrière le break Volvo que sa mère vient d'acheter. *Les Sapins* ont des visiteurs.

Céline se baisse, prend Casper dans ses bras et l'embrasse. Cette odeur, où l'a-t-elle déjà sentie ?

24

Mardi 9 juillet, O.C.D.I.P, Nanterre

« Tu es, un type chanceux, Rohmer. »

Assis derrière son bureau, Rohmer est de mauvaise humeur. Il piétine depuis trois semaines. Pas un seul élément pour corroborer son hypothèse sur la manière dont la petite Skold a été enlevée.

À maintes reprises, il a gardé pour lui des intuitions qu'il aurait dû communiquer à ses collègues. Dans ce cas, il sent qu'il n'a pas commis d'erreur en gardant le silence. Il a tendance à respecter son instinct, même s'il le guide parfois vers des voies sans issues.

Le ravisseur d'Eva Skold a opéré en plein jour sur un chemin fréquenté par les visiteurs du Parc des oiseaux. Si personne n'a rien remarqué, c'est qu'il s'est arrangé pour faire partie du décor.

Voilà la théorie que Rohmer a élaborée : Eva se rend seule au Parc des oiseaux presque tous les après-midi. Son ravisseur la repère, la suit à distance, note les espèces auxquelles elle s'intéresse particulièrement : aras et toucans, d'après la mère de la gamine.

L'homme a maintenant un angle d'attaque qui va lui permettre d'établir avec Eva un climat de confiance.

En refaisant le parcours de la fillette le jour où elle a disparu, Rohmer a remarqué que des employés du Parc, le visage dissimulé par des masques d'oiseaux, distribuaient en patins le programme des spectacles.

Au moment de l'enlèvement d'Eva, son ravisseur porte lui aussi un masque d'oiseau et circule en patins. Rien ne le différencie des employés du parc. Il demande à la gamine d'arrêter son vélo pour la prendre en photo. Un sourire aux lèvres, elle accepte : c'est la dixième photo, celle qui a intrigué Rohmer.

Le ravisseur doit maintenant entraîner Eva jusqu'à l'endroit où il a garé son véhicule. Il a deux impératifs : elle ne doit pas se méfier et personne ne doit les remarquer.

Quelle astuce emploie-t-il ? Il lui tend un masque d'oiseau, propose un jeu, une course. Ara contre toucan, vélo contre patins.

« Il y a trop de monde sur le chemin. Si on va sur l'avenue, ce sera plus amusant et ton chien pourra faire la course avec nous. »

La gamine est ravie. L'homme s'arrange pour prendre la tête jusqu'au croisement. Quelques mètres d'avance suffisent pour qu'on ne les associe pas Eva et lui.

Il tourne à gauche pour s'éloigner de Villars les Dombes. Eva le suit. Il n'a pas besoin d'aller très loin : cent mètres après la bifurcation, l'avenue Charles de Gaulle est quasiment déserte. Il laisse Eva regagner du terrain, puis s'arrête à hauteur de son véhicule qu'il a garé un moment plus tôt.

C'est la théorie de Rohmer, et jusqu'à ce qu'une meilleure se présente, il refuse de l'abandonner.

De Doucier, il s'est rendu tous les jours à Villars les Dombes. Il avance par petites touches, tente de parfaire son hypothèse en demeurant discret. Il n'exclut pas l'éventualité d'être observé. Le tueur est peut-être attentif au moindre signe qui révèlerait que l'enquête se poursuit.

Il vit probablement dans la région, estime Rohmer - les deux enlèvements se sont produits dans un rayon de moins de trente kilomètres -, mais pas forcément à Villars.

La venue de l'été et la présence de milliers de touristes l'ont attiré avec un plan déjà en tête, un plan simple qu'il a exécuté en peu de temps. Cinq ou six journées, pas plus, ont suffi pour repérer une victime et l'enlever sans qu'on puisse se souvenir de sa présence.

Rohmer écarte la possibilité qu'il ait pu être engagé comme saisonnier au Parc. L'homme s'est montré trop prudent pour laisser derrière lui une fiche de paie, un numéro de sécurité sociale ou une demande d'emploi. Il n'est pas non plus astreint à des horaires fixes, il dispose de son temps. Peut-être est-il sans emploi ou en congé. Il possède une voiture, une estafette dotée d'une porte coulissante, idéale pour un enlèvement en pleine rue. Il arrive à Villars le matin, repart la nuit venue, sans jamais garer son véhicule au même endroit pour éviter qu'on ne le remarque, qu'on se souvienne de lui.

Il dispose aussi d'un endroit discret où il emmène ses victimes. Il ne les a pas gardées prisonnières dans une cité ou un lotissement. Trop dangereux. Rohmer songe à une maison à l'écart, avec un garage, plus certainement une cave.

Il a vérifié son hypothèse sur le terrain. Sans résultat. Les masques d'oiseaux, qui s'achètent à la boutique du parc, sont fabriqués par une entreprise familiale d'Oyonnax dirigée par une veuve et sa fille. Elles emploient douze ouvrières et un chauffeur-livreur. Seul le chauffeur intéresse

Rohmer. L'homme, à deux ans de la retraite, ne correspond pas au profil du tueur. C'est un brave type, dont le carnet de livraison montre qu'il n'a pas eu la possibilité matérielle d'enlever l'une ou l'autre des deux gamines.

Le corps démembré d'Eva gît probablement dans plusieurs étangs, estime Agnès. Sonder les plans d'eau qui encerclent Villars n'est pas envisageable, cela prendrait des mois. Rohmer ne dispose pas du personnel suffisant et le parquet de Lyon réagirait à une telle décision : les deux « affaires » sont résolues, classées, rien ne justifie qu'on rouvre les enquêtes.

Rohmer ratisse large, à sa manière, sans se préoccuper de savoir s'il avance dans la bonne direction. Il a visité les bars, les cafés où le meurtrier aurait pu s'installer pour épier sa victime. Il espérait sans trop y croire bénéficier d'un coup de chance. Au fond, en dépit de l'impression d'Agnès, la chance ne souffle pas franchement de son côté.

Le meurtrier d'Eva et Camille est-il allé jusqu'à dîner au *goéland bleu* quand la petite Suédoise et ses parents s'y trouvaient ?

Rohmer est prêt à parier que oui. Mais il n'est pas plus avancé.

Il est à la poursuite d'un fantôme, d'une ombre qui s'est fondue dans la nuit. Le temps joue contre lui.

Une menace pèse sur une troisième fillette.

Il se lève, ferme la porte de son bureau à clé pour qu'on ne le dérange pas et retourne s'asseoir. Une pause de dix minutes.

Ses pensées s'égarent, loin de son enquête.

Il songe à cette jeune femme qu'il a croisée au *goéland bleu*. Sa réaction continue de l'intriguer. Rohmer a l'habitude de jauger le comportement de ses semblables, une qualité indispensable dans son métier. La jeune femme est attirante, mystérieuse, l'expression qu'il a saisie dans son regard révèle un caractère volontaire, mais aussi une faille, une faiblesse.

Qu'a-t-il éveillé en elle pour qu'elle soit incapable de maîtriser une réaction …

Une réaction de quoi ?

Là, Rohmer n'est plus vraiment expert pour fournir une réponse. L'effarement est ce qui lui vient en premier à l'esprit.

Est-ce le seul sentiment qu'il est encore susceptible d'inspirer à une femme ?

Il espère que non.

Le vide laissé par Léa, et qu'il n'a jamais rempli prend certains jours la profondeur d'un abîme.

Comme aujourd'hui, par exemple.

25

Mardi 9 juillet, Nantua

Céline a fait un détour pour ne pas déboucher directement sur la terrasse. Après avoir changé l'eau dans l'écuelle de Casper et l'avoir attaché, elle s'est faufilée dans la cuisine. Au premier étage, on entend ronfler l'aspirateur de madame Kiliç.

Céline ouvre le réfrigérateur et profite de ce qu'elle est seule pour boire au goulot le tiers d'une bouteille de jus de pommes. En se recoiffant dans les toilettes, au souvenir de son escapade dans la forêt, elle se demande s'il ne vaut pas mieux tout raconter à sa mère. Mais Anna, qui a tendance à dramatiser, risque de lui interdire de quitter le jardin.

En sortant sur le perron, elle a pris sa décision : elle ne dira rien si on ne lui pose de questions.

De toute façon, elle n'a pas l'intention de retourner dans cette maudite forêt.

- Viens, ma chérie !

Sa mère lui fait signe, elle est assise sous le parasol avec une autre femme.

Céline court se jeter dans ses bras. Sa mère lui plaque un baiser sonore sur chaque joue avant de faire les présentations.

- Ma fille Céline, la lumière de ma vie, Jeanne Maurois, une amie d'enfance que j'ai retrouvée.

- Quel âge a cette beauté ? S'enquiert Jeanne.

Cette « amie d'enfance » dont sa mère ne lui a jamais parlé a des airs de présentatrice télé.

- Onze ans, déclare-t-elle.

Le sourire de Jeanne s'élargit, faisant apparaître de petites rides autour de ses yeux.

- Tu ne les as pas encore. Je sais déjà tout de toi.

-Jeanne habite Villars les Dombes, coupe Anna. On a passé la nuit là-bas quand on a visité la réserve des oiseaux. Tu t'en souviens ?

Céline acquiesce.

- Il y a deux oiseaux qu'elle n'a pas encore vus, reprend Jeanne, mes deux garçons. Christophe a quinze ans, et ne parle que de voitures de sport. Titou en a douze, et rêve d'avoir un chien pour chasser dans les marais. Depuis que je lui ai bêtement parlé de ton golden retriever, il nous mène une vie d'enfer.

Céline se tourne vers sa mère qui l'interroge.

- Tu as fait ta chambre ce matin, ma chérie ?

Elle hoche la tête.

- Avant de sortir ou en revenant ?

- Avant de sortir.

- Tu en es sûre ?

- Oui, maman.

Céline n'a pas le temps de se demander pourquoi sa mère cherche à savoir quand elle a fait sa chambre, Jeanne lui pose une question.

- Céline, tu n'as pas croisé Philippe ?

Céline regarde Jeanne, l'air ébahi. Qui est Philippe ?

- Philippe, mon mari. Il est allé faire un tour. Il en avait assez de nos souvenirs d'enfance…

- Quand on parle du loup ! s'écrie Anna.

Un loup ! De quel loup parle sa mère ? Il y en a en liberté dans la forêt ?

À ce moment, une silhouette masque le soleil. Céline se dit que l'homme qui lui tend la main, avec ses lunettes rondes et son crâne dégarni, ressemble plutôt à une chouette.

Il s'assied, en croisant les jambes, le sourire aux lèvres.

- Alors, Philippe, que pensez-vous de l'endroit ? demande Anna.

- Magnifique. Ce champ de narcisses est vraiment splendide.

- Vous êtes allé dans la forêt ? Elle a une légende, vous savez.

- La forêt se sera pour une prochaine fois. Je suis simplement descendu vers le lac, répond Philippe.

Ses joues sont cramoisies, des gouttes de sueur brillent sur son front. Anna lui sert un verre thé glacé qu'il vide d'un trait.

- Céline, si tu nous montrais ton golden retriever ? suggère Jeanne.

- On n'a pas le temps, coupe Philippe en regardant sa montre. Il faut qu'on parte. J'ai un conseil de classe à treize heures, le dernier de l'année, heureusement.

Philippe s'est levé. Ce qui dépasse du revers de son pantalon hypnotise Céline.

Elle s'agenouille, feint de renouer un de ses lacets. Le sang lui brûle les joues. Elle refuse d'y croire, pourtant une brindille de sapin est piquée dans l'ourlet du pantalon du mari de Jeanne.

Céline se redresse.

Le moka que madame Kiliç a préparé est sur la table de jardin. Elle s'en coupe une tranche. La voix de sa mère qui parle avec Jeanne forme un bruit de fond.

Perturbée, Céline entend au passage :

-Tu peux amener Titou et Christophe quand tu veux, dit Anna.

-Christophe, je ne sais pas, mais Titou et Céline s'entendront très bien, répond Jeanne. Ils sont presque du même âge.

Céline essaye de réfléchir à ce qu'elle vient de découvrir : si Philippe Maurois n'a pas mis les pieds dans la forêt, comment une brindille de sapin a-t-elle pu échouer dans le revers de son pantalon ?

Et pourquoi refuse-t-il qu'elle aille chercher son chien ? A-t-il peur que Casper le reconnaisse ?

Céline a mordu dans sa tranche de gâteau.

Il est délicieux. La crème a un goût de café et de chocolat noir. Elle savoure sa bouchée, quand une idée lui traverse l'esprit : l'odeur sur Casper ! Si elle la retrouve sur le mari de Jeanne, cela voudra dire que...

Sur les dalles, l'ombre de Maurois s'est modifiée. Il aplatit d'une main ce qui lui reste de cheveux à l'arrière de son crâne.

Céline risque un regard en direction du bas de son pantalon. La brindille de sapin n'est plus visible. Elle a peut-être glissé à l'intérieur du revers.

C'est sans importance. Elle va s'approcher de Philippe Maurois, faire semblant de trébucher. Au moment où il la rattrapera, elle pourra sentir son odeur sans éveiller sa méfiance.

Le coeur battant à tout rompre, Céline pose son assiette et fait trois pas en direction de la « chouette ». Elle a l'air de s'emmêler les pieds, puis perd soudain l'équilibre.

Maurois la reçoit dans ses bras.

La scène se joue en quelques secondes. D'abord, Céline ne sent rien, mais au moment où Maurois la remet d'aplomb, elle perçoit un effluve de parfum.

Pas de doute possible : sur les mains du mari de Jeanne, c'est la même odeur que sur Casper…

Mais le visage de Maurois n'est pas tout blanc comme celui de l'homme qui se cachait dans la forêt !

Déroutée, Céline bafouille un remerciement.

Maurois ne l'a pas lâchée. Elle garde les yeux baissés, mais comme attiré par un aimant, son regard remonte et croise celui de Philippe.

Un frisson hérisse la peau de Céline.

La petite lueur qui brille dans les yeux de Maurois semble dire : « Je sais ce que tu as vu et ce que tu viens de faire, Céline. »

*

Les Maurois repartis, Anna s'est tournée vers sa fille.

Céline comprend aussitôt que quelque chose ne va pas. Sa mère n'a rien montré en présence des invités, mais elle paraît en colère maintenant.

- Tu n'as rien à me dire ? lui lance-t-elle.

En proie à la confusion, Céline ne dit rien.

À quoi sa mère fait-elle allusion ?

S'il s'agit de son escapade dans la forêt, elle a pris sa décision : elle ne racontera rien !

Un oiseau rouge s'est posé sur un massif de fleurs. En le suivant des yeux, Céline aperçoit monsieur Kiliç sortir de la maison. Il n'y entre jamais, même quand Anna le lui propose.

La voix de sa mère la ramène à la réalité.

- Bon ! Dans ce cas, suis-moi s'il te plaît.

Perturbée par toutes ces bizarreries, Céline obéit en traînant les pieds. Elles traversent le salon, Anna monte l'escalier, Céline sur ses talons. Madame Kiliç descend les marches, son aspirateur à la main. Lorsque Céline la croise, la gouvernante tourne la tête, comme si elle faisait semblant de ne pas la voir.

À l'étage, sa mère se dirige d'un pas décidé vers sa chambre. Céline réprime un soupir de soulagement.

« Elle ne sait pas pour le bois. Elle croit que je suis sortie sans faire mon lit », se dit-elle.

Sa mère s'est arrêtée devant la porte.

- Ouvre ! J'ai quelque chose à te montrer.

La main sur la poignée, Céline marque un temps d'arrêt. Elle n'en mène pas large.

- Dépêche-toi d'ouvrir cette porte ! ordonne Anna d'un ton impatient.

Céline n'est plus du tout certaine de vouloir pousser la porte.

Que va-t-elle découvrir ?

Pourquoi sa mère est-elle aussi tendue ?

Elle abaisse la poignée, en serrant les dents…

La chambre est en ordre, exactement comme elle l'a laissée.

C'est d'une démarche assurée, qu'elle entre dans la pièce.

Anna, elle, semble médusée.

- Tu as fait ta chambre en revenant ?

- Avant de sortir, répond Céline.

- À quelle heure ?

La voix d'Anna est montée d'un cran.

- Vers dix heures. Tu dormais.

- Impossible !

- Je te dis que si !

Anna la saisit par les épaules.

-Pourquoi mens-tu ? crie-t-elle en la secouant.

Abasourdie, Céline est sans réaction.

De quel mensonge parle sa mère ?

Pourquoi examine-t-elle la pièce avec une expression hagarde ?

Le lit est fait, les oreillers soigneusement disposés. Céline a rangé ses chaussures dans la penderie et mis son linge sale dans le panier.

Anna la lâche, sort dans le couloir.

Céline l'entend appeler madame Kiliç.

La journée avait bien commencé, puis il y a eu l'horrible rencontre dans le bois et le mensonge de Philippe Maurois, et alors que tout s'était calmé, voilà que sa mère fait toute une histoire à propos de sa chambre.

Leur vie ici va-t-elle ressembler à celle des derniers mois ? se demande Céline

Lorsque la gouvernante apparaît sur le seuil, Anna donne l'impression d'être au bord du malaise. Elle respire par à-coups, elle est très pâle.

-Vous avez fait la chambre de Céline ce matin ?

Madame Kiliç répond sans hésiter.

- Non, vous m'avez dit de ne pas y toucher.

Anna serre les dents. La réponse ne la satisfait pas.

-Mais vous êtes entrée dans cette pièce quand vous avez fait l'étage, non ?

Le ton est agressif. L'expression sur le visage de madame Kiliç change. Une lueur froide brille dans ses yeux gris.

-J'ai simplement ouvert la porte. Comme vous m'aviez dit de laisser la chambre telle quelle, je n'ai pas passé l'aspirateur ni nettoyé la salle de bains.

Anna fait un effort pour se dominer.

-Dans quel état se trouvait la chambre de ma fille quand vous avez ouvert la porte ?

Madame Kiliç jette un regard étonné autour d'elle, puis ses yeux reviennent se poser sur Anna.

-Dans cet état. Pourquoi, quelque chose ne va pas ?

-Vous êtes certaine qu'elle n'était pas en désordre ?

-Absolument certaine.

-J'ai fait ma chambre avant d'aller promener Casper, maman, je n'arrête pas de te le dire, intervient Céline.

Anna paraît se décomposer. Ses traits se relâchent, une expression de désarroi fait vaciller son regard.

Céline est perturbée. Sa mère se remet à changer d'humeur sans la moindre raison. Comme à Paris.

- J'ai besoin d'être seule, murmure Anna.

26

Mardi 9 juillet, Nantua

Lorsqu'elle regagne sa chambre, Anna est comme frappée par la foudre. Que lui arrive-t-il ? À quoi rime le désordre indescriptible qu'elle a vu dans la chambre de Céline ?

L'image de cette pièce impeccablement rangée...

Elle devient folle !

Anna s'est précipitée dans sa salle de bains. Une sueur glacée l'inonde. Ses nerfs sont à vif, son esprit sur le point de chavirer. En gémissant, elle presse les mains sur ses tempes, elle veut stopper la voix qui hurle à l'intérieur de sa tête : « tu hallucines Anna, tu vois des choses qui n'existent pas ! »

Elle ouvre l'armoire à pharmacie. Ses mains tremblent si fort, qu'il lui faut presque une minute pour percer l'emballage d'aluminium d'une plaquette de Xanax. Elle ouvre le robinet d'eau froide, remplit le verre qui se trouve sur la tablette et avale un comprimé.

Un cachet est insuffisant pour faire disparaître l'atroce sensation de perdre pied. Anna en prend un second.

Elle retourne dans sa chambre, s'allonge sous le couvre-lit et éclate en sanglots. Peu à peu, les cachets font leur effet. Elle retrouve un semblant de lucidité, cesse de pleurer, se sent plus calme.

L'explication existe : Madame Kiliç n'a pas dit la vérité. En découvrant dans quel état Céline avait laissé sa chambre, elle s'est crue obligée de la ranger.

Que madame Kiliç ait refusé de lui dire ce qui s'était passé, Anna le comprend, la gouvernante s'est prise d'affection pour Céline. Mais que sa fille se soit réfugiée derrière un mensonge en affirmant avoir rangé sa chambre avant de sortir, elle n'est pas prête à l'accepter.

Il arrive à Céline d'hésiter ou de se taire lorsqu'on la pousse dans ses retranchements, mais jamais sa fille ne lui a menti avec un tel aplomb. Ce qu'elle risquait en avouant sa négligence, c'était une simple réprimande. Maintenant, une punition plus sévère s'impose.

27

Nuit du 9 au 10 juillet
Nantua, résidence *Les Sapins*

Le paysage s'est métamorphosé. Le relief a disparu, noyé dans la tourmente. Le vent souffle en rafales. La pluie cingle les arbres et les taillis.

Réfugié dans sa niche, Casper se fait tout petit. L'obscurité est si dense qu'il ne distingue pas le bout de ses pattes.

Bientôt, le gros de l'orage s'éloigne. L'averse tourne à la bruine, puis se tarit. Casper s'est mis debout. Il pointe son museau à l'extérieur. Le calme règne, alors il se décide à sortir, il fait quelques pas, puis retenu par sa chaîne, s'arrête. Il s'étire, bâille, secoue la tête et s'assied.

Une brume humide monte de la terre. En contrebas, la surface du lac est aussi pâle qu'une banquise. De gros nuages arrivent de l'ouest, des éclairs illuminent le sommet des montagnes. Un nouveau grain se prépare.

Casper renifle. L'air est frais, pur, lessivé par la pluie et le vent.

Soudain, le chiot se met à l'arrêt. Il a senti quelque chose, une odeur… Elle vient de la forêt.

Il tire sur sa chaîne comme s'il voulait s'enfuir, comprend que c'est impossible, et recule jusqu'à l'entrée de sa niche. Le cou tendu, il renifle, hume l'odeur que le vent apporte. Subitement, il pousse un gémissement, et la queue entre les jambes file se terrer au fond de sa niche.

Il tremble, le museau enfoui entre les pattes.

*

Par les baies vitrées du salon, Anna aperçoit le lac. Il luit d'une étrange manière. Un croissant de lune surgi d'une trouée de nuages jette une lumière spectrale sur le paysage.

Anna s'extirpe du canapé. Il est temps de monter se coucher.

Près de l'escalier, sur une console, se trouvent deux photographies encadrées. Anna s'arrête pour les regarder. L'une a été prise dans la cuisine de l'appartement de Suresnes : Céline a deux ans, elle rit aux éclats, le visage et les mains poudrés de farine.

Sur l'autre, Éric porte une chemise aux couleurs vives, Anna a un collier de fleurs autour du cou. Ils échangent un baiser au coucher du soleil. Ils sont en Guadeloupe. Céline a été conçue durant ce voyage, et elle tient beaucoup à ce cliché.

L'Éric de la banque, Anna l'entend encore : « Je suis obligé de jongler avec les exigences d'un métier difficile et les besoins de ma famille. Je n'ai pas le temps. Tu ne m'es d'aucun soutien. Tu dénigres ce que je fais, tu cherches à me démolir aux yeux de mes propres collègues. »

Il la culpabilisait tout le temps. C'était sa manière de se dérober aux petites corvées qui concernaient la maison ou l'école de Céline.

Anna monte lentement les marches, chassant de son esprit la rancoeur que cette photographie vient de soulever.

Depuis qu'elle a découvert ce qu'Éric préparait, elle ne la regarde plus. C'est un vieil instantané, le souvenir d'une époque qui n'a jamais existé.

Il y a de la lumière dans la chambre de Céline.

Anna pousse la porte, sa fille s'apprête à refermer le couvercle de son ordinateur portable.

- Bonsoir, maman.

- Il est presque minuit, Céline.

- Je sais, mais c'est les vacances…

- Tu es censée éteindre au plus tard à 11 h. Pourquoi n'es-tu pas couchée ?

- Parce que…

- Je ne veux pas que tu passes la nuit à échanger des mails avec tes amies.

- Maman… proteste Céline d'un ton outragé.

- Tu as la journée, ça devrait te suffire.

Anna n'a pris aucune décision quant à la punition qu'elle compte infliger à Céline. Les deux comprimés de Xanax lui ont vidé la tête. Elle préfère ne pas se souvenir de ce qui s'est passé. Pas ce soir en tout cas.

- Il est tard même pour moi, dit-elle en embrassant Céline. Ne tarde pas, ma chérie.

*

Anna fait couler un bain et redescend au rez-de-chaussée se préparer un grand verre de vodka avec des glaçons. Elle y ajoute une rondelle de citron, et prise d'un doute, va vérifier l'alarme qu'elle branche à la tombée de la nuit. Le voyant rouge clignote. Rassurée, elle remonte se glisser dans son bain.

L'alcool lui procure un sentiment d'apaisement. Elle ferme les yeux, soupire.

Sa fille et elle sont en sécurité. Elles s'engagent sur une nouvelle route et le bonheur est à portée de main. Anna le sent, aussi sûrement qu'elle respire l'odeur des sapins en ouvrant ses volets chaque matin.

« Le secret du bonheur est dans les petites choses, Anna. »

Céline est heureuse, insouciante, et Anna a retrouvé des amies d'enfance : Jeanne Maurois, et par Jeanne, Sandrine Marchelier qui dirigeait la médiathèque de Nantua.

Sur les conseils de Sandrine, Anna souhaite maintenant obtenir sa mutation à la direction régionale des Affaires culturelles Rhône-Alpes, à Lyon. Elle pourrait être chargée de l'abbatiale de Nantua, classée monument historique. Dans le choeur de l'église figure une oeuvre majeure de Delacroix, *Saint Sébastien secouru par les saintes femmes*. Il y a aussi un orgue rare de Nicolas Antoine Lété, et des concerts organisés durant l'été.

Anna a l'ambition de donner encore plus d'ampleur à l'abbatiale qui accueille déjà le Festival international de musique du Haut Bugey.

« ...un travail qui vous apportera l'équilibre et de vraies satisfactions. Ce sont sur elles que vous bâtirez les fondations d'une nouvelle vie. L'argent n'est plus un problème, oubliez-le ! »

Avoir suivi les recommandations de Wölk est la décision la plus sensée qu'elle ait prise ces dernières années.

La tiédeur de l'eau a réveillé Anna. Elle a dû s'assoupir. Elle se rince, enfile un peignoir et s'allonge sur son lit pour lire.

Au bout de quelques minutes, ses paupières se ferment, le livre glisse de ses mains. Elle se débarrasse de son peignoir, éteint la lampe de chevet, se tourne sur le côté et tire les draps sous son menton.

Un moment plus tard, lorsqu'elle rouvre les yeux, le sang bat dans ses tempes. Une épouvantable migraine l'a tirée brutalement du sommeil. Sûrement le mélange des tranquillisants et de la vodka.

Il fait toujours nuit. La pluie a repris. Anna l'entend marteler les tuiles.

Elle ne se rappelle plus s'il y a de l'aspirine dans l'armoire à pharmacie de la salle de bains. Mais Madame Kiliç en garde dans la cuisine. Pour mes rhumatismes, dit-elle.

Tout d'un coup, Anna est littéralement pétrifiée de terreur.

Un corps pèse contre le sien !

Elle n'est plus seule dans son lit !

Céline a dormi quelques semaines près d'elle à son retour de Phuket et la veille de son départ pour Zurich...

Ce n'est pas sa fille !

Gagnée par l'épouvante, Anna tente de se rassurer. « L'alcool, c'est l'alcool et les cachets. Calme-toi ! »

Sa tentative d'explication tourne court. La « chose » dans son dos a bougé. Un poids l'écrase avec violence.

28

Nuit du 9 au 10 juillet
Paris, place Sainte Marguerite

Rohmer a mis la cafetière à chauffer. Après un passage sous la douche, il est retourné s'allonger sur son lit, une tasse à la main.

La nuit est froide. Le ciel constellé d'étoiles. L'horloge du clocher indique minuit. La lune est à son premier quartier. Rohmer pose sa tasse sur le parquet, prend le dossier d'autopsie de Camille Laurent.

Il contemple une photographie prise par l'équipe technique : Camille est allongée sur un lit fait de sacs, les mains jointes.

Ce détail éveille un écho dans son esprit sans qu'il sache vraiment quoi. Un relent au fond d'une grotte obscur. Rohmer n'a pas trouvé de meilleure métaphore pour décrire l'impression qu'il ressent.

Les mains jointes. Que cache ce symbole ?

Joindre les mains paume contre paume sert à unifier le corps dans la prière, mais le geste peut être utilisé comme dernier recours pour implorer quelqu'un.

Ici, que signifie-t-il ? Prière, supplication ?

Est-ce un indice, un leurre ? À qui s'adresse-t-il ?

À l'assassin lui-même ou à la police ?

Rohmer ne croit pas au leurre pour égarer la police. C'est un indice qui n'a de sens que pour l'assassin. Jusqu'à présent.

Prière, supplication ? S'il avait à trancher, Rohmer opterait pour supplication. Mais supplier qui de quoi ?

Camille implorant son bourreau de l'épargner ?

Il n'est pas convaincu. Il s'agit d'autre chose. Un élément extérieur existe, mais il ne le voit pas parce qu'il appartient au vécu du tueur.

Rohmer relit certains passages du rapport d'autopsie, avec l'espoir qu'un déclic se produira.

Camille n'a rien mangé depuis la veille. Son estomac est vide. La strangulation est confirmée : fracture des cartilages laryngés, de l'os hyoïde, et présence de lésions traumatiques générales. L'hymen présente des incisures récentes, le meurtrier s'est appliqué à éliminer toutes traces de son viol. Ni sperme ni lubrifiant.

Mais le légiste se trompe peut-être quand il parle de viol.

Rohmer partage l'hypothèse d'Agnès quand elle compare le meurtrier de Camille à Chikatilo. Les contusions sur les seins et le bas-ventre de Camille indiquent que l'assassin l'a martyrisée pendant son agonie. Il ne l'a pas obligatoirement violée au sens classique du terme.

Rohmer a l'impression de vivre la scène. Les hurlements de la victime, ses sanglots de terreur qui s'étouffent à mesure que le ravisseur serre... serre... Il relâche un instant sa prise. Il ne doit pas aller trop vite. L'agonie doit être longue pour faire durer son plaisir.

Les cris de Camille reprennent, troublent le silence. Personne ne les entendra... Les cris ont cessé. Camille Laurent glisse vers le néant, comme si elle acceptait la délivrance qu'on lui offre. Reste un petit corps, pâle, désarticulé, abandonné. Le tueur arrange la position de sa victime, lui joint les mains.

A-t-il procédé de manière identique avec Eva ?

Le sang de Camille contenait un hypnotique de la famille des benzodiazépines. L'armoire à pharmacie des Eymard renferme une panoplie de somnifères réservés aux adultes.

Un autre détail qui viendra étayer le dossier du juge d'instruction Lambert.

Pourquoi l'entrepreneur a-t-il été choisi comme bouc émissaire ?

Rohmer n'en sait rien. La femme d'Eymard lui a fait parvenir une liste de noms, amis, ennemis, employés de son mari. Enquêter sur chacun d'entre eux nécessiterait des équipes supplémentaires dont Rohmer ne dispose pas. Il n'y a que lui et Agnès Serra sur les traces du meurtrier d'Eva et Camille.

Où ont-elles été gardées captives ? Camille était droguée, un sédatif puissant. Peut-être n'a-t-elle jamais quitté la fourgonnette.

Plus Rohmer y songe, plus l'idée lui semble plausible : un fourgon utilitaire, un véhicule de livraison type Renault Master ou son équivalent emménagé et disposant d'une toilette chimique.

Les victimes, à moitié droguées, n'y séjournent que deux ou trois jours. Une fois enlevées, elles ressortiront mortes. Les risques seront réduits au minimum.

L'appartement de Rohmer est silencieux. Des bribes d'informations dérivent dans son esprit. Il a du mal à les assembler. Les hypothèses se multiplient au lieu de se réduire. Les indices ne racontent que des histoires discordantes ou pas d'histoires du tout.

Il existe un enchaînement susceptible de conduire au meurtrier.

Rohmer a beau chercher, il ne le trouve pas.

Le tueur est un type rusé, qui sait parler aux enfants. Gagner leur confiance ne lui pose aucun problème, estime Serra.

L'hypothèse de Rohmer sur l'enlèvement d'Eva va dans ce sens. La manière dont Camille a été enlevée reste à découvrir, mais la petite a dû elle aussi suivre le ravisseur de son plein gré.

Le vibreur de son téléphone portable résonne. Rohmer prend l'appel. C'est Agnès.

- Je te réveille ?

- J'aurais bien aimé. Tu as du nouveau ?

- Pas vraiment. Il y a quelque chose qui me travaille et je voulais t'en parler.

- Quel genre ?

-C'est horrible à dire, je pensais au meurtrier d'Eva et Camille. J'ai l'impression que notre seule chance de lui mettre la main dessus...

Agnès s'est tue, comme si elle avait peur de terminer sa phrase.

Rohmer a compris. Il y a pensé. Les cartes, ce ne sont ni lui ni Serra qui les distribuent.

Il finit par rompre ce long silence.

-Il a attendu deux ans entre les meurtres d'Eva et Camille. Il doit se sentir à l'abri maintenant. Il ne va pas tarder à recommencer.

Rohmer a les mains liées. Pour la justice, l'assassin de Camille et Eva est mort. Il ne dispose d'aucun élément pour rouvrir officiellement l'enquête, rendre publique la menace d'un troisième enlèvement.

- Comment crois-tu qu'il procédera ?

La voix d'Agnès n'est qu'un murmure.

Rohmer a soudain chaud. Il se lève, ouvre en grand la fenêtre. La place est déserte, il est presque 1 h du matin.

-Il est convaincu de nous avoir aveuglés. Je ne vois pas pourquoi il nous rendrait la vue. Il va se trouver un nouveau bouc émissaire, répond-il.

29

Nuit du 9 au 10 juillet
Nantua, résidence *Les Sapins*
On est en train de l'étrangler…

Anna s'entend hurler, mais son cri meurt au fond de sa gorge. Elle étouffe, se débat pour faire lâcher prise à son agresseur qui pèse sur elle de tout son poids. Il la maintient rageusement, lui bloque les bras de ses genoux. L'étau autour de son cou ne se desserre pas.

À bout de force, Anna cesse de lutter. Privé d'oxygène, son cerveau est sur le point d'éclater. Des points lumineux tournoient devant ses yeux, le vertige est horrible. Sa propre conscience s'enfuit, entraînée dans un tourbillonnement de plus en plus sombre. Elle s'en va…

Soudain, l'étreinte se relâche. Anna respire frénétiquement. L'air entre dans ses poumons en sifflant. Elle reprend à peine connaissance, elle sent qu'on lui écarte les jambes, que quelque chose s'enfonce brutalement en elle.

On est en train de la violer…

Le violeur a terminé. Il se relève. Anna distingue à peine sa silhouette. Un éclair. Un flash de lumière éclaire un instant son visage. C'est celui d'un cadavre, d'un noyé blafard aux yeux vides.

Éric !

Les vagues du tsunami déferlent dans la tête d'Anna dans un grondement terrifiant. Elle est aspirée, entraînée…

Un gouffre, sans fin, sans fond…

Si horriblement noir…

Elle vient d'abandonner les profondeurs de son cauchemar. Elle remonte vers la surface, et lorsqu'elle ouvre les yeux, la pluie tambourine sur les vitres.

Désorientée, maladroite, Anna renverse la lampe de chevet en l'allumant. Sous le coup de la terreur qui vient de la réveiller, elle est en état de choc, elle a du mal à respirer. La migraine lui serre les tempes. Elle a la bouche sèche, sa langue est pâteuse. Une quinte de toux la saisit. La nausée monte. Elle vomit. Les spasmes la secouent.

Ils finissent par se calmer. Anna pose ses pieds nus sur le tapis, se met debout tant bien que mal. Des bouffées de chaleur, un sentiment de claustrophobie, l'envahissent. Dans le miroir de la salle de bains, elle découvre la rescapée d'un naufrage : teint blafard, cernes autour des paupières, yeux hagards.

Cet horrible cauchemar, ces vomissements, ce sont l'alcool et les tranquillisants qu'elle a imprudemment mélangés qui les ont provoqués.

Anna reste sous les tourbillons glacés de la douche jusqu'à en avoir le souffle coupé. Elle se sèche, retourne dans sa chambre, ramasse le peignoir qui traînait sur le tapis et l'enfile.

Elle n'a pas la force de mettre des draps propres, de refaire le lit. Elle préfère aller se recoucher dans la chambre d'ami.

La pièce sent la lavande. Madame Kiliç en laisse sécher dans un panier en jonc. Les murs sont décorés d'un tissu à dominante bleue parsemé d'oiseaux de la région : bergeronnette, bec-croisé des sapins, grive musicienne.

Anna s'assied sur le bord de l'un des lits jumeaux. Dans une minute, elle descendra prendre de l'aspirine avec une tisane.

Épuisée, elle se laisse aller, s'allonge.

Ses yeux se ferment…

*

Nantua, résidence *Les Sapins*

L'orage gronde. La lueur des éclairs jette d'étranges ombres sur les murs. Réveillée en sursaut, Céline est sortie dans le couloir. Sa lampe de chevet refusait de s'allumer, le plafonnier de sa chambre et les spots de sa salle de bains aussi.

Elle tâtonne, trouve l'interrupteur, l'actionne à plusieurs reprises. Le couloir reste dans l'obscurité.

Engourdie de sommeil, elle avance d'un pas hésitant dans le noir, à la lueur des éclairs. Sous ses pieds nus, les lattes du plancher font un petit bruit de succion.

La porte de la chambre de sa mère est entrouverte. Le flash d'un autre éclair révèle l'intérieur de la pièce : le lit est vide.

Céline a sursauté. Elle vient d'entendre un bruit de pas au rez-de-chaussée. Ce doit être sa mère. Elle s'est rendue compte de la panne d'électricité et elle est descendue chercher des bougies.

L'escalier ressemble à un puits d'encre. Céline manque de basculer à la première marche. Elle réussit à se cramponner à la rampe, mais cette fois, elle tâte prudemment le vide de son pied pour sentir la marche suivante.

Une lueur filtre par les baies vitrées qui donnent sur le perron. La lune est masquée. Le tonnerre roule entre les montagnes.

Céline a trouvé l'entrée du couloir qui mène à la cuisine. Sa mère doit probablement s'y trouver.

- Maman ? Tu es là ?

Aucune réponse.

Palpant le mur du bout des doigts, Céline progresse jusqu'à sentir la porte de la cuisine. La poignée tourne sans difficulté.

Le halo de lumière qui entre par la fenêtre dérobe quelques centimètres à l'obscurité. Aucun témoin lumineux ne brille. Les voyants de la cuisinière, du lave-vaisselle, du réfrigérateur et de l'alarme sont éteints.

Céline réprime un frisson d'inquiétude. Sa mère n'est pas dans la cuisine ! Pourtant, elle est certaine d'avoir entendu des pas au rez-de-chaussée.

Sur la table, elle remarque une boite de bougies et des allumettes. Sa mère était là. Elle doit être au salon, dans le bureau...

Céline gratte une allumette, l'approche de la mèche d'une bougie. La flamme grésille, dévoile la grosse horloge fixée au mur.

Il est 3 h du matin.

Céline quitte la cuisine. Elle est dans le hall, quand un courant d'air froid soulève subitement ses cheveux.

Quelqu'un vient d'ouvrir la porte de service !

Elle se retourne. Son coeur bat la chamade. Elle distingue une silhouette au fond du couloir...

Céline lâche la bougie.

- Maman ?

Au sol, la flamme vacille puis s'éteint.

Soudain, la maison paraît se réveiller. Grincements, frôlements du vent dans les tuiles, craquements dans les murs, les cloisons.

- Maman, c'est toi ?

C'est presque une supplication...

Tout à coup, deux points brillants sortent des ténèbres.

Céline se rue vers l'escalier. Ses jambes pèsent une tonne. Elle a l'impression de faire du sur place...

Elle bute sur la première marche, empoigne la rampe. La foudre est tombée. Une détonation éclate. Les vitres tremblent.

Sur le carrelage... une ombre...

Céline gravit les marches à toute vitesse, débouche sur le palier.

La foudre tombe de nouveau. Le couloir s'illumine.

Elle court vers sa chambre, referme le battant, tourne la clé dans la serrure, se jette sur son lit.

L'homme au visage tout blanc a pénétré dans la maison. Il la cherche.

Elle aurait dû tout raconter à sa mère. C'est trop tard à présent.

Claquant des dents, Céline se blottit dans un coin de la pièce. Elle essaie de voir s'il y a quelqu'un, mais l'obscurité est si épaisse...

La lune s'est dégagée du manteau de nuages. Une clarté floconneuse filtre à travers les volets. L'obscurité se dilue.

- Céline ?

Un chuchotement.

Céline devine comme une silhouette, à quelques mètres d'elle. La vue brouillée de larmes, elle est incapable de distinguer son visage.

Un froid intense lui glace l'âme. Elle ne crie qu'une fois.

*

Nantua, résidence *Les Sapins*

Anna ne reconnaît pas l'endroit où elle se trouve. Elle distingue les pieds d'une table de chevet, une lampe, les motifs bleus d'un couvre-lit, des oiseaux sur les murs.

Tout lui revient d'un coup : son cauchemar, les nausées…

Elle avait l'intention de descendre avaler deux comprimés d'aspirine… Le sommeil l'a gagnée. Pourquoi s'est-elle réveillée ?

Un cri !

Céline !

30

Mercredi 10 juillet, O.C.D.I.P, Nanterre

Il est 9 h du matin. Le téléphone de Rohmer sonne sur le bureau. Il fait signe à l'un de ses hommes de décrocher.

-C'est la gendarmerie de Bourg-en-Bresse, commissaire, le commandant Lescure.

Rohmer lève les yeux. L'agent maintient le combiné collé contre sa chemise.

- Qu'est-ce qu'il veut ?

- Vous parler en personne.

Autant voir, songe Rohmer. Inutile de froisser les susceptibilités. Il tend la main.

-Bonjour. Rohmer à l'appareil. Qu'est-ce qui se passe ?

-Nous avons une disparition sur les bras, une fillette de dix ans, Nathalie Auber.

- Un enlèvement ?

-Difficile de confirmer pour l'instant. Elle a disparu de son domicile durant la nuit.

Rohmer est mal à l'aise.

- Des traces d'effraction ?

- En premier constat aucune.

- Des traces de lutte ?

Il y en a quelques-unes dans la chambre de la petite : les draps, le couvre-lit sont sens dessus dessous.

-Personne ne l'a entendue crier ? demande Rohmer.

-Négatif. Brigitte Auber, la mère, dormait profondément. Elle s'est couchée vers minuit après avoir regardé la télé.

- Le père ?

- Régis Auber. Il est mort l'an passé.

- Les voisins ?

- La maison se trouve à une quinzaine de kilomètres de Nantua, elle est assez isolée, en bordure d'un bois.

- Quand et comment la mère s'est-elle aperçue de la disparition de sa fille ? S'enquiert Rohmer.

Lescure répond au bout de quelques secondes.

- Un orage l'a réveillée sur le coup de 3 h du matin. Elle est allée dans sa chambre vérifier que tout allait bien.

- Ensuite ?

- Dix minutes plus tard, le temps de chercher sa fille dans la maison, elle a prévenu la gendarmerie de Bourg-en-Bresse. Nous avons reçu l'appel à 3 h 17, nous sommes arrivés sur le terrain à 3 h 51.

Il y a un silence.

- Une piste ? demande Rohmer.

- Pas encore. Nous avons fouillé les environs et les maisons voisines. Les chiens n'ont pas donné grand-chose, la pluie n'a cessé que vers 7 h ce matin.

Rohmer entend Lescure chuchoter à l'autre bout de fil.

- Le juge d'instruction est là, commissaire.

- C'est qui ?

- Lambert.

Merde, se dit Rohmer.

- Où en êtes-vous exactement ?

Lescure se racle la gorge.

- Nous avons un problème. L'orage a commencé vers 23 h. Un quart d'heure plus tard, le sol autour de la maison devait être détrempé et boueux. Si la petite a été enlevée entre minuit et 3 h du matin, nous aurions dû retrouver des traces de boue et des empreintes de pas à l'intérieur de la maison, à la rigueur sur le perron. Il n'y en a aucune.

Rohmer voit très bien vers quoi l'enquête se dirige. Pas de traces d'effraction, pas de traces de boue à l'intérieur de la maison : c'est sur la mère que les soupçons pèseront en premier.

- Une fugue peut-elle être envisagée ? suggère-t-il.

Il n'est pas sur les lieux. Lescure est en bien meilleure position que lui pour se faire une opinion.

- Non.

Le ton est catégorique, Lescure n'a pas hésité. De son côté, Rohmer imagine mal une fillette de dix ans s'enfuir de chez elle à trois heures du matin en plein orage.

- La mère a-t-elle une idée sur l'identité du ravisseur ?

- Aucune, répond Lescure. Elle n'arrive pas à comprendre ce qui a pu se passer. Le juge d'instruction l'interroge en ce moment même.

À cet instant, songe Rohmer, à Bourg-en-Bresse et dans tout le département de l'Ain, les enquêteurs sont sur le pied de guerre. Lescure connaît la procédure : obtenir de la mère de la fillette la liste des personnes lui ayant rendu visite ces dernières semaines, vérifier son emploi du temps et celui de sa fille, décortiquer les appels passés dans la région, interroger les habitants du village, contrôler l'emploi du temps des délinquants sexuels recensés dans le département et interroger ceux qu'on vient de libérer de prison.

-Lambert a déjà une théorie ? demande-t-il à Lescure.

-Je ne sais pas, mais pour l'instant on ne peut pas exclure la possibilité que ce soit la mère.

Rohmer soupire. La mère a pu tuer sa fille, l'enterrer dans les bois et simuler un enlèvement. Vu l'absence de traces d'effraction et d'empreintes autour de la maison, c'est l'hypothèse que le juge d'instruction va privilégier en attendant d'avoir des éléments pour l'abandonner.

Mais si la mère est innocente, Rohmer doit penser différemment et partir dans la direction opposée.

- Je serai à Bourg en fin de matinée, dit-il à Lescure. Je vous passe mon adjoint le brigadier Costanzo pour le reste des détails.

Rohmer raccroche. Il ferme les yeux, se masse les paupières. Il lui faut écarter provisoirement l'hypothèse que Brigitte Auber ait pu assassiner sa fille s'il veut lancer le plan *Alerte Enlèvement.*

Le plan est un dispositif d'alerte immédiate pour rechercher un enfant kidnappé. Il doit être déclenché le plus tôt possible après l'enlèvement, car les premières vingt-quatre heures sont cruciales pour la survie de l'enfant. Il consiste à lancer à la radio, à la télévision et sur les panneaux des gares et autoroutes, une alerte massive pour mobiliser toute la population à la recherche d'un enfant enlevé et de son ravisseur présumé. Pour mettre en route le plan, Rohmer va devoir demander l'accord du procureur de la République.

Il ne l'obtiendra que si quatre conditions sont réunies :

1- L'enlèvement doit être confirmé. Une disparition même inquiétante ne suffit pas.

2- La vie ou l'intégrité physique de la victime est menacée.

3- La diffusion d'informations permet de localiser l'enfant ou le suspect...

4- Le disparu est un mineur.

Rohmer est aux prises avec l'enlèvement d'une fillette de dix ans, en pleine nuit, à son domicile, et sous le nez de sa propre mère. Il songe à la panique que la nouvelle va déclencher. Après le procureur, il lui faudra avertir le directeur de la police judiciaire, lequel préviendra le ministre de l'Intérieur, qui à son tour appellera Matignon. De là, la nouvelle partira vers l'Élysée.

Eva Skold, Camille Laurent, et ce matin, une nouvelle victime. Toutes pratiquement du même âge, toutes enlevées dans la même région.

Cette troisième disparition semble n'avoir aucun rapport avec les deux autres. Le kidnappeur n'a pas enlevé sa victime dans la rue, il a attendu le milieu de la nuit et profité d'un violent orage pour pénétrer chez elle.

Sans laisser la moindre trace ?

Rohmer regarde sa montre. La petite a été enlevée entre minuit et 3 h du matin. Presque neuf heures déjà.

Il faut foncer, rattraper ce retard. Il n'a pas une minute à perdre. Il descendra à Bourg en hélicoptère avec Agnès Serra.

31

Mercredi 10 juillet, Nantua

Les gendarmes ont bloqué la route. Cela tiendra les journalistes et les curieux à l'écart pour le reste de la journée, a dit Lescure.

En franchissant le barrage de police, Rohmer prend conscience que la disparition de Nathalie Auber est un drame qu'il va devoir vivre jusqu'à son dénouement et même au-delà.

Il y a plusieurs véhicules officiels garés sur l'allée qui conduit à la maison de Brigitte Auber, la mère de Nathalie : une estafette Renault qui sert de poste mobile de commandement et où se trouve Lescure, un minibus Citroën de l'équipe technique, et cinq breaks Mégane.

Plus haut, derrière un bus de la gendarmerie, Rohmer remarque une voiture « civile », une 306 gris métallisé. Celle du juge d'instruction Lambert probablement.

Il fait signe à Agnès de le précéder au PC mobile. Il veut d'abord se faire une opinion, examiner le « terrain ».

Par expérience, il sait que la première impression est souvent décisive.

L'air est saturé de l'odeur de la forêt. Le ciel se dégage. Des nuages déchiquetés filent vers l'est. La pluie a cessé, mais le sol est boueux.

Comment le ravisseur a-t-il repéré la maison ? Comment connaît-il les habitudes

des occupants, la disposition des pièces ? Est-ce un habitant de la région ou quelqu'un qui y vient couve ? Y a-t-il travaillé récemment ? Par où est-il arrivé ? Quel chemin a-t-il suivi et dans quelle direction est-il reparti ?

De là où il se trouve, Rohmer aperçoit l'allée qu'ils ont empruntée pour venir jusqu'ici. Le ravisseur, si ravisseur il y a, s'est arrangé pour enlever sa victime sans commettre d'effraction, sans laisser d'empreintes ni alerter la mère.

Rohmer doute qu'il ait choisi l'allée principale, trop exposée, pour arriver jusqu'à la maison. Il est venu par un autre chemin. C'est ce que lui aurait fait en tout cas.

L'A40 ne passe pas très loin, ce qui ne plaît pas à Rohmer. Si le kidnappeur est reparti par l'autoroute avec sa victime, il est peut-être à des centaines de kilomètres.

Dans la voiture de la gendarmerie qui les a récupérés à l'héliport de Bourg-en-Bresse, Rohmer a repéré plusieurs paires de bottes en caoutchouc. Il en trouve une à sa pointure. C'est par un tour des environs qu'il va commencer son enquête.

Le pavillon de Brigitte Auber est adossé à un plateau boisé. Autour, le sol détrempé est couvert de traces de pas. Les chiens et les gendarmes sont déjà passés.

Il est 13 h quand Rohmer s'enfonce dans le bois qui couvre le plateau. Il enlève son blouson, noue les manches autour de sa taille et s'engage sur un sentier qui semble monter vers le sommet. Il ne cherche pas d'indices matériels, il suit son instinct, attend de savoir vers quoi il le conduit.

Le bruit des camions sur l'autoroute n'est plus qu'une rumeur lorsque Rohmer sort à découvert. Il a mis seize minutes pour arriver au sommet.

Un pré redescend en pente douce. Au flanc d'un vallon, quelques toitures d'ardoise luisent. Plus bas, une route empierrée circule, reliant les habitations. Au loin, le lac de Nantua est couvert d'une gaze vaporeuse.

Rohmer jette un bref coup d'oeil à sa carte. La route qu'il aperçoit débouche aux *Neyrolles*, un village situé à six cents mètres d'altitude, à quinze kilomètres de Nantua. Une rivière coule en contrebas, mais Rohmer ne l'aperçoit pas.

La configuration du terrain est favorable à une approche discrète de la maison de Brigitte Auber. Le risque d'être repéré est quasiment nul. Le ravisseur est peut-être venu à la tombée de la nuit par le chemin qu'il vient de suivre. Il descend le plateau boisé, s'embusque à sa lisière, surveille le pavillon en attendant que la mère de Nathalie s'endorme...

Rohmer est descendue vers la rivière. Au fur et à mesure qu'il s'en approche, de sombres pensées l'assaillent, si sinistres, si glacées, qu'il est obligé de croire à leur éventualité.

Il espère que rien ne l'attend au fond du vallon.

Cette sensation oppressante qui précède les catastrophes, Rohmer l'a ressentie en Somalie et au Yémen. Les otages dont il cherchait à obtenir la libération avaient été exécutés. Il avait pris leur mort comme un échec personnel, alors que la marge de manoeuvre laissée par le gouvernement français de l'époque se réduisait à moins que rien.

Le sentier est boueux. La pluie ne s'est arrêtée qu'au petit matin. Le terrain n'a pas conservé d'éventuelles traces de pas. L'orage a servi les plans du ravisseur, même si jusqu'à présent rien n'est venu confirmer qu'il y en ait un. C'est une simple intuition que Rohmer suit.

La rivière se dévoile. Elle n'est pas très profonde, quelques dizaines de centimètres. Rohmer progresse le long de la berge. Il inspecte les bosquets, examine le lit de cailloux polis. La route empierrée est proche. Par endroits, seul un talus les sépare.

Agnès l'a appelé à deux reprises. Il n'a pas décroché. Il la rappellera lorsqu'il arrivera au coude qu'il aperçoit devant lui, à une cinquantaine de mètres.

La rivière décrit une courbe vers la droite. La route, elle, s'en écarte, pour rejoindre de l'autre côté du vallon *Les Neyrolles* et la N84.

L'endroit est paisible. Les champs sont cultivés. Trois ou quatre fermes entourées de murets en pierres s'accrochent au flanc du vallon. Dans un enclos, un troupeau de vaches aux mamelles gonflées l'observe. Loin vers l'ouest, des nuages gris s'accumulent. Haut dans le ciel, le bruit d'un avion s'éloigne.

Un coup pour rien, se dit Rohmer, soulagé à l'idée de s'être trompé.

Brusquement, un frémissement dans ses veines. Comme une décharge électrique. À un mètre de lui, sous l'eau, une forme claire. Sous le coup de l'émotion, Rohmer ne perçoit même plus le bruissement du flot.

Recouvert d'une grosse pierre, un corps est plaqué au fond de la rivière.

Une moitié de visage. L'autre est cachée par le bloc de pierre. Un oeil laiteux à demi ouvert fixe Rohmer. Pareille à une touffe d'algues, une mèche de cheveux ondule dans le courant.

C'est le corps d'une gamine.

*

Un périmètre de sécurité a été établi. Plus de cinquante gendarmes ratissent le fond du vallon, là où coule la rivière.

L'estomac noué, Rohmer se tient à l'écart. À côté de lui, Agnès Serra est blême.

Le photographe de l'équipe technique a terminé son travail. Sur un signe de Lescure, deux gendarmes gantés et chaussés de hautes bottes en caoutchouc entrent dans l'eau.

Un jeune type en survêtement, le visage bouleversé, se tourne vers eux. C'est Lambert, le juge d'instruction.

- Attendez ! fait-il d'une voix mal assurée. La scène du crime disparaîtra dès qu'on aura bougé le corps. Je préfère que le légiste jette un coup d'oeil.

Le légiste hoche la tête, pose sa trousse. Il emprunte une paire de bottes, contourne un bosquet pour avoir une meilleure vue. L'eau lui arrive aux genoux. Il sort un magnétophone de sa poche, vérifie que la cassette est bien enroulée avant d'appuyer sur la touche d'enregistrement.

- Une petite fille, annonce-t-il. Le corps est coincé sous une grosse pierre. On ne voit qu'une partie de son visage.

Il se tait, examine le cadavre.

- Elle est en chemise de nuit, reprend-il. Les meurtrissures sur le cou sont nettement visibles.

- Putain de merde ! jure Lescure.

- Aucun signe de décomposition. Elle n'est pas là depuis longtemps, quelques heures au maximum. Quand vous la dégagerez, faites attention à ne pas toucher aux branches, il y a peut-être des fibres accrochées.

Il adresse un signe de tête à Lescure.

- Vos hommes peuvent sortir le corps. Je ne vois pas ce que je pourrais ajouter de plus.

Les deux gendarmes retroussent leurs manches, dégagent la pierre, la posent sur la berge. Allégé, le corps oscille dans le courant. Ils le soulèvent, et à petits pas le ramènent pour l'étendre délicatement sur une bâche en plastique.

Le médecin légiste a déjà enfilé une paire de gants. Il s'agenouille près du cadavre, exerce des deux mains une pression sur la poitrine.

Rohmer et tous les autres attendent. On entend le bruissement clair de la rivière, le bourdonnement des abeilles.

Le légiste lève la tête, rajuste ses lunettes, cherche le regard du juge Lambert.

- On exclut la noyade. Il n'y a pas d'extériorisation d'oedème mousseux au niveau des orifices respiratoires. En premier examen, elle est morte étranglée.

Il désigne un collier d'ecchymoses autour du cou de la victime avant de soulever la chemise de nuit. Il examine minutieusement le pubis glabre de l'enfant.

- Surprenant, murmure-t-il.

- Qu'est-ce qui est surprenant ? demande Lambert en se penchant.

- Elle n'a pas été violée. Il n'y a ni défloraison ni traces d'abrasion, mais la région pubienne est tuméfiée.

- Ça signifie quoi ? demande Lambert.

- Je ne sais pas. Je vais faire mon possible pour avancer rapidement de ce côté-là, répond le médecin légiste en enlevant ses gants qu'il jette dans un sac en papier.

- On va interdire l'accès de la zone et tout passer au peigne fin au cas où le temps se gâterait, annonce Lescure qui désigne l'ouest où le ciel s'obscurcit.

Le juge Lambert s'est écarté. Il parle dans son téléphone portable, puis revient vers le groupe de gendarmes.

- Quelqu'un peut-il identifier officiellement le corps ?

- Je connais la famille Auber, monsieur le juge, répond l'un des gendarmes. C'est bien la petite Nathalie, la fille de Brigitte.

Rohmer s'est approché. Serra se tient derrière lui, comme hypnotisée par le spectacle du petit corps sans vie. Une housse mortuaire et une civière ont été dépliées. Deux gendarmes s'apprêtent à soulever le corps.

- Attendez ! s'écrie Rohmer.

C'est sa première intervention depuis qu'il a prévenu Lescure de sa découverte.

L'affaire échappe à sa juridiction. Il s'agit à présent d'un homicide, plus d'une disparition d'enfant. Mais depuis que le corps a été retiré de la rivière, Rohmer a du mal à se contenir.

- Je vois mal Brigitte Auber porter sa fille jusqu'ici, et je doute qu'elle lui ait retiré ses chaussures avant de l'étrangler, lance-t-il à Lambert.

Si aucun indice ne vient appuyer l'existence d'un ravisseur, c'est sur Brigitte Auber que les soupçons du juge d'instruction se porteront.

Rohmer est devenu le centre d'attention. Les gendarmes ont les yeux braqués sur lui.

- Qu'est-ce qui vous fait dire ça ? demande Lambert.

- Comment Nathalie aurait elle pu marcher jusqu'ici pieds nus, la plante de ses pieds ne présente aucune égratignure, dit-il.

Après avoir jeté un coup d'oeil au corps, Lescure se gratte le sommet du crâne.

- C'est exact, reconnaît-il, une nuance de respect dans la voix. Comment ça s'est passé d'après vous, commissaire ?

- Je ne sais pas, mais on l'a sûrement portée. Si la mère est en cause, ce qui m'étonnerait, elle n'était pas seule.

Rohmer n'a plus rien à ajouter. Prenant le bras d'Agnès, il l'entraîne un peu plus loin.

- On ne peut pas exclure définitivement l'hypothèse que ce soit la mère, dit-il.

Le visage d'Agnès s'anime.

- La mère n'a rien à voir là-dedans, Rohmer.

Il a la même conviction. Mais l'absence de traces d'effraction risque de peser lourd dans l'enquête. Les statistiques en matière de meurtres d'enfants orientent la police à chercher le coupable dans un premier cercle, celui de la famille de la victime.

Rohmer s'est assis, le dos appuyé à un rocher. Agnès fouille dans son sac, en tire une barre chocolatée. Elle déchire l'emballage, casse la barre, tend la moitié à Rohmer.

Il mastique lentement, le soleil chauffe son visage.

- Le ravisseur, si ravisseur il y a, ne s'est pas aventuré dans les bois à la recherche d'une gamine endormie, remarque-t-il. Il n'a pas non plus décidé brusquement d'étrangler Nathalie avant d'abandonner son corps dans la rivière.

- Qu'est-ce que tu tires comme conclusion ?

- Qu'il n'a pas choisi sa victime au hasard ! Il savait exactement où et comment il allait la tuer.

- L'absence de traces d'effraction et d'empreintes de pas dans la maison pourrait constituer une mise en scène pour que Brigitte Auber soit soupçonnée du meurtre de sa fille. Ça nous rapprocherait de celle destinée à faire porter le chapeau à Eymard.

- Ça pourrait, murmure-t-il.

- Mais la petite n'a pas les mains jointes, Rohmer.

- Non. Et elle ne peut pas les avoir si c'est le même type.

- Pourquoi ?

- Parce qu'à aucun moment la police ne doit relier ce meurtre aux deux autres. L'assassin d'Eva et Camille s'est suicidé en prison. La moindre connexion montrant qu'Eymard n'était pas le bon coupable provoquerait la réouverture des dossiers, la reprise des enquêtes. Le pire des scénarios pour l'assassin.

Rohmer regarde les fermes sur le flanc du vallon, la route empierrée qui longe une partie de la rivière, autant de possibilités qui doivent être explorées.

- C'est peut-être un type du coin, où alors il est venu reconnaître le terrain avant d'agir. Quelqu'un l'a peut-être remarqué...

- Tu veux que j'aille faire un tour dans les fermes au-dessus ? suggère Agnès.

- Bonne idée. Demande une voiture à Lescure.

Agnès fait quelques pas, puis se retourne. Rohmer sait qu'elle a réfléchi à ce qu'il vient de lui dire à propos du tueur, qu'elle a un argument valable à lui opposer.

- Cette affaire de mains jointes n'est pas un hasard, Rohmer, c'est un détail capital. Tu ne peux pas l'exclure si tu penses qu'il s'agit du même assassin.

32

Mercredi 10 juillet, Nantua

Anna a ouvert les yeux. Que fait-elle dans la chambre de Céline ?

A sa montre, il est 2 h.

Du matin ou de l'après-midi ?

Le jour filtre derrière les volets. Pourquoi a-t-elle dormi si tard ? La porte s'est ouverte. Une silhouette se tient dans la pénombre du couloir.

- Madame Jannin ?

C'est la gouvernante.

- Entrez, dit Anna.

Elle repousse les draps et s'assied. Madame Kiliç se dirige droit vers la fenêtre, ouvre en grand les volets.

Le jour fait cligner Anna des yeux. Elle a la tête lourde, la bouche pâteuse. Le souvenir de la nuit précédente lui revient par fragments : la sensation terrifiante de sentir une présence étrangère dans son lit, ce viol morbide qu'elle rattachait à sa dernière nuit avec Éric à Phuket...

- J'ai été malade hier soir, dit Anna. J'ai vomi.

- Je sais, j'ai trouvé les draps dans votre chambre.

- Qu'est-ce que je fais dans ce lit ? S'inquiète Anna.

-Céline m'a dit qu'elle avait eu un cauchemar à cause de l'orage et que vous étiez venue près d'elle. Avant, vous avez dû aller dans la chambre d'ami. Un des lits est défait.

Anna pousse un soupir. La peur viscérale qu'un malheur ne soit arrivé à Céline l'a tirée du sommeil dans la chambre d'ami.

-J'ai passé une très mauvaise nuit, moi aussi. Où est ma fille ?

- Votre amie est venue la chercher.

- Quelle amie ?

Anna s'est levée. Une douleur aiguë à la hanche la fait grimacer. Elle se rappelle qu'elle est tombée dans le couloir juste avant d'ouvrir la porte de la chambre de Céline.

-Sandrine, la jeune femme de la médiathèque, a appelé ce matin pour vous rappeler qu'il y avait une représentation de marionnettes avec un déjeuner pour les enfants. Elle vous en parlé il y a deux jours et vous avez donné votre accord pour que Céline y assiste.

Anna se souvient vaguement.

- Comme vous dormiez et que cette dame ne pouvait pas quitter la médiathèque, elle a appelé Madame Maurois pour qu'elle passe prendre Céline.

- Bon, dit Anna. Je prends juste un thé et je rejoins ma fille.

*

Une demi-heure plus tard, Anna quitte *Les Sapins* au volant de sa Volvo. Vitre baissée, elle laisse l'air pur et léger balayer les restes de son affreux cauchemar.

Sur la console en cuir se trouve un paquet de lettres arrivées la veille. La plupart ont été réexpédiées de Suresnes.

Anna s'arrête, coupe le moteur. Autant en prendre connaissance tout de suite. Elle s'apprête à ouvrir un courrier de sa banque, mais ses mains sont moites. Elle les essuie avec le mouchoir qu'elle garde dans son sac...

Un bruissement lui fait lever les yeux. Ça ressemble au murmure du vent dans les branches. Aucune ne bouge pourtant.

Le bruissement est au premier plan. À quelques mètres de la voiture. D'où provient-il ?

L'étrange murmure paraît tournoyer, puis s'éloigne.

Anna entend autre chose. Elle baisse le volume de la radio. C'est comme une rumeur confuse. Un chuchotement.

Elle tend l'oreille. Le chant d'un oiseau ? La forêt en abrite des dizaines d'espèces.

Plus Anna écoute, plus elle est convaincue que ce n'est pas le chant d'un oiseau.

Les bois qui surplombent le lac de Nantua ont une histoire, lui a dit Sandrine. La légende raconte qu'après une vie passée à répandre la bonne parole, Saint Amand, évêque de Maastricht au VIIe siècle, saisi par la beauté du lac de Nantua et par son silence, obtint du roi Childéric des terres pour y bâtir un monastère.   Estimant ses possessions menacées le, gouverneur de la région, Mommulus, ordonna à ses hommes de se débarrasser de Saint Amand. Celui-ci se trouvait au milieu des bois quand il fut attaqué. À l'instant où le coup fatal allait lui être porté, une voix surnaturelle descendue du ciel terrorisa ses agresseurs. Tombant à genoux, ces derniers implorèrent le pardon de l'évêque. Le monastère fut fondé, Saint Amand accepta comme premiers moines les quatre hommes qui voulaient le tuer.

Légende ou pas, ce qu'elle entend n'est pas le fruit de son imagination. Encore moins une voix venue du ciel.

Il y a quelqu'un tout près, à la lisière de la forêt.

Elle a beau regarder, elle ne voit personne !

Anna est au bord du malaise. La chambre de Céline sens dessus dessous… Ce murmure… Des hallucinations ?

Ses lèvres remuent.

« Sors de la voiture. Va voir d'où vient ce bruit. Vas-y pour en finir avec ton obsession de devenir folle. »

Elle hésite, finit par ouvrir la portière.

Elle descend, en serrant son mouchoir dans la main comme un doudou. Un geste d'enfant. Pour se rassurer.

Elle fait un pas, se fige. On l'épie. La sensation lui donne la chair de poule.

Le chuchotement persiste. Mais comment peut-elle croire qu'elle l'entend réellement ? Il n'y a personne !

Psychose.

Paranoïa.

Hallucinations.

Le tableau clinique de la schizophrénie.

« Tu en as tous les symptômes, Anna. »

À l'arrière-plan, le bruit de fond de la radio a changé. Une voix de femme annonce :

« Nous interrompons notre programme musical… »

Ce chuchotement…

Pourquoi n'arrive-t-elle pas à comprendre ce qu'il dit ?

Comme pour répondre à son interrogation, Anna distingue maintenant trois syllabes :

Cé - li - ne…

Elle se trompe, elle a mal entendu.

Cé - li - ne, Cé – li - ne…

C'est impossible ! Qui prononce le nom de sa fille ?

Céline, Céline…

La litanie enfle. Anna ne sait pas si elle l'entend véritablement ou si elle résonne à l'intérieur de sa tête.

« Bouche-toi les oreilles, tu verras bien ! »

Brusquement, les chuchotements cessent. Les broussailles remuent. Un bruit de pas. Des branches qui craquent. Derrière elle, il y a toujours cette voix de femme à la radio.

« … pour un flash d'information. Au début de l'après-midi… »

Anna a surpris dans la pénombre un déplacement furtif. Quelqu'un cherche à s'esquiver. Ou à s'approcher.

Elle continue de fixer les arbres.

« … le corps d'une… »

Au moment où elle s'y attend le moins, une silhouette blême se découvre. Elle disparaît aussitôt dans les galeries d'ombre que les sapins emprisonnent.

Anna lâche son mouchoir. Une bouffée de panique la fait reculer jusqu'à la portière de la voiture.

La voix dans les haut-parleurs emplit l'espace :

« … le corps d'une fillette de dix ans a été retrouvé dans une rivière près de Nantua.

Selon les informations communiquées par la gendarmerie de Bourg-en-Bresse, il s'agirait d'un homicide. Le nom de la victime n'a pas été communiqué. »

Anna manque de s'effondrer. Dans un sursaut, elle se jette derrière le volant, claque la portière et démarre en trombe, écrasant l'accélérateur.

L'estomac soulevé par la nausée, elle serre les dents. Elle éteint la radio, renverse le contenu de son sac sur le siège, saisit son téléphone portable. Elle n'arrive pas à presser les touches du clavier, à faire défiler le répertoire alphabétique. Ses mains tremblent si fort que le téléphone lui échappe.

… le corps d'une fillette de dix ans… la rivière…

« Méfie-toi de l'eau. Et de l'homme qui est près de toi. Il te veut du mal. »

La hantise de s'être trompée, d'avoir cru trouver un paradis pour Céline alors qu'elle l'a entraînée en enfer, la terrasse. Des larmes inondent ses joues. Elle a du mal à garder le véhicule au milieu de l'allée. Elle se penche, tâtonne maladroitement pour récupérer son téléphone. Elle sursaute en criant. On l'appelle sur son portable ! La sonnerie qu'elle entend n'est pas celle programmée, ce sont les premières notes d'un air de musique classique.

Anna met quelques secondes à identifier le Requiem de Mozart. Les notes ont une sonorité mécanique, comme celles d'une boîte à musique.

La Volvo quitte l'allée. Anna la ramène d'un brusque coup de volant, évitant de justesse la première rangée d'arbres. Des branches raclent la carrosserie, frappent le pare-brise. Par la vitre ouverte, une pluie d'aiguilles de sapin la cingle au visage. Désemparée, la respiration coupée, elle se plie en deux, continue à tâtonner sous le fauteuil. Ses doigts rencontrent le boîtier du portable. Elle s'en empare. Le numéro de son correspondant ne s'affiche pas à l'écran.

La sonnerie s'est arrêtée.

C'est le silence. Presque un soulagement.

Anna a ressenti le Requiem de Mozart comme la brûlure d'un fer chauffé à blanc.

Qui cherchait-elle à joindre avant d'être perturbée par cet appel ? Jeanne Maurois ! C'est elle qui est venue chercher Céline.

Anna fait défiler le répertoire téléphonique, lance son appel. La tonalité de la sonnerie retentit dans l'écouteur.

Décroche, Bon Dieu ! Pourquoi Jeanne ne décroche-t-elle pas ?

Un déclic.

« Je ne suis pas en mesure de prendre votre appel pour le moment... »

... le corps d'une fillette de dix ans... la rivière...

Sandrine ! La représentation a lieu à la médiathèque.

Elle doit joindre Sandrine ! Tout de suite !

La Volvo débouche sur la route, le téléphone échappe une seconde fois des mains d'Anna. Inutile de le chercher ! Elle aperçoit les toits du village. Dans moins de dix minutes, elle sera à la médiathèque.

La Volvo prend de la vitesse. Anna sent son coeur cogner douloureusement dans sa poitrine. D'un coup, elle a la certitude de ne plus être seule dans sa voiture. Quelqu'un s'y est glissé quand elle en est descendue.

Elle devine une présence, tout près, cachée par le dossier du siège...

33

Mercredi 10 juillet, Nantua

-Il y a des éléments nouveaux ? S'inquiète Rohmer.

Il vient de pénétrer dans le PC mobile. C'est là où aboutissent les renseignements et les appels téléphoniques concernant le meurtre de Nathalie Auber.

Lescure, qui examine une liasse de papiers avec un assistant, lui fait signe de s'installer. Le PC est rempli de gendarmes qui travaillent. Rohmer n'a pas l'intention de s'y éterniser.

-Brigitte Auber, la mère de la petite, est à Bourg-en-Bresse en train de faire sa déposition, annonce Lescure. De notre côté, on envisage toutes les possibilités, commissaire. Nous avons une information qu'il va falloir vérifier : un type de Nantua qui travaille dans une boulangerie aux Neyrolles : ça fait trois jours qu'il ne s'est pas présenté à son travail.

- Quel âge ? demande Rohmer.

Lescure fouille dans la masse de papiers avant de répondre.

- Vingt et un ans.

Il en aurait eu dix-neuf au moment de la disparition d'Eva Skold. Un peu jeune, songe Rohmer. Il se tourne vers l'un des maîtres-chiens.

- Qu'est-ce que ça a donné ?

-Rien, répond le gendarme. S'il restait quelque chose à flairer, ça a disparu avec la pluie.

- J'aimerais jeter un coup d'oeil à l'intérieur de la maison, dit Rohmer à l'attention de Lescure. Ça pose un problème ?

Rohmer répond sans lever la tête.

- Aucun, commissaire. L'équipe technique a terminé.

*

Le pavillon à étage de Brigitte Auber est adossé au bois. La façade donne sur un jardinet bien entretenu. À l'écart, un appentis abrite une voiture bleue, des outils de jardinage, une brouette et deux vélos.

Rohmer enfile une paire de gants, passe des bottillons en plastique sur ses chaussures et entre dans le pavillon. Il monte directement au premier, emprunte un étroit couloir et s'arrête devant la chambre de Nathalie.

La porte est entrouverte. Immobile, Rohmer parcourt la pièce du regard. L'équipe technique a laissé les lieux dans l'état où les gendarmes les ont trouvés lorsqu'ils ont répondu à l'appel de Brigitte Auber. Le lit est défait, le sol jonché de coussins roses et fleuris. Un miroir est fixé sur la porte de la penderie, un épais tapis disposé près du lit. Aux murs sont accrochés des dessins de Nathalie. Un petit meuble de rangement rempli de bandes dessinées occupe un angle de la pièce. Sous la fenêtre se trouve un bureau couvert de poupées alignées en bon ordre. Avant cette nuit, la chambre était celle de Nathalie Auber.

Rohmer fait deux pas, s'assied sur le lit. Sur la table de nuit, une photographie est encadrée : la famille Auber pose en souriant dans un paysage entouré de montagnes enneigées. Nathalie, sa mère, et un homme en survêtement, cheveux coupés courts, mince moustache : Régis Auber, le mari de Brigitte.

Rohmer sort la photographie de son cadre et la retourne : *8 juillet 2000, La Clusaz.*

Il ne se souvient plus de quoi le père de Nathalie est mort. D'ailleurs, il ne l'a jamais su. Il appelle Lescure sur son portable, demande des précisions.

- Régis Auber s'est suicidé l'année dernière, répond Lescure. Alcool et gardénal.

- Une raison particulière ?

Il contemple l'homme sur la photo. Le visage bronzé, il semble en excellente forme physique.

- Je ne sais pas. Faudrait voir avec sa femme, commissaire.

Rohmer raccroche, se lève, fait le tour de la pièce. L'impression qu'il a eue en entrant dans cette chambre, c'est que le désordre n'était pas naturel : les draps roulés en boule, les coussins qui jonchent le sol, semblent moins le résultat d'une lutte entre Nathalie et son ravisseur qu'une mise en scène.

Lambert, qui a eu une impression similaire, n'exclut pas une mise en scène organisée par la mère pour faire croire à l'enlèvement de sa fille. Rohmer, lui, y voit plutôt la main du ravisseur.

Semer le désordre pour cacher quoi ?

Il ouvre la penderie. Des vêtements suspendus à des cintres, une rangée de chaussures. Derrière la porte, un poster de la chanteuse Britney Spears a été punaisé.

Il referme la porte, se dirige vers la fenêtre. La chambre donne sur la façade. Il se penche au-dessus du bureau, écarte le rideau. Devant la maison, trois gendarmes fument en silence. Quelques rayons du soleil se brisent sur le feuillage des arbres. Rohmer jette un coup d'oeil à la crémone. Elle est engagée dans les deux encoches, la fenêtre est solidement fermée, peu de chances que le ravisseur ait pénétré par là.

Il s'assoit sur la chaise, s'efforce de réfléchir, sans idées préconçues, sans a priori.

Comment le ravisseur est-il entré chez les Auber sous l'orage, sans laisser la moindre trace ? Ce constat, s'il n'est pas infirmé, rendra la mère suspecte aux yeux du juge d'instruction.

Rohmer met quelques secondes à imaginer une autre possibilité. Le ravisseur n'est jamais arrivé sous l'orage. Il a pénétré dans les lieux bien avant, peut-être en l'absence de ses occupants, à la tombée du jour par exemple. Il s'est dissimulé à l'intérieur en attendant leur retour. Il n'est sorti de sa cachette qu'une fois la mère de Nathalie endormie.

Voilà le plan que Rohmer aurait suivi. Un plan que d'autres que lui sont capables d'avoir imaginé et appliqué.

Mais son hypothèse ne vaut pas un clou s'il ne découvre pas comment le ravisseur s'est introduit chez Brigitte Auber.

Il descend au salon. C'est une pièce confortable, avec une cheminée de pierre, des meubles cirés, un canapé et deux fauteuils. Il y a un poste de télévision et dessous, sur une étagère, un lecteur de vidéo. Le gendarme assis sur l'un des fauteuils se lève en l'apercevant. Rohmer lui fait signe de se rasseoir.

Il passe devant une petite salle à manger, entre dans la cuisine dont la fenêtre donne à l'arrière de la maison, sur le plateau boisé qu'il a gravi un peu plus tôt.

Brigitte Auber ne se barricade pas la nuit venue. Elle n'a pas rabattu les volets, seule la fenêtre est fermée à l'espagnolette. Sans toucher à rien, Rohmer l'examine. La tringle de métal est engagée dans les gâches. La peinture présente des écailles et des éraflures dues à l'usage et au frottement. Rien n'indique que la fenêtre ait été forcée.

Il tourne le verrou de la porte de la cuisine, enlève ses bottillons et les dépose près d'un racloir et fait quelques pas à l'extérieur pour examiner le cadre de la fenêtre. Le bois est lisse, le mastic intact. En dehors des traces laissées par les techniciens de la gendarmerie lors du relevé d'empreintes, il n'y a ni entailles ni marques suspectes. Posant une main sur le montant central de la croisée, Rohmer donne une secousse courte, très sèche, appliquée en bas, au ras du cadre.

Avec un craquement, les deux montants s'ouvrent.

Rohmer n'y croit pas lui même. D'une traction, il se hisse sur le rebord, et deux secondes plus tard se retrouve dans la cuisine.

Il referme la fenêtre, tourne la poignée, examine de plus près la tringle de l'espagnolette. Elle semble engagée dans les gâches, mais le bois a joué. Le mécanisme, rouillé, ne tourne plus à fond. La tringle ne s'enfonce pas vraiment jusqu'au fond des gâches.

Rohmer est entré par effraction chez Brigitte Auber sans laisser la moindre trace. Il n'a plus qu'à chercher un endroit où se dissimuler. Il y a des placards au rez-de-chaussée et au premier étage. Une cave au sous-sol...

Pourtant, il est troublé. Son instinct lui souffle que quelque chose d'essentiel lui échappe, un angle sous lequel cette disparition prendrait son véritable éclairage.

Celui-là même que le ravisseur s'est évertué à leur masquer.

34

Mercredi 10 juillet, Nantua

Décomposée par la peur, Anna s'est garée sur le bas-côté. Le coeur battant la chamade, elle allume la radio comme si elle cherchait une station.

À trois, se dit-elle.

Sa main gauche étreint la poignée de la portière...

Un...

Elle sent un regard peser sur sa nuque, sa peau se hérisse.

Deux...

« Il veut que je me retourne. Il veut voir la peur sur mon visage. »

Trois !

Ouvrant brutalement la portière, elle jaillit de la voiture, traverse la route à toute vitesse.

Elle court sur le bas-côté.

À gauche, le lac miroite comme une carapace brillante. À droite, les sapins sont pareils à une armée d'ombres maléfiques. Devant, Anna voit les toits de tuiles du village.

Nantua n'est qu'à deux ou trois kilomètres. Il faut qu'elle y arrive avant qu'*il* ne la rattrape. *Il* n'osera pas la poursuivre dans les rues.

Mais Anna est déjà à bout de souffle. Ses muscles se sont durcis. Une sensation qu'elle n'a connue que dans de mauvais rêves lui donne l'illusion de piétiner.

Elle jette un coup d'oeil par-dessus son épaule, ralentit, puis stoppe net sa course. La route est déserte. La portière du conducteur est entrouverte, la Volvo n'a pas bougé.

Un bruit de moteur se rapproche. Un véhicule. Anna a compris : en l'entendant, l'homme qui la poursuivait a disparu dans la forêt.

La voiture vient de Nantua. Une 308 verte. Elle ralentit, se gare. Jeanne est au volant. Sur la banquette arrière, deux têtes s'agitent, Céline, en compagnie d'un garçon de son âge.

Une onde de soulagement parcourt Anna. Mon dieu, ma fille est vivante. Merci.

Jeanne est descendue. Elle vient à sa rencontre.

- Anna, qu'est-ce que tu fabriques seule au bord de la route ? Ta voiture est en panne ?

Céline lui fait de grands signes. Anna lève la main.

- Tu as l'air complètement bouleversée, dit Jeanne. Qu'est-ce qui ne va pas ?

Anna secoue la tête. Elle n'ose pas raconter à Jeanne pourquoi elle se retrouve hagarde et essoufflée au bord de la route. Des voix qui chuchotent dans la forêt, une présence hostile dans sa voiture…

- Tu as écouté les nouvelles à la radio ? demande-t-elle.

Jeanne acquiesce.

- Tu parles de la petite retrouvée morte ?

Anna demeure silencieuse.

- J'ai cru que c'était Céline, finit-elle par murmurer d'une voix brisée par l'émotion. J'étais tellement paniquée que j'ai dû m'arrêter. La voiture a refusé de démarrer, je me suis mise à courir…

Elle n'ose pas croiser le regard de Jeanne qui lui a pris la main.

- Pour l'amour du ciel, Anna, tu ne peux quand même pas te mettre dans des états pareils chaque fois qu'on annonce un drame à la radio. Céline était à la médiathèque !

Anna hausse les épaules.

- C'est plus fort que moi. On sait ce qui est arrivé ?

- La gamine a été assassinée.

Tout s'est mis à tourner autour d'Anna.

Elle savait ! Elle a toujours su ! Sa voix intérieure ne la trompait pas. Les signes incohérents, les malaises inexpliqués, les frayeurs apparemment injustifiées, n'étaient pas la conséquence d'une névrose post-traumatique, il fallait les interpréter autrement, leur donner leur véritable sens.

Un tueur d'enfants en liberté !

Pas à l'autre bout du monde. Exactement là où Anna est venue refaire sa vie avec sa fille.

Cé - li ne, Cé - li ne, Cé – li - ne

La voix dans la forêt…

- Voilà les enfants. Ne parlons pas de ça devant eux, souffle Jeanne.

La gorge douloureuse, les tempes bourdonnantes, Anna fait un effort pour refouler sa détresse. Elle prend sa fille dans les bras, dépose un baiser sonore sur la joue.

Serrer Céline contre elle lui fait du bien. C'est un coin de ciel bleu dans la tourmente qui l'agite.

- Ton fils Titou ? demande-t-elle à Jeanne après quelques instants.

Céline est accompagnée par un jeune garçon aux cheveux en brosse, au regard ombrageux.

- Mon garnement, tu veux dire. Céline et lui ont l'air de bien s'entendre.
- Comment était le spectacle ? dit Anna pour cacher son émotion.
- Super, répond Céline.

Anna repose sa fille à terre et lance un regard inquiet vers la Volvo.

- On allait voir Casper, maman. J'ai dit à Titou qu'il aurait le droit de le promener en échange…

Anna se force à rire.

- En échange de quoi ?

Titou se dandine, pas très fier.

- En échange de quoi ? répète Anna.

Céline agite son poignet.

- Titou m'a prêté sa montre.

Anna l'admire. Le cadran noir comporte des chiffres dorés ; au centre, en relief, un petit personnage est animé par le mécanisme des secondes.

- Tout le monde l'a trouvée géniale. J'aimerais bien avoir la même, dit Céline, une lueur d'envie dans les yeux.
- C'est vrai qu'elle est superbe. Tu l'as achetée où ? demande Anna, se tournant vers Jeanne.
- Je ne l'ai pas achetée, Titou l'a trouvée dans les marais.
- Dans les marais ! S'étonne Anna.

Jeanne soupire.

- Titou et Christophe y vont parfois à la tombée de la nuit pour observer les vols d'oiseaux. Enfin, c'est ce qu'ils nous racontent.

Anna réprime un frisson. Deux gamins au milieu des marais à la tombée de la nuit. Comment Jeanne n'est-elle pas morte d'inquiétude !

- Titou doit tenir à cette montre comme à la prunelle de ses yeux et on ne pourra pas la lui remplacer si tu la perds, dit-elle à Céline. Tâche de faire attention. On va rentrer à la maison. Jeanne et moi nous prendrons un thé, et vous, vous irez promener Casper.

- Monte, je te ramène à ta voiture, dit Jeanne.

Anna ne quitte pas la Volvo des yeux. Lorsque Jeanne s'arrête, elle descend, traverse lentement la route, sur ses gardes. L'homme qui la poursuivait a dû filer dans les bois en entendant la 308.

Une fois au volant, Anna fait demi-tour, se range derrière la Peugeot. Elle récupère son téléphone sous le siège, rejoint Jeanne.

- Je voudrais vérifier quelque chose. Tu peux m'appeler, demande-t-elle.

Pendant que Jeanne s'exécute, Anna attend que le numéro s'affiche. Elle a une crampe à l'estomac. La sonnerie est celle qu'elle a l'habitude d'entendre, pas celle qui s'est déclenchée tout à l'heure.

D'où sort ce Requiem à la sonorité mécanique ? Pourquoi le numéro qui le déclenche ne s'est-il pas inscrit à l'écran ?

Anna remonte dans la Volvo. En roulant vers les *Sapins*, elle écoute les sonneries enregistrées dans la mémoire de son portable. Ses tempes sont couvertes de sueur. Le Requiem n'en fait pas partie.

35

Mercredi 10 juillet, Nantua

Le regard perdu dans l'immensité du ciel, Rohmer réfléchit. La tête appuyée contre le tronc d'un sapin, il laisse le soleil de fin d'après-midi lui tiédir le visage. Il se sent vaseux, les muscles raides, il a du mal à ordonner les hypothèses qui lui viennent à l'esprit.

Lescure lui a fait porter un sandwich et une bouteille d'eau minérale, et il s'est installé en bordure de la forêt pour déjeuner.

Le petit boulanger qui manquait à l'appel a été retrouvé. Il est à l'hôpital, opéré la veille d'une appendicite aiguë.

Trop de questions restent en suspens. Rohmer sent que c'est lui qui est incapable de fournir les réponses. Le vide, l'absence d'adversaire continuent de le gêner.

- Alors ? s'enquiert-il

Une ombre s'interpose. Agnès se tient devant lui.

- J'ai visité les trois fermes qui donnent sur la rivière. Personne n'a rien remarqué. Rien qui sorte de l'ordinaire, en tout cas. Et toi ?

- Je sais comment il est entré chez les Auber. Ça ne nous avance pas à grand-chose parce qu'il n'y a pas de traces d'effraction.

Le regard de Rohmer est fixe.

- Ça ne va pas ? demande Agnès.

Il semble surpris, incapable de prononcer un mot, comme si un fantôme avait surgi devant lui.

D'un coup, il se lève, fait quelques pas. La fatigue a disparu de ses yeux, remplacée par un mélange d'excitation et de perplexité

- Et si c'était la mère ? Et si Lambert avait raison ?

Agnès le dévisage, l'air de se demander s'il délire.

- Rohmer, avant de te lancer dans une théorie fumeuse, dis-moi si tu es sérieux ou si tu plaisantes?

Il répond d'une voix si calme qu'Agnès ne peut s'empêcher de frissonner.

- Camille Laurent avait les mains liées. Nous ne savons rien d'Eva, mais nous savons que ce n'était pas le cas de Nathalie.

Agnès hausse les épaules.

- Ce n'est pas le type que nous cherchons, mais ce n'est pas pour autant qu'on doit accuser la mère.

Rohmer regarde le reflet des nuages dans une flaque. Une image fragile aux lignes tremblotantes.

- Allons faire un tour dans la maison, dit-il.

Ils passent par l'entrée principale, entrent dans le salon. Le gendarme est toujours là. Rohmer allume la télévision, demande à Agnès de s'installer sur le canapé.

- J'en ai pour deux minutes.

Il ressort, contourne le pavillon, s'arrête devant la fenêtre de la cuisine. De nouveau, des deux mains, il exerce une poussée brutale sur la croisée. Elle s'ouvre avec un craquement sec. Il se hisse sur le rebord, pénètre dans la cuisine, puis referme la fenêtre avant de retourner dans le salon.

– Vous avez entendu quelque chose ? demande-t-il.

Agnès et le gendarme secouent la tête.

Rohmer fait signe à Agnès. Ils empruntent l'escalier. Au premier étage, il va dans la chambre de Nathalie. Une idée aberrante lui a traversé l'esprit. Elle ne l'aurait pas effleuré un quart d'heure plus tôt, mais il sait qu'il tourne en rond, et que c'est dans ces moments là qu'il est le plus efficace.

Des détails enregistrés inconsciemment l'ont ramené dans cette pièce. Il a le sentiment que ce qu'il cherche est devant lui.

Il passe en revue la penderie, les dessins accrochés au mur, se baisse pour regarder sous le lit, ouvre les tiroirs du meuble de rangement, feuillette les bandes dessinées. Agnès se tient dans l'embrasure. Rohmer retourne près d'elle. De nouveau, il examine la pièce dans son ensemble, puis plan après plan, comme s'il photographiait ce qu'il voyait.

Le lit, les draps roulés en boule au sol, les coussins dispersés, la fenêtre, le bureau, les poupées alignées, le petit meuble…

Le regard de Rohmer s'arrête sur les poupées. Il les compte, huit au total. Soudain, il se fige.

– Je n'arrive pas à y croire, murmure-t-il au bout de quelques secondes.

Il maîtrise difficilement son émotion.

– Regarde, dit-il en tendant le bras.

Agnès suit des yeux la direction qu'il indique. Rohmer, silencieux, surveille sa réaction tandis qu'elle passe en revue les poupées alignées sur le bureau.

D'un coup, Agnès se tourne vers lui. Elle semble effarée.

- Les poupées…

Elle essaye de terminer sa phrase, de dire ce qu'elle voit. Bloqués dans sa gorge, les mots refusent de sortir.

- Elles ont toutes les mains jointes, termine Rohmer d'une voix méconnaissable. C'est le même type, celui que nous cherchons, l'assassin d'Eva et Camille.

36

Lundi 15 juillet, Nantua

Il y a des dissensions entre le juge d'instruction Lambert et le commissaire divisionnaire Raphaël Rohmer, patron de l'O.C.D.I.P. La nouvelle s'étale en première page des journaux apportés par madame Kiliç.

Effarée, Anna vient de découvrir que le mystérieux homme de Roissy et le commissaire Rohmer ne sont qu'une seule et même personne. La photo qui illustre le résumé de sa carrière date de quelques années, mais c'est bien lui qu'Anna a croisé à deux reprises.

Appuyé par le ministre de l'Intérieur, Rohmer a rouvert deux dossiers clos par le procureur : ceux d'Eva Skold et Camille Laurent.

Daniel Eymard, un entrepreneur de Bourg-en-Bresse qui s'était suicidé en prison avant son procès, avait été officiellement inculpé par le juge Lambert de l'enlèvement et du meurtre des deux fillettes. Dans un communiqué spécial, Rohmer rattache ces deux crimes à celui de la petite Nathalie Auber : on a affaire au même assassin, affirme-t-il.

Installé à Bourg-en-Bresse pour coordonner les trois enquêtes, il lance un appel à témoins et met à la disposition du public une permanence joignable à toute heure.

Ce qu'il faut déduire de la déclaration du commissaire, disent les commentaires, c'est qu'un tueur d'enfants est encore en liberté.

Anna sait. Elle a compris ce qui se prépare : sa rencontre avec Rohmer, la « vraie », celle dont elle a eu la prémonition en le croisant à Roissy, est imminente. Le trouble qu'elle a ressenti le 23 décembre ne relevait ni du désir inconscient de le revoir ni d'une attirance refoulée !

C'était un avertissement qui disait : vos routes se croiseront à nouveau dans des circonstances tragiques.

Les pièces du puzzle s'organisent. Ses malaises des derniers mois, les symptômes incompréhensibles qui la déroutent, la mise en garde de la bohémienne, forment un tout cohérent. L'eau, c'est le lac de Nantua ; l'homme, le tueur que Rohmer recherche ; l'anxiété qui la secoue comme un arbre dans la tempête, la prémonition que Céline risque d'être enlevée.

Anna veut relire les articles consacrés aux trois affaires.

Eva Skold : disparue il y a deux ans à Villars les Dombes avec son vélo et son chien, un labrador de dix-huit mois…

Camille Laurent : enlevée le 21 décembre dans un quartier sans histoires de Montchat et retrouvée étranglée le jour de Noël…

Et puis… Cinq jours plus tôt, à dix kilomètres de Nantua, Nathalie Auber *kidnappée en pleine nuit à son domicile !*

Angoissée, Anna regarde vers la forêt.

Qui abrite-t-elle ? Que cachent ses profondeurs ?

Vivre une existence sans tumultes dans ce coin du Jura était le rêve d'une nouvelle vie.

Mais le danger a surgi, transformant son rêve en une pitoyable illusion.

Sous la douche, les yeux fermés, Anna laisse l'eau brûlante couler sur sa nuque et ses épaules. Elle entre de plein fouet dans une réalité plus abominable que son dernier cauchemar. C'est elle l'ange gardien de Céline, et voilà que mise au pied du mur, sa résistance est minée par la perspective de ne pas être à la hauteur.

Une lézarde qui si elle se transformait en faille…

Éloigner sa fille des *Sapins* est la seule solution !

Jeanne qui n'habite pas très loin la gardera sans problème. La suite dépendra du temps que Rohmer mettra à arrêter l'assassin.

Anna se sent un peu apaisée. Elle est à peine sortie de sa douche…

Son portable sonne ! La sonnerie fantôme ! Le Requiem de Mozart !

Le stress la harcèle sans pitié.

Qui l'appelle ? Pourquoi entend-elle une sonnerie qui n'existe pas dans la mémoire de son téléphone ?

Les larmes aux yeux, elle tend la main vers l'appareil posé près du lavabo. Aucun numéro ne s'inscrit à l'écran. Elle prend la communication. La ligne est muette.

Anna coupe, appuie sur la touche rappel. Trois sonneries, un répondeur : « Le numéro que vous venez de composer n'est plus attribué ».

Pourquoi n'est-il plus attribué ? À qui appartenait-il ?

Des hypothèses plus invraisemblables les unes que les autres se bousculent dans sa tête.

ARRÊTE !

« Rationalise ! Cherche du côté de l'opérateur téléphonique. Leur réseau n'est pas à l'abri d'un dysfonctionnement. Et puis ces coups de téléphone, même s'ils t'usent le moral, ne sont pas prioritaires. Concentre-toi sur la menace qui pèse sur ta fille ! »

La veille, Céline et Casper ont passé la journée chez Jeanne qui les a gardés pour la nuit. Anna s'est laissée convaincre sous la promesse formelle qu'il n'y aurait ni séance d'observation d'oiseaux dans les marais, ni promenades sans surveillance pour les enfants. Le calme de Jeanne déteint sur elle. En surface seulement.

En sortant de la salle de bains, Anna va s'accouder à la fenêtre. Il est 11 h du matin. Un beau soleil illumine les montagnes, la brise charrie l'odeur des Sapins.

Pourvu que Céline s'entende bien avec Titou, pense-t-elle. Si par malheur elle le prend en grippe, elle refusera de rester chez Jeanne.

Inutile d'émettre des ondes négatives. De ce qu'elle a pu constater, ça fonctionne plutôt bien entre Titou et Céline.

Brusquement, surgie du néant, une autre possibilité se matérialise. Anna ne l'avait pas envisagée quand la sonnerie fantôme s'est déclenchée.

Et si ces appels la visaient elle, personnellement ?

Leur but ? Saper son moral, la pousser sur la pente de la folie.

« Qui t'a choisie pour cible, Anna, et pour quelle raison ? »

37

Lundi 15 juillet, Villars les Dombes

Céline regarde la montre à son poignet avec un petit frisson. Elle lui plait toujours, c'est sûr, mais pas autant qu'hier.

Titou lui a raconté dans quelles circonstances son frère et lui l'ont trouvée : « Dans un étang, sous le cadavre d'un gros chien sans tête ni pattes, un truc tout mou couvert de machins bizarres. »

Il est presque 11 h. Toute la famille Maurois est dans le jardin pour le petit déjeuner, et les jappements de Casper qui joue avec Titou agacent un peu Céline. Ce matin, c'est vrai qu'elle a d'autres soucis en tête. Elle est même au supplice.

En entrant dans la salle de bains de Jeanne pour faire sa toilette, elle a reconnu sans hésitation l'odeur qu'elle avait sentie sur Casper et sur Philippe Maurois le jour où elle s'était perdue dans la forêt.

Céline a aussi l'impression de l'avoir respirée avant son escapade dans les bois, mais elle n'arrive à se souvenir dans quelles conditions. C'est comme d'avoir un mot sur le bout de la langue sans être capable de le retrouver.

D'autres souvenirs, moins confus ceux-là, lui reviennent avec l'odeur : la voix qui murmurait son nom dans les bois ; cette « chose invisible » dont elle sentait le souffle ; ce visage tout blanc qui l'obligeait à s'enfuir…

Y penser lui donne mal au ventre.

Elle ne se sent plus tellement en sécurité chez les Maurois. Philippe a de plus en plus l'air d'une chouette, et une drôle de lueur brille dans ses yeux quand il l'observe.

Céline ne veut surtout pas pleurer, ce n'est pas l'envie qui lui manque pourtant. Elle est terrorisée. Cette odeur l'a replongée dans un cauchemar plus vrai que celui qu'elle a fait.

Sa mère lui manque, sa maison lui manque ! Elle doit se débrouiller pour qu'Anna vienne la chercher le plus vite possible.

Céline ouvre sa trousse de toilette, dépose sur la brosse une noisette de dentifrice, et se lave soigneusement les dents.

Comme elle n'a aucune envie de se doucher dans la salle de bains des Maurois, elle rince le visage à l'eau froide, s'essuie, et se dit subitement que ce ne doit pas être bien difficile de découvrir d'où provient l'odeur.

Elle va inspecter tous les produits que la « chouette » utilise.

Cinq minutes plus tard, elle en a terminé avec la bombe à raser, le déodorant, la lotion après-rasage, l'eau de toilette, le gel de douche et les shampoings. Rien.

Un peu écoeurée d'avoir reniflé tous ces parfums, Céline a ouvert l'armoire à pharmacie. Des tubes de crème, des cotons-tiges, des médicaments, des brosses à dents encore dans leur emballage, du vernis à ongles, trois brosses à cheveux... Il y a aussi deux flacons ! L'un est ouvert, l'autre est dans sa boîte. Céline prend celui qu'on a utilisé. Elle dévisse le bouchon, approche son nez...

L'odeur vient du liquide contenu dans le flacon !

Que dit l'étiquette ? Elle s'apprête à la lire quand des coups frappés à la porte la font sursauter.

- Céline ?

C'est la voix de Jeanne.

- Oui ?

- Tu as fini ta toilette ? J'ai ta maman au téléphone.

Céline jette un regard affolé autour d'elle. Le coeur battant à tout rompre, elle revisse le bouchon à la va-vite et remet en place le flacon.

Elle sait maintenant pourquoi l'odeur ne lui est pas inconnue : Philippe Maurois utilise une lotion contre la chute des cheveux, la même que celle de son père.

38

Lundi 15 juillet, Bourg-en-Bresse

À Bourg-en-Bresse, au siège du groupement de gendarmerie départementale de l'Ain, Rohmer regarde pensivement les deux écrans d'un terminal d'ordinateur. Sur l'un s'affichent les portraits d'Eva, Camille et Nathalie, sur l'autre les résultats d'un programme qui permet d'établir des recoupements entre des individus ne présentant aucun lien apparent.

Le programme est habituellement destiné à la lutte antiterroriste, à la reconstitution des réseaux dormants. Rohmer a mis à contribution ses amis de la cellule spéciale du ministère de la Défense, celle à laquelle il appartenait.

Le temps joue contre lui. La presse ne va pas tarder à le prendre pour cible, le ministre de l'Intérieur est déjà en conflit avec son collègue de la Justice. Quant à la population, paniquée par l'existence d'un tueur capable d'enlever des enfants endormis sous le nez de leurs parents, elle exige des résultats immédiats.

Rohmer a passé le 14 juillet à Lons-le-Saunier. Un déjeuner familial, une tradition. Sa mère a fait la cuisine, des plats que Rohmer affectionne : coq au vin jaune et croûte aux morilles.

En rentrant à son hôtel au début de la soirée, il a eu des doutes sur la manière dont il a abordé son enquête.

Ce matin, la situation ne s'est pas améliorée. Le programme dont il se sert, malgré un nouveau paramétrage, tourne à vide. Les écoles fréquentées par les trois victimes, les endroits où elles ont passés leurs vacances, les médecins qui les ont suivies, les piscines qu'elles ont fréquentées, tous les éléments que Rohmer a pu rassembler, jusqu'à leurs horoscopes, ont été confrontés.

Il espérait trouver des connexions insoupçonnées, mais en dehors de leur sexe, de la fourchette d'âge, de leur situation d'enfant unique et de la proximité géographique des meurtres, il n'y a rien que Rohmer ne sache déjà.

C'est insuffisant. Un lien existe. Un lien que l'assassin est seul à voir.

Le grésillement de l'interphone l'interrompt dans ses réflexions. Il prend la communication.

- Je te dérange ? demande Agnès.

- Pas du tout. Qu'est-ce qui se passe ?

- Je peux venir ?

Quelque chose dans l'intonation d'Agnès lui fait craindre le pire.

- Je t'attends. Rien de grave ?

Elle a déjà raccroché. Rohmer a du mal à se concentrer. Ses pensées reviennent sans cesse au corps qu'il a découvert dans la rivière, à Nathalie Auber.

Cette vision, il n'oubliera jamais.

Une minute plus tard, on frappe à la porte de son bureau. Agnès entre, une lueur indéfinissable dans le regard.

-Tu te souviens du parallèle que j'avais établi entre l'homme que nous cherchons et Chikatilo ? demande-t-elle calmement en s'asseyant.

Rohmer s'en souvient.

Andrei Chikatilo, marié, deux gosses, tueur, violeur, anthropophage. Surnom : le boucher de Rostov. Nombre de victimes : 55. Exécuté d'une balle dans la tête au milieu des années 90.

Leur homme, identité inconnue. Violeur, tueur. Nombre de victimes : 3. Eva Skold, Camille Laurent et Nathalie Auber.

Agnès poursuit.

- Je pensais qu'il avait tué Camille Laurent, parce que comme Chikatilo cet acte le libérait sexuellement. J'en avais déduit après avoir lu l'autopsie de Camille que nous avions affaire à un impuissant, quelqu'un qui cachait une immense frustration et tuait pour s'en libérer. Eh bien, je me suis trompée sur toute la ligne.

Irrité, Rohmer renâcle.

- Si c'est une plaisanterie...

- Je ne plaisante pas.

Un pli barre le front d'Agnès, lui donnant une expression préoccupée, grave.

-Je ne sais pas si les choses se sont compliquées ou simplifiées depuis tout à l'heure, mais...

Rohmer ouvre la bouche, proteste.

- Mais quoi, Bon Dieu ?

Agnès prend dans son sac une enveloppe, en tire plusieurs feuillets qu'elle pose sur le bureau.

- C'est le rapport d'autopsie de Nathalie Auber. Je suis allée à Lyon le récupérer.

Rohmer lance des coups d'oeil hésitants entre les feuillets posés devant lui et Agnès.

- Résume, s'il te plaît !

-Nathalie n'a pas été violée, mais elle présentait au niveau de la région pubienne des meurtrissures. Un peu comme Camille Laurent, sauf que pour cette dernière il y avait eu « viol ». À l'aide d'un instrument d'après moi. Tu me suis ?

Rohmer hoche la tête. Ils sont peut-être sur le point de faire une percée dans la bonne direction.

-Le légiste dit que les meurtrissures sur Nathalie ne sont pas post mortem.

- Je m'en doute. Et alors ?

- Il dit aussi que Nathalie était inconsciente lorsqu'on les lui a infligées.

- Comment sait-il ça ton légiste ?

- Grâce aux dosages de certaines hormones libérées lors d'une souffrance physique. Chez Nathalie, les taux sont loin d'être concluants. Ce qui veut dire qu'elle n'a pas ressenti la douleur. Le légiste pense qu'elle avait perdu connaissance quand...

Interloqué, Rohmer paraît soupeser ce qu'il vient d'entendre.

-La petite Laurent était droguée... dit-il dans un souffle. Elle aussi n'a probablement rien senti quand elle a été martyrisée.

Rohmer s'est levé. Il arpente la pièce comme un lion en cage.

-Tu comprends pourquoi mon parallèle avec Chikatilo n'est pas bon, ajoute Agnès. La souffrance infligée aux victimes est l'une des composantes essentielles du plaisir chez les meurtriers sexuels.

Rohmer jette un coup d'oeil dans sa direction.

- Si on écarte la pulsion sexuelle, que nous reste-t-il comme motif ? lance-t-il.

Il s'arrête, semble chercher une réponse, quand d'un coup des éléments demeurés épars s'emboîtent.

À première vue ça paraît impossible, mais Rohmer a beau chercher, il ne trouve aucune erreur de jugement.

Il demeure silencieux, réfléchissant à ce qu'implique sa nouvelle interprétation des meurtres.

- Tu rumines quoi encore ?

Rohmer sursaute. Il ne répond pas sur-le-champ. Il prend le compte-rendu d'autopsie et le lit avec attention.

- Mettons de côté ce que je rumine et examinons ce que nous savons. Camille et Nathalie présentent des sévices caractéristiques des meurtres sexuels de type sadique. Nathalie était inconsciente lorsqu'elle les a subis, et comme nous avons affaire au même assassin, nous pouvons supposer que ça c'est passé de manière identique pour Camille. Le type qui les a tuées nous a embarqués dans une fausse direction. Pourquoi à ton avis ?

- Pour cacher son véritable motif, non ?

Rohmer acquiesce.

- Jusqu'à présent, je n'avais pris en compte que l'hypothèse la plus probable, celle du meurtrier sexuel, du tueur d'enfants. Les résultats de l'autopsie de Nathalie montrent que je faisais fausse route. Tu n'es pas la seule à t'être trompée.

- Quel est le mobile de l'assassin, Rohmer ?

La mort de Camille, celle de Nathalie, la disparition d'Eva forment les trois actes d'un drame unique. Si tout s'enchaîne ainsi, qu'y a-t-il derrière ?

Quel sentiment peut déchaîner une violence aussi barbare ?

Quelle force pousse un homme à tuer des enfants innocents ?

L'intuition d'être dans le vrai est si forte que Rohmer sent son coeur battre plus vite.

- La vengeance.

39

Lundi 15 juillet, Nantua

Au téléphone, Céline la réclamait d'urgence. Troublée par l'empressement de sa fille, Anna a donné quelques instructions à madame Kiliç et sauté dans sa Volvo.

Les mains crispées sur le volant, elle sonde d'un regard anxieux les profondeurs de la forêt. Les bois sont si denses que quelqu'un peut s'y cacher sans risque d'être repéré.

Où s'est-elle arrêtée la dernière fois ? Que va-t-il lui arriver aujourd'hui ?

La voix qui murmurait le nom de sa fille... Va-t-elle l'entendre encore ?

Rien d'étrange ne se produit. Aucune ombre menaçante, aucun murmure...

Un moment plus tard, Anna qui roule sur la A404, vient de prendre la sortie A40 en direction de Bourg-en-Bresse, quand...

Son portable reçoit un appel ! La sonnerie...

LE REQUIEM !

Anna empoigne l'appareil. Elle a les nerfs à vif, mais elle va prendre cette communication ne serait-ce que pour ne plus entendre ces notes.

- Allo ?

À l'autre bout, le vide, le silence.

Elle est connectée. Mais à qui ? Elle n'entend rien. La ligne reste muette.

Elle raccroche, appuie sur la touche « appel ». Ça sonne. Un déclic.

- Allo, fait Anna.

Une voix digitalisée lui répond : « Le numéro que vous avez composé n'est plus attribué.»

Anna a coupé la communication. Elle attend une minute. Puis deux. Plus d'appel. Elle respire, mais elle en a assez. En arrivant chez les Maurois, elle contactera son opérateur téléphonique pour lui signaler...

Elle bondit de son siège comme si une guêpe l'avait piquée.

La sonnerie a repris.

Un numéro s'affiche. Anna est troublée. Ce numéro semble réveiller en elle un vague souvenir. L'a-t-elle déjà composé avant de recevoir ces appels ?

La sonnerie s'est arrêtée.

Anna hésite, puis se décide à taper le code de sa messagerie.

« Vous avez un nouveau message. »

Sa main tremble quand elle appuie sur la touche d'écoute.

40

Lundi 15 juillet, Bourg-en-Bresse

- Quel type de vengeance peut prendre des enfants innocents pour cible ? demande Serra.

Elle ne paraît pas convaincue.

- Celle où la sentence équivaut à l'offense, la loi du talion, l'opposé de la justice, répond Rohmer.

Quelque chose lui trotte dans la tête. Il laisse passer deux ou trois minutes sans prononcer un mot. Il est absorbé dans la contemplation des trois portraits qui s'affichent sur l'un des écrans.

- Nous ne nous sommes intéressés qu'aux victimes, nous ne savons rien de leurs familles. Elles ont peut-être quelque chose en commun, dit-il.

- Je ne te suis plus, réplique Agnès. Les Skold habitent Malmö et passent leurs vacances à Villars les Dombes. Les Laurent demeurent à Montchat, les Auber vivent près des *Neyrolles*. Ils n'ont en commun qu'une proximité géographique. L'enquête n'a rien montré d'autre, jusqu'à présent.

- Tu oublies un nom, murmure Rohmer.

Agnès le regarde déconcertée.

- Il n'y a que trois victimes, non ?

- Quatre avec Eymard. Lui n'avait pas d'enfants…

Rohmer paraît sûr de lui. Agnès fronce les sourcils, puis secoue la tête comme si elle n'avait trouvé aucun argument sérieux à lui opposer.

- Tu suggères quoi comme plan pour mettre la main sur ce type ? demande-t-elle après un silence.

Rohmer hausse les épaules. Il se rappelle qu'à l'enterrement d'Eymard, un homme se tenait sur le parvis. Venait-il discrètement assister à l'enterrement de l'entrepreneur ? Rohmer lui a adressé la parole, mais il n'est pas certain de pouvoir le reconnaître s'il le croise à nouveau.

Il regarde sa montre. Il est presque 14 h.

- C'est demain qu'on enterre la petite Auber ?

- Demain après-midi, précise Agnès.

- Bon, alors appelle Costanzo à Paris. Qu'il réunisse tout ce qu'il pourra trouver sur des morts accidentelles d'enfants dans la région, les morts violentes. On se limite aux cinq années passées. Ensuite, tu files à Montchat chez les Laurent. Questionne le père, essaye de savoir s'il dissimule quelque chose.

Agnès acquiesce.

- Et toi ?

- Je vais voir la mère de Nathalie. Son mari s'est suicidé l'année dernière. Il y a peut-être un lien.

*

Quand Rohmer arrive, l'accès qui mène au pavillon des Auber est barré par trois véhicules de la gendarmerie qui tiennent à l'écart les journalistes et les curieux. Deux camions de télévision ont quand même réussi à se garer sur le bord de la route.

Rohmer franchit le barrage et remonte l'allée. Il a le coeur serré. Quatre jours plus tôt, il était là, et son intuition l'a guidé vers le corps martyrisé d'une petite fille. Il sent que Nathalie est morte sur l'autel de la vengeance, pour que ceux qui la chérissaient endurent le martyre. Sa mère principalement.

Quel type de souffrance peut conduire un homme à une telle haine, un tel massacre ?

L'hypothèse d'une vengeance n'est bâtie que sur un seul rapport d'autopsie, et elle lui paraît dépourvue soudain de base solide : une erreur a pu être commise lors du dosage des hormones... Une seconde expertise, d'autres examens sont nécessaires.

« Tu es un type chanceux, Rohmer ! »

Il faut bien croire à quelque chose, se dit-il en haussant les épaules.

Il frappe à la porte du pavillon de Brigitte Auber. Une assistante sociale lui ouvre. Son visage porte des signes de détresse, un sentiment contagieux quand on côtoie la mort tragique d'un enfant.

Rohmer ignore ce que reflète son propre regard, mais ce ne doit pas être loin de ce qu'il lit dans les yeux de cette femme.

- Madame Auber ?
- Elle se repose au premier. Le médecin lui a fait prendre un tranquillisant.

Rohmer gravit lentement les marches. Il n'a pas de plan précis en tête. Brigitte Auber n'est pas dans sa chambre, mais dans celle de sa fille. Une femme d'une quarantaine d'années que le poids du drame ratatine. Elle fixe le sol, perdue dans ses souvenirs, étouffée par la culpabilité.

Pour cette femme, Nathalie est morte parce que son instinct de mère ne l'a pas

avertie qu'au milieu de la nuit, et à quelques
mètres d'elle, sa fille était en danger de mort.

41

Lundi 15 juillet, Villars les Dombes

Un chuchotement. Trois ou quatre mots qui pourraient former une phrase.

C'est ce qu'Anna entend.

Ça paraît venir de loin.

De l'étranger.

Un souffle. Un grésillement.

Elle pousse le volume d'écoute au maximum.

Je ... ... Anna

Elle réécoute.

Je... ... Anna !

Deux mots. C'est tout ce qu'elle entend.

À bout, elle coupe la communication. Il y a toujours une explication logique, il suffit de réfléchir pour la trouver.

Elle quitte la D90, tourne à droite sur la D904. Villars n'est plus qu'à une dizaine de kilomètres quand Anna parvient à une déduction acceptable : il s'agit d'une mise en scène pour l'affoler, la déstabiliser.

Le Requiem a été rajouté au répertoire de son portable. Il n'apparaît pas dans la liste des sonneries, mais se déclenche à l'appel d'un numéro précis : rien de mystérieux, une simple manip de bidouilleur.

Le message « le numéro que vous avez composé n'est plus attribué » provient du répondeur d'un particulier, pas d'un opérateur téléphonique.

En recevant des appels d'un numéro qui n'est plus attribué, en entendant une

234

sonnerie « fantôme », Anna est censée perdre pied.

On s'attaque à elle. Dieu merci, elle a compris comment.

Son portable a été trafiqué et la liste des suspects se réduit à un nom : madame Kiliç.

Mais pourquoi madame Kiliç aurait-elle trafiqué son téléphone ?

Elle et son mari forment un couple un peu bizarre. Lui est du genre taciturne. Elle conserve en permanence un air énigmatique, et quand Anna lui adresse la parole, elle croise les bras comme sur la défensive.

Anna ne peut pas l'accuser sans preuve, et d'ailleurs, en y réfléchissant, quelle raison pousserait la gouvernante à agir de la sorte ? Elle adore Céline.

Madame Kiliç hors du coup, c'est ailleurs qu'elle doit chercher.

Les Sapins ?

Didier parlait d'une maison dégageant une énergie positive, favorisant le bien-être et la prospérité des occupants.

Anna constate le contraire.

Pourquoi l'habituel locataire des *Sapins* s'est-il désisté à la dernière minute ? A-t-il connu des problèmes identiques ?

Pas question de céder à la panique, de tout mélanger.

Sa priorité c'est Céline. Son instinct l'a avertie : sa fille risque d'être la prochaine victime du tueur.

42

Lundi 15 juillet, Nantua

La chambre de Nathalie a été vidée. Les poupées, les coussins, la literie ont été emportés par l'équipe technique de la gendarmerie pour être examinés. Le meurtrier a peut-être laissé des empreintes, des fibres. Un cheveu pourrait suffire.

Brigitte Auber tourne la tête vers Rohmer. Elle écarte les mèches qui lui tombent sur les yeux. Son regard laisse filtrer une lueur d'étonnement, de surprise.

Il tire une chaise, s'assied.

-J'aimerais connaître les raisons qui ont poussé votre mari à se suicider, madame Auber.

La femme ne le regarde plus. Elle contemple le plancher, paraît s'enfoncer dans les profondeurs de son chagrin.

Rohmer répète sa question, sans provoquer de réaction.

Masquant sa déception, il a pris sur la table de nuit le cadre contenant la photo de la famille Auber. C'est à haute voix qu'il lit l'inscription qui figure au dos : *8 juillet 2000, La Clusaz.*

Il pose le cliché sur le lit, à côté d'elle.

-Votre mari semblait heureux et en pleine forme sur cette photo. Que s'est-il passé pour qu'il mette fin à ses jours ?

Brigitte Auber ne répond pas. Rohmer n'est pas là pour raviver des souvenirs pénibles. On enterre Nathalie demain. Il ira aux funérailles. Si l'assassin s'est montré à l'enterrement d'Eymard, peut-être assistera-t-il à celui de la petite Auber.

Résigné, il se lève. Brigitte Auber lui a brusquement saisi la main. Elle la serre comme si elle voulait le retenir. Elle paraît se débattre entre sa douleur et son envie de répondre.

-Cette nuit-là, c'est le diable qui tirait les ficelles, murmure-t-elle.

Rohmer s'est rassis. Il se demande si elle a bien compris sa question.

Brigitte Auber regarde la photo. Du bout des doigts, elle caresse les visages de sa fille et de son mari. Ce qu'elle ajoute dissipe les doutes de Rohmer.

-C'est ce que mon mari n'arrêtait pas de dire avant qu'il ne se tue : « Cette nuit-là, le diable tirait les ficelles, Brigitte. »

- De quelle nuit parlait-il ?

Rohmer retient son souffle.

La solution est tout près, dans l'ombre. Il suffit d'une seule réponse pour l'éclairer.

Mais Brigitte Auber hausse les épaules.

- Régis n'a jamais voulu me le dire, dit-elle d'une voix lasse.

Durant une seconde, Rohmer y a cru.

- Vous vous souvenez de la date à laquelle votre mari a commencé à changer ?

Brigitte Auber tourne la tête vers la fenêtre.

- En 2002, au début de l'année. Je me le rappelle parce qu'il a annulé le voyage que nous devions faire pour les vacances de février.

Brigitte Auber s'est abîmée dans une réflexion intérieure, loin de Rohmer et de cette pièce.

Lui demeure silencieux. Il attend. Il sait qu'elle va recommencer à parler.

- Il a commencé à perdre l'appétit, puis il s'est mis à boire. Le résultat ne s'est pas fait attendre, il a perdu son emploi. À partir de là, tout s'est détérioré. Il passait ses journées dans la chambre de Nathalie, allongé sur ce lit, sans ouvrir la bouche. Il criait dans son sommeil, comme s'il faisait d'horribles cauchemars. Il se réveillait en sursaut en prononçant toujours la même phrase : *cette nuit-là, c'est le diable qui tirait les ficelles.*

- Que voulait-il dire par là ?

- Je ne l'ai jamais su. Nous sommes allés voir un psychiatre qui l'a mis sous traitement pour dépression nerveuse. On a connu un répit de deux à trois mois. Un matin, je l'ai trouvé mort devant la télévision.

- Quelle était la profession de votre mari, madame Auber ?

- Il était gérant d'une station-service Total.

- Où ça ?

- Sur l'A40, avant la sortie des Neyrolles.

- Cette nuit à laquelle votre mari faisait allusion, vous n'étiez pas avec lui, je suppose ?

Brigitte Auber a un signe de dénégation qui paraît sincère.

- Il travaillait tard le soir ? demande Rohmer.

- Ça lui arrivait trois ou quatre fois dans le mois. Il rentrait vers une heure du matin.

- En dehors des nuits où il était à la station-service, il sortait sans vous ?

- Jamais ! Il avait des copains, mais le soir, il était pressé de retrouver sa fille.

Brigitte Auber s'est tue. C'est tout ce qu'elle sait.

Elle ne retient pas Rohmer lorsqu'il se lève.

Quand il sort dans le jardin, il lance instinctivement un regard vers la fenêtre de la chambre de Nathalie. Il va devoir se débrouiller avec le peu qu'il a appris.

Cette nuit-là, c'est le diable qui tirait les ficelles.

43

Lundi 15 juillet, Nantua

À l'arrière de la Volvo, Casper sur les genoux, Céline garde le silence. « Pourquoi a-t-elle insisté pour que je vienne la chercher, et que cache cet empressement ? », se demande Anna.

Si sa fille refuse de rester chez les Maurois, elle doit très vite trouver une autre solution.

Il faut qu'elle protège Céline discrètement, sans l'alarmer. Pas question de faire régner autour d'elle un climat de nervosité et de peur. Laurence, sa psychologue, a prévenu Anna : « Céline va bien. Je pense qu'elle a surmonté le choc provoqué par la disparition de son père. Mais c'est une enfant. Il faut la ménager. »

- Moi, je veux plus retourner chez les Maurois !

Le ton catégorique de sa fille arrache à Anna un petit sourire. Voilà qui règle définitivement la question, pense-t-elle.

- Pourquoi, ma chérie ?
- Parce que j'ai plus envie, c'est tout.
- Tu t'es disputée avec Titou ?
- Non.
- Avec Christophe alors ?

Céline soupire comme si sa mère ne comprenait rien à ses problèmes.

- La montre que Titou m'a prêtée...
- Je sais, coupe Anna. Tu veux que je t'achète la même. Ça risque d'être difficile.

Céline se penche, tend le bras. Elle a toujours la montre de Titou au poignet.

- Tu ne l'as pas rendue ? S'étonne Anna.

-J'ai oublié. Mais je l'aime plus comme avant. Tu veux savoir pourquoi ?

- Plus tard, ma chérie.

Il est 15 h quand Anna s'arrête devant l'agence immobilière de Didier. Elle est fermée. Anna est contrariée. Elle a besoin des coordonnées du précédent locataire. Certains phénomènes sont peut-être liés à la maison : son cauchemar ; celui de Céline la même nuit et à la même heure ; les murmures dans les bois qui bordent la piste...

Et la sensation d'être à nouveau déprimée, une semaine après avoir emménagé.

Anna a rallumé son portable. Elle compose le numéro de Didier. Il est sur répondeur.

Où a-t-il disparu ?

Elle roule maintenant le long du lac, vers les *Sapins*. Les eaux ont la couleur de l'ivoire. Sur une plage de galets, des gens se baignent. Anna ralentit, s'arrête sur le bas-côté. La brise est tiède. Un instant de paix, de quiétude. Sans penser à rien.

- Maman ?

Anna ouvre les yeux. Ses paupières sont lourdes, le sommeil la gagnait.

- On peut rentrer à la maison, j'ai faim.

- On y va, ma chérie.

En abordant l'allée qui traverse la forêt, l'appréhension d'Anna monte en flèche. Ses mains deviennent moites, elle a du mal à déglutir.

Au tiers du chemin, l'incident se produit.

Le portable qui sonne...

LE REQUIEM !

D'un coup, Anna se souvient...

La Hongrie. Un voyage avec Éric. La rue dans la vieille ville de Budapest. La boutique sombre tout en longueur qui vendait des automates musicaux. Dans la vitrine, une boîte à musique ornée d'un splendide motif floral avait immédiatement attiré son attention. Anna avait du flair, le coffret appartenait à une série limitée qui célébrait le 200e anniversaire de Mozart. À l'intérieur du couvercle était apposée une plaquette gravée, avec la signature et le portrait du compositeur. La mélodie était tirée de sa dernière oeuvre, le Requiem. Anna était aussitôt tombée amoureuse de cette boîte à musique. Le prix était plus que raisonnable. Mais Éric avait catégoriquement refusé qu'elle l'achète.

Subitement, Anna écrase la pédale de frein. Elle fouille dans son sac, éteint rageusement son portable.

Qui d'autre à part elle peut savoir qu'un souvenir la rattache à cette mélodie aux notes particulières ? Éric ?

Anna a un sourire amer. Son mari est mort, quant à la boîte à musique, elle avait dû lui sortir de l'esprit à la seconde où il était sorti de la boutique.

On cherche à la briser psychologiquement. Pourquoi ? Est-ce vraiment pour atteindre plus facilement Céline ?

Elle a ses doutes. Le tueur est recherché par toutes les polices de France. Comment peut-il connaître son numéro de portable ? La coïncidence dépasse l'invraisemblable. Du délire.

Mais une petite voix intérieure lui murmure :

« Pas sûr ! Toutes les polices de France le recherchent, mais toutes les polices de France ne savent pas à quoi ce type ressemble. Les journaux disent qu'il vit dans la région. Qui te dit que tu ne l'as pas déjà croisé ? Qui te dit que tu ne lui as pas donné ton numéro de portable sans te douter une seconde... »

Soudain, le regard d'Anna est attiré par un bout de tissu chiffonné au pied d'un buisson.

« *Ton* mouchoir, celui que tu as perdu en t'arrêtant ici l'autre jour. »

Elle se rappelle. Elle s'apprêtait à lire son courrier quand un bruissement dans les feuillages l'avait dérangée. Puis, cet étrange murmure, ce chuchotement... Elle était descendue de voiture voir d'où il provenait.

L'allée fait près d'un kilomètre. En entendant cette maudite sonnerie, Anna a stoppé. Pas n'importe où. Exactement à l'endroit où, quelques jours plus tôt, elle a entrevu la silhouette d'un homme qui murmurait le nom de sa fille. « Le hasard a bon dos, Anna. Alors, ces appels, tu les relies ou pas à la menace qui pèse sur ta fille ? À toi de décider ! »

44

Lundi 15 juillet, Bourg-en-Bresse

En quittant le domicile de Brigitte Auber, Rohmer a pris l'A40 jusqu'à la station Total où travaillait son mari. Il interroge quelques employés, obtient des haussements d'épaules, des froncements de sourcils.

Personne ne paraît se souvenir de l'ancien gérant.

Un gobelet de café à la main, il va s'asseoir à une table dans la cafétéria. Auber n'a pas d'antécédents judiciaires et sa femme ne sait rien. Passer au crible les nuits du gérant prendra des semaines, des mois. Rohmer sent monter un sentiment de frustration.

Écoeuré par son café soluble, il jette le gobelet dans une poubelle et sort sur le parking.

Le trafic est dense. Au-dessus des voies, l'air ondoie dans une bulle de chaleur. Au-delà, le paysage semble avoir été peint à la hâte, terne et monotone. Des teintes pâles, du vert, du bleu, quelques touches plus vives çà et là.

Rohmer marche jusqu'à son véhicule. Il roule vers la sortie des *Neyrolles*, un trajet que Régis Auber devait connaître par coeur.

Conduire l'aide à réfléchir. Il reste sur la voie de droite, à la limite de la vitesse autorisée.

Sa théorie de la vengeance, il y tient. Pas question d'y renoncer tant qu'il n'a pas la preuve qu'elle ne mène nulle part.

Le suicide de Régis Auber n'est pas la conclusion d'une longue dépression. Il masque un autre drame, invisible, auquel le père de Nathalie a assisté.

Ou participé.

C'est ce drame que Rohmer doit découvrir. Pourra-t-il ensuite le raccorder aux meurtres ? Il n'en sait rien. Inutile d'anticiper. Il n'en est pas là, tant s'en faut.

À quelle sale affaire Régis Auber s'est-il trouvé mêlé ?

Les possibilités se réduisent, si on y associe le père d'Eva, celui de Camille, et pour faire bonne mesure, Eymard.

Quatre hommes poursuivis par une vengeance.

Skold et Laurent y laissent leurs filles uniques.

Eymard, qui porte le chapeau de ces deux crimes, se pend dans sa cellule.

Entre-temps, rongé par un drame qu'il ne confie pas à sa femme, Régis Auber se suicide.

Son geste, Rohmer en est sûr, prouve qu'il ignorait que sa fille était en danger. Auber n'a fait aucun rapprochement entre « cette nuit où le diable tirait les ficelles », et les meurtres d'Eva Skold et Camille Laurent.

De leur côté, ni Skold ni Laurent n'ont relié le drame qui a frappé leurs filles à un événement tragique auquel ils auraient été associés. L'inculpation d'Eymard, si elle ne ramène pas leurs enfants à la vie, a soulagé en partie la douleur des deux familles. Pour elles, le tueur était sous les verrous.

La première supposition de Rohmer est que si ces quatre hommes se connaissent, ce n'est pas sous leur vrai nom. Les rapports d'enquête sont formels : Skold et Laurent n'ont jamais entendu parler d'Eymard avant qu'il ne soit arrêté pour l'enlèvement et le meurtre de leurs filles.

La seconde, c'est qu'ils ne se sont rencontrés qu'une fois pour ne plus se revoir après.

Une fois. Une nuit. Celle où le diable tirait les ficelles.

Des quatre hommes, seul Auber paraissait porter le fardeau de la fameuse nuit. Un fardeau qui l'a poussé au suicide.

Qu'en est-il des trois autres ? Un poids terrible pèse-t-il aussi sur leur conscience ?

Rohmer l'ignore. Skold, Laurent et Eymard sont peut-être plus solides psychiquement. Eymard s'est suicidé, mais c'est l'acharnement de Lambert, et le procès dont il n'espérait rien, qui lui ont ôté tout courage.

Pour Rohmer, la preuve se trouve au coeur d'une nuit mystérieuse qui a scellé le destin des quatre hommes et de leurs familles.

Que s'est-il passé ? Dans quoi ont-ils été impliqués ?

Une affaire d'argent, de chantage, d'extorsion ? Rohmer n'y croit pas. Au premier enlèvement, celui d'Eva, Laurent, Auber, Skold et Eymard auraient payé ou prévenu la police.

Le sexe ? Prostitution ? Pédophilie ?

Pas impossible.

Les quatre hommes, qui ne se connaissent pas, ont pu se retrouver un soir pour partager leur perversion dans un endroit discret. En général, il s'agit d'une villa de banlieue fournie par un réseau de prostitution au travers de petites annonces codées, plus sûres que les emails.

Auber, Skold, Laurent et Eymard se trouvent réunis quelque part pour passer une soirée particulière, unique. Ils boivent sec. L'excitation monte. La violence éclate. Une des petites victimes est tuée.

Rohmer sait que si les choses se sont passées de cette manière, aucune plainte n'a jamais été déposée.

Dans ces réseaux, la plupart des enfants viennent de l'Europe de l'Est. Ils ont servi de paiement aux dettes contractées par leurs familles auprès des mafias locales. Revendus aux réseaux de prostitution pédophile, ils sont prisonniers d'un univers parallèle où l'on se charge de faire disparaître les cadavres.

Rohmer a pris la sortie des *Neyrolles*. Il roule sur quelques centaines de mètres puis se range sur le bas-côté.

Son hypothèse pourrait coller. Mais le concept d'une vengeance animée par la haine lui pose un problème.

Si Auber, Skold, Laurent et Eymard ont trempé dans la mort d'un enfant fourni par un réseau de prostitution. Qui s'est vengé sur eux avec une telle férocité ?

Les parents de la victime ? Ces enfants n'ont plus aucun contact avec leurs familles et ils voyagent sous une fausse identité.

Les proxénètes ? Primaires, brutaux, sûrement. Mais pas stupides. Pour eux, la perte d'un enfant asservi à leur réseau représente un manque à gagner, pas un drame personnel.

Rohmer fait du sur place. Ses spéculations ne le conduisent nulle part. C'est l'existence de Régis Auber dans ses moindres détails qu'il va devoir examiner à la loupe. Un travail fastidieux qui peut durer une éternité.

Il soupire. Autant s'y mettre sur-le-champ.

Selon sa femme, Auber passait ses soirées libres en famille sauf lorsqu'il travaillait tard. Cette fameuse nuit où le diable tirait les ficelles, un événement tragique s'est-il déroulé sur le tronçon d'A40 qu'il empruntait pour rentrer chez lui ? Un coup de sonde. Le premier, le plus simple. Ensuite, Rohmer contactera le psychiatre qui suivait Régis Auber.

Il n'attend pas grand-chose de ce genre d'entretien. Le médecin se retranchera derrière le sacro-saint secret médical. Un boulot pour Agnès Serra, plus habile, plus ronde que lui.

Rohmer se réserve les fréquentations, les relations, les amis du gérant de la station-service. Régis Auber en a peut-être trop dit un soir de déprime totale. On confie plus facilement ce qu'on a sur la conscience à un ami qu'à sa propre femme.

*

De retour à Bourg-en-Bresse, il parque son véhicule devant le siège du groupement de gendarmerie et passe deux appels téléphoniques. Le premier au brigadier Costanzo, son adjoint à l'O.C.D.I.P. Si par le plus grand des hasards Régis Auber, en rentrant tard de son travail, a été témoin d'un drame sur l'A40, une trace figure peut-être dans les rapports de gendarmerie. Ce sont les accidents mortels survenus entre la station-service où travaillait le mari de Brigitte et la sortie des *Neyrolles* pour 2000 et 2001, qui intéressent Rohmer.

Son second appel est pour Agnès. Il lui communique les éléments qu'il a en sa possession : l'obsession du père de Nathalie, la raison de son suicide, et peut-être aussi celle de l'assassinat de sa fille : « cette nuit-là, c'est le diable qui tirait les ficelles ».

Le père de Camille Laurent qu'Agnès interroge en ce moment en sait peut-être davantage que Brigitte Auber. S'il s'agit d'une vengeance, il était concerné lui aussi.

Rohmer a quitté son véhicule. Il gravit rapidement les marches, franchit les portes de verre et se dirige vers le bureau qu'on a mis à sa disposition. Il fait une halte au distributeur de boissons. Appuyé au mur, il boit son café, en regardant par la fenêtre.

L'équation qu'il a posée défile dans sa tête.

Eva, Camille, Nathalie et Eymard : trois enfants, un adulte.

Les parents sont « responsables » d'un drame, mais ce sont leurs enfants qui payent. Sans enfant, Eymard n'est pas épargné. Dans son cas, la vengeance prendra la forme d'une mise en scène. Il sera inculpé des meurtres d'Eva et Camille.

Rohmer songe au père de Camille Laurent. Agnès réussira peut-être à obtenir de lui une explication sur cette « nuit du diable. »

Agnès le rappelle. Au ton de sa voix, il comprend que les nouvelles ne sont pas celles qu'il espérait. Si Laurent sait quelque chose, ce dont Agnès doute, il n'a pas la moindre envie de se confesser.

- Un détail me dérange, ajoute-t-elle. Je n'ai pas arrêté d'y penser en conduisant.

- Je t'écoute.

- En admettant que le père de Nathalie ait été responsable d'une catastrophe, il s'est suicidé l'année passée. Pourquoi chercher à se venger sur sa fille ?

- Parce que le meurtrier applique à la lettre la loi du talion, répond Rohmer.

Il s'est renseigné. Les premières traces de cette loi ont été trouvées dans le Code d'Hammourabi, en 1730 avant Jésus-Christ, dans le royaume de Babylone. Le Code dit que si les enfants du propriétaire d'une maison viennent à mourir lors de l'effondrement de celle-ci, on peut mettre à mort le fils du maçon. Ce qui signifie que c'est la mort d'un ou de plusieurs de ses enfants que l'assassin s'est attelé à venger. Des morts accidentelles d'enfants, il y en a des dizaines chaque année…

Rohmer retourne dans son bureau, se plonge dans les rapports d'autopsie de Camille et de Nathalie.

Vers dix-huit heures, le poste fixe sonne. Il grommelle, prend l'appel.

-J'ai une femme au bout du fil, commissaire. Elle dit que c'est important. Ça concernerait une des « affaires » dont vous vous occupez.

Ça commence, songe Rohmer. Les appels vont se succéder sur le numéro communiqué au public. La plupart n'auront aucun intérêt. Un seul fera la différence. Un témoignage. Un vrai.

-Prenez ses coordonnées, j'enverrai quelqu'un vers dix-neuf heures.

À l'autre bout du fil, le gendarme marque une hésitation.

-Elle veut vous parler en personne, commissaire, et tout de suite. Elle est très agitée. Elle dit que vous vous êtes rencontrés à Villars, au *goéland bleu*.

Rohmer est perplexe. La mère Émile se souvient-elle d'un détail concernant les questions posées par Quelier.

« Tu es un type chanceux, Rohmer. »

- Passez-la-moi, fait-il en croisant les doigts.

45

Lundi 15 juillet, Nantua

L'apathie a succédé à l'émotion. Anna se sent faible, vidée. Pourquoi a-t-elle stoppé son véhicule à l'endroit même où elle s'était arrêtée quelques jours plus tôt ? Signe prémonitoire ? Hasard malchanceux ?

Qui se cache derrière ces appels ? La vise-t-on personnellement ou cherche-t-on à lui user les nerfs pour atteindre plus facilement Céline ? Elle est dans le noir absolu. Pas la moindre réponse logique.

Ce que son instinct lui souffle, c'est qu'à défaut de puiser en elle-même une force nouvelle et indispensable, elle va droit à la catastrophe. C'est elle l'ange gardien de Céline.

Elle défait sa ceinture de sécurité, se tourne vers sa fille. L'air préoccupé, Céline l'observe.

Anna tend la main, lui caresse la joue.

- En arrivant, je vais te préparer un vrai goûter de princesse, dit-elle.

Une lueur intéressée s'est allumée dans les yeux de Céline.

- Casper pourra aussi goûter avec nous ?

Elle ne perd pas le nord, pense Anna.

- Bien sûr, ma chérie.

Un mouvement au milieu des sapins !

Anna vient de le capter. Une forme humaine s'est matérialisée à la limite de son champ de vision.

Plus rien. La silhouette s'est évanouie dans la pénombre.

Le danger est proche. Très proche. Anna le ressent.

Elle remonte sa vitre, s'assure que les portières sont fermées sans quitter des yeux le sous-bois.

Et si l'homme cherchait à les surprendre...

Pas question de descendre de la voiture pour vérifier.

Anna se tourne. L'appuie-tête, le montant de la portière et Céline bloquent sa vue.

Elle n'hésite qu'un instant.

- Céline ! Regarde derrière et dis-moi si tu aperçois quelqu'un au milieu des sapins?

Sur le visage de Céline, la surprise s'est transformée en inquiétude. Anna s'en veut de la mettre à contribution. Elle n'a guère le choix.

Céline a enjambé le dossier pour passer sur la plage arrière. Croyant à un jeu, Casper s'est mis à aboyer.

Anna l'attrape par le collier, le colle au plancher d'un geste brusque.

- Tu vois quelqu'un ?

- Quelqu'un avec une figure toute blanche ?

Une note d'angoisse perce dans la voix de Céline.

- Tu le vois ? insiste Anna.

- Non, je ne vois rien.

- Alors pourquoi dis-tu qu'il a une figure toute blanche ! crie Anna.

Elle tourne la clé de contact, enclenche la boîte automatique et écrase l'accélérateur.

La maison apparaît. Madame Kiliç n'est pas encore partie. Anna est soulagée. Maintenant, elle doit dédramatiser la situation, avoir une discussion avec sa fille.

Tandis que Céline se dégourdit les jambes avec Casper, Anna lui prépare son goûter.

Dans la cuisine, Madame Kiliç semble soucieuse.

- C'est au sujet de Monsieur Dumas, dit-elle. Son portable ne répond pas ; le téléphone de l'agence non plus. Ça n'est pas dans ses habitudes.

Anna hausse les épaules. Les habitudes de Didier sont le dernier de ses soucis.

Elle emporte le plateau du goûter sur la terrasse. Ce qui vient de se passer dans le bois l'a bouleversée. Pas question de transmettre ses angoisses à sa fille.

Des petits gestes l'aident à retrouver un semblant de calme. Elle dispose sur la table une nappe blanche, des assiettes, des couverts, un vase avec un bouquet de fleurs.

Madame Kiliç a préparé un gâteau au chocolat pour Céline. Casper va avoir droit à deux toasts de confiture de fraises. Anna, elle, se contentera d'une tasse de thé.

Céline l'a rejoint. L'épisode de la forêt paraît oublié. Anna attend qu'elle ait avalé une grosse tranche de gâteau pour demander :

- Tout à l'heure quand tu t'es retournée pour voir s'il y avait quelqu'un dans le bois, tu voulais savoir si c'était un homme avec une figure toute blanche. Pourquoi ?

Céline raconte tout. Anna réalise qu'elle n'est pas la seule à avoir été confrontée à des phénomènes bizarres. Céline aussi y a eu droit.

Philippe Maurois semble être impliqué dans ce qui leur arrive. Le jour où Céline s'est aventurée dans la forêt, il est entré deux fois dans la maison. Anna s'en souvient parfaitement. Une première fois avant de partir à la recherche de Céline, la seconde en revenant.

Une occasion pour lui de manipuler son téléphone portable.

Il a pu également suivre Céline dans la forêt, la terroriser en jouant au chat et à la souris.

Une aiguille de sapin était accrochée au revers de son pantalon. Céline est certaine d'avoir senti sur lui la même odeur que sur Casper.

Jeanne est une amie d'enfance. Anna l'a retrouvée avec plaisir, mais son mari reste un étranger.

Ce matin, quand elle est arrivée chez les Maurois pour récupérer Céline, Philippe n'était pas là. Peut-être est-il venu se cacher dans la forêt en attendant leur retour. Tout est possible.

Mais Anna a du mal à imaginer le mari de Jeanne en tueur de petites filles.

Elle a posé sa tasse de thé. Les joues barbouillées de crème, Céline vient de lui poser une question.

- Qu'y a-t-il, ma chérie ?

- Tu veux savoir pourquoi j'aime plus comme avant la montre de Titou ?

Anna hoche la tête.

- Raconte, dit-elle en souriant.

- Son frère et lui l'ont trouvée dans un marais.

- Je sais déjà ça, Céline. C'est tout ?

- Non, ce n'est pas tout ! Elle était sous un gros chien mort à qui on avait coupé les pattes et la tête. Un truc gluant et tout mou, couvert aussi de choses très bizarres. Anna a une grimace de dégoût.

- Enlève-la tout de suite. Cette semaine, on ira à Genève et je t'en achèterai une.

- Promis ?

Céline la regarde, avec cette petite moue qu'Anna trouve irrésistible. Elle ouvre les bras.

- Si tu me donnes un baiser au chocolat, oui.

*

Après le départ de madame Kiliç, Céline a joué dix minutes avec Casper sous les yeux d'Anna, puis elle s'est installée dans le salon pour regarder la télévision.

Anna a débarrassé la table, rangé sa tasse et les assiettes sales dans le lave-vaisselle. Machinalement, son regard s'est posé sur le coffret de l'alarme. Le signal est raccordé au portable de Didier, mais s'il ne répond plus au téléphone, comment peut-il savoir qu'elle s'est déclenchée ?

Anna est préoccupée. Il vaut mieux faire un essai. Une heure après, Anna se rend à l'évidence : en dehors des hurlements d'une sirène que personne ne risque d'entendre, Didier ne s'est pas manifesté.

L'alarme ne sert à rien. Le jour où elle a visité la maison, il lui a précisé qu'on l'avait installée pour satisfaire aux exigences de la compagnie d'assurance.

La petite Nathalie Auber a été kidnappée en pleine nuit sous le nez de sa mère. Le tueur peut agir de manière identique pour enlever Céline.

Sa fille n'est plus en sécurité aux *Sapins*. Le mieux, c'est de quitter la maison et d'aller à l'hôtel en attendant d'y voir plus clair.

Mais cette fois, comme elle ne veut rien laisser au hasard, Anna relit ce que les journaux racontent à propos des trois enlèvements.

Un quotidien compare la manière dont les victimes ont disparu.

Eva Skold : une après-midi de juin à Villars les Dombes avec son vélo et son chien, un labrador de dix-huit mois...

Camille Laurent : au milieu de l'après-midi dans une cité tranquille de Montchat

Nathalie Auber : en pleine nuit à son domicile...

Eva Skold, Eva Skold... Avec son chien, un labrador de dix-huit mois...

Le sang d'Anna s'est glacé.

Le jour où elle a signé le contrat de location des *Sapins*, sa propre fille l'a prise en défaut : « Maman, Villars les Dombes, ce n'est pas l'endroit où une petite fille a disparu avec son labrador ? »

Titou dit avoir trouvé sa montre sous un gros chien mort à qui on avait coupé les pattes et la tête.

Dans un marais de Villars !

Plus question d'hésiter, d'avoir peur d'être ridicule

Anna cherche fébrilement le numéro de téléphone que le commissaire Rohmer a mis à la disposition du public, celui que l'on peut appeler à toute heure du jour et de la nuit.

46

Lundi 15 juillet, Bourg-en-Bresse

Raphaël Rohmer a mis un visage sur la voix à l'autre bout du fil : la jeune femme séduisante qui dînait avec sa fille au *Goéland Bleu*.

Celle qui avait sursauté en l'apercevant.

Elle s'appelle Anna Jannin.

Elle se souvient l'avoir croisé dans un tunnel conduisant au satellite numéro 5, le matin du 23 décembre dernier. Au-dessus d'eux, sur un écran de télévision, s'affichait le portrait de Camille Laurent.

Anna Jannin avoue avoir eu le pressentiment qu'ils allaient se revoir.

Rohmer écoute sans l'interrompre. Elle paraît nerveuse.

- Cette montre, vous l'avez toujours ? demande-t-il.

Anna Jannin acquiesce.

- Vous pouvez me la décrire ?

Elle s'absente. Trente secondes plus tard, elle est de retour.

- Elle est noire, avec un bracelet en caoutchouc. Le bracelet paraît plus récent que la montre. Le cadran comporte des chiffres dorés, et il y a un petit personnage au centre qui bouge, pour marquer les secondes. Une sorte de marionnette.

- La marque ? demande Rohmer

- Je ne vois rien d'inscrit sur le cadran.

- Retournez-la et regardez l'extérieur du boîtier, s'il vous plaît.
- Mon Dieu !
- Il y a une inscription ?
- Oui.
- Lisible ?
- Une seconde.

Rohmer retient son souffle. La montre a été trouvée dans un étang par deux gamins. Elle était sous le cadavre d'un gros chien à qui il manquait les pattes et la tête.

Il garde en tête la théorie d'Agnès Serra : l'assassin a commis une faute liée au meurtre d'Eva. À son cadavre, plus exactement. C'est sur ce cadavre, ou près du cadavre que se trouve le détail qui permettait à la police de remonter sans équivoque jusqu'à l'assassin.

« Tu as une idée sur l'endroit où il aurait pu se débarrasser du corps ? » avait demandé Rohmer à Agnès.

« J'y ai réfléchi. Je pense qu'il a découpé le corps d'Eva et celui de son chien, qu'il a jeté les morceaux dans plusieurs étangs. Il a perdu dans l'opération quelque chose qui lui appartient. Il ignore où exactement. »

« Il y a plus de mille étangs, lui avait-il fait remarquer. On ne peut pas tous les assécher. »

« Je sais, et lui aussi le sait. »

Anna Jannin est de nouveau en ligne.
- Vous êtes là, commissaire ?
- Je vous écoute.
- Voilà : « D'Isabelle à son Lélio ». C'est ce qui est inscrit à l'arrière du boîtier.
- D'Isabelle à son Lélio ?
- Oui, c'est ça.

Rohmer demeure silencieux. Il n'est pas très avancé. Il relit ce qu'il a noté durant sa conversation avec Anna Jannin.

Titou Maurois, une douzaine d'années. Fils de Philippe et Jeanne Maurois. Un frère plus âgé, Christophe, quinze ans. Habitent Villars les Dombes.

D'Isabelle à son Lélio ?

- Je vais malheureusement avoir besoin de la montre, madame Jannin, fait-il. Je vous envoie quelqu'un d'ici trois-quarts d'heure pour la récupérer.

Rohmer sent qu'Anna Jannin ne l'a pas seulement appelé pour la montre. Il y a autre chose. Il ne raccroche pas. Il attend.

- Commissaire ?

- Oui, madame Jannin.

- Depuis la fin juin, nous sommes seules ma fille et moi aux Sapins, une grande maison qui surplombe le lac de Nantua. En rentrant tout à l'heure, nous avons aperçu quelqu'un dans le bois. Pas un promeneur, quelqu'un qui se cachait. Ce n'est pas la première fois. Ma fille l'a vu il y a quelques jours. La maison est isolée, nous n'avons pas de voisins, et je vous avoue que je suis assez inquiète.

Rohmer est surpris par le décalage entre la manière concise dont Anna Jannin s'exprime et la tension dans sa voix.

- Je comprends. J'appelle tout de suite la gendarmerie de Nantua. Ils effectueront une ronde et je leur demanderai de repasser dans le courant de la nuit.

- Je vous remercie, monsieur Rohmer.

La tension dans la voix d'Anna Jannin a baissé d'un cran.

Rohmer s'apprête à raccrocher, mais à son propre étonnement il ne le fait pas.

Il s'entend dire :

- Je vous donne mon numéro de portable. Mettez-le en mémoire dans le vôtre et appelez-moi après avoir raccroché. Si quelque chose ne va pas, à la moindre alerte, n'hésitez pas à me téléphoner. Je saurai que c'est vous.

47

Lundi 15 juillet, Bourg-en-Bresse

La voix d'Anna Jannin résonne encore dans la tête de Raphaël Rohmer.

Pourquoi l'a-t-elle remarqué sur le tapis mécanique de Roissy ? Lui ne se souvient pas d'elle, pas de l'avoir croisée ce jour-là en tout cas.

Il a prévenu la brigade de Nantua pour qu'on effectue une ronde de surveillance autour des *Sapins* et envoyé un motard récupérer la montre.

Elle est sur son bureau. Le cadran comporte une marionnette animée par le mécanisme des secondes, mais c'est l'inscription « De Isabelle à son Lélio », qui le rend perplexe.

Rohmer est dérangé dans ses supputations par l'arrivée d'un courrier électronique. Le brigadier Costanzo lui envoie la liste qu'il a réclamée, celle des accidents sur le tronçon d'A40 qui sépare la station-service où travaillait Auber de la sortie des *Neyrolles*.

« Cette nuit-là, le diable tirait les ficelles. »

En parcourant la liste, Rohmer n'est pas vraiment surpris. Il n'y a ni carambolage, ni hécatombe, ni catastrophe majeure avec mort d'enfants. L'accident le plus grave sur ce morceau d'A40 a eu lieu en 2001, dans la nuit 14 au 15 juin. Il implique un camion-citerne qui a pris feu et un motard. Deux adultes sont morts : Michel Duval 51 ans, le chauffeur du camion, et Karine Daumier 27 ans, la passagère de la moto. Le premier brûlé vif dans la cabine de son véhicule, la seconde des suites de sa chute. Le conducteur de la moto, Laurent Gianésinni n'a souffert que d'une commotion cérébrale.

Rohmer décroche le poste fixe, demande qu'on lui passe la brigade de la circulation. On promet de le rappeler dès que possible pour lui communiquer les détails de l'accident.

« D'Isabelle à son Lélio »

« Cette nuit-là, c'est le diable qui tirait les ficelles »

Ces deux éléments sont-ils à rapprocher des meurtres d'Eva, Camille et Nathalie ? Rohmer n'en pas la moindre idée. Il a beau essayer d'établir une connexion, il ne trouve aucune passerelle logique.

La brigade de la circulation ne l'a toujours pas rappelé.

Rohmer s'impatiente. Autant interroger directement le survivant, Laurent Gianésinni

Rohmer s'est connecté au fichier centralisé de gestion des CNI[1] pour obtenir l'adresse de Gianésinni. Il y a plusieurs Laurent Gianésinni, huit au total, répartis sur tout le territoire : Paris, Nantes, Dunkerque, Juan Les Pins, Lyon…

Rohmer clique sur la ligne correspondant à Lyon. Les données apparaissent à l'écran : Laurent Gianésinni, né le 24 mars 1967 à Lyon.

Une ligne plus bas, en découvrant la profession de Gianésinni, Rohmer reçoit une décharge d'adrénaline : il est marionnettiste !

Un lien vient de s'établir. Son premier coup de sonde a peut-être mis dans le mille…

Un accident sur l'A40 : deux morts, un survivant.

Une montre avec une inscription « D'Isabelle à son Lélio », qui colle avec la profession de Gianésinni, le survivant.

La connexion avec son enquête : l'endroit où la montre a été retrouvée, la présence d'un cadavre de chien qui pourrait être le labrador d'Eva Skold.

Rohmer est troublé, pas convaincu. Une simple coïncidence n'est pas à écarter. Titou Maurois prétend avoir trouvé la montre dans un étang sous une carcasse de chien dépecé. À son âge, les affabulations sont courantes. La montre peut appartenir à Gianésinni, et Titou l'avoir trouvée dans un endroit banal.

Trois fillettes ont été assassinées. La théorie de Rohmer repose sur la loi du talion. Or, il n'y a pas eu mort d'enfant dans cet accident sur l'A40.

La photo archivée de Gianésinni révèle une tête de monsieur tout le monde qu'il faut avoir vue plusieurs fois pour s'en souvenir. Rohmer est incapable de dire si c'est lui qui se tenait sur le parvis de l'église à l'enterrement d'Eymard.

Il se cale dans son fauteuil. Animé par une maigre lueur d'espoir, il écrit : Gianésinni, Lélio, Karine Daumier, Isabelle, Eva, Camille, Eymard, Nathalie, vengeance, assassinats, accident, mort, adulte, enfant…

Brusquement, il a un flash. Du poste fixe, il rappelle la brigade de la circulation.

« Où sont transportées les victimes d'un accident qui surviendrait sur un tronçon de l'A40 proche de la sortie des *Neyrolles* ? »

Il veut une réponse. La brigade la lui donne au bout de cinq minutes : aux urgences du Centre Hospitalier de Bourg-en-

Bresse, avenue du Capitaine Dhonne. Il peut contacter le docteur Maurier.

Rohmer traque Maurier de service en service. Cela fait la quatrième fois qu'il répète la même phrase.

-Je suis le commissaire Rohmer. Je désirerais parler au médecin responsable des urgences, le docteur Judith Maurier.

- Elle est en ligne, lui répond une secrétaire. Cela risque de durer. Vous rappelez ou je vous mets en attente ?

- J'attends, dit Rohmer.

Il branche le haut-parleur, se lève, regarde par la fenêtre. Sur le toit du bâtiment principal de la gendarmerie, des antennes de radio se détachent sur le bleu pâle du ciel. Rohmer a la bouche sèche, son coeur bat très vite. L'intuition que quelque chose va se passer, ou un excès de café. Les deux probablement.

- Docteur Judith Maurier à l'appareil.

Rohmer sursaute. Il retourne vers le bureau, décroche le récepteur.

- Docteur Maurier, dit-il en s'éclaircissant la gorge, je suis le commissaire Rohmer. J'ai besoin d'un renseignement concernant un accident survenu sur l'A40 près de la sortie des *Neyrolles* dans la nuit du 14 au 15 juin 2001. La brigade de la circulation m'a dit que c'est aux urgences de cet hôpital que les blessés de cette zone sont transportés.

- C'est exact. Mais je ne peux communiquer aucun renseignement par téléphone.

- Écoutez, dit Rohmer. Je me trouve au siège du groupement de gendarmerie, à Bourg. Je pourrais venir, mais je n'ai besoin que d'une seule information. Je vous donne le numéro du chef d'escadron Lescure. Appelez-le d'un autre poste pour vérifier que c'est bien le commissaire Rohmer que vous avez au bout du fil. Je reste en ligne.

Le docteur Maurier prend quelques secondes avant de répondre.

-Je connais le chef d'escadron Lescure, commissaire. Qu'est-ce que vous voulez savoir exactement ?

-Une jeune femme, Karine Daumier, est morte dans cet accident. Pouvez-vous me dire ce qu'a conclu le rapport d'autopsie ?

-Vous voulez bien patienter, il faut que j'accède à son dossier.

La voix est jeune, agréable. Rohmer patiente, mais il est sur le grill. Ce qu'il ressent lui rappelle le Liban, quand les terroristes menaçaient de supprimer l'otage français.

Le docteur Maurier est de nouveau en ligne.

- J'ai le rapport sous les yeux. Lorsque cette femme est arrivée à l'hôpital, elle était morte. Je n'étais pas de service cette nuit-là, mais je peux vous lire les conclusions de mon confrère.

- Je vous en prie.

-Multiples fractures du crâne, membres brisés, et la pire des hémorragies internes qui est : foie, reins, rate éclatés, et une tamponnade, un épanchement sanguin au niveau du coeur. La victime a dû rebondir plusieurs fois sur l'asphalte.

- Qu'entendez-vous par là ?

- En général, lorsque le choc est unique, en dehors des fractures, il n'y a qu'un ou deux organes affectés. Là, nous en avons cinq. Ce qui suggère des chocs multiples à grande vitesse.

- Qui était le médecin de service ce soir-là ?

- Le docteur Langevin. C'est lui qui a procédé à l'autopsie.

- A-t-il relevé un détail particulier concernant Karine Daumier ?

De ce que Rohmer va entendre, dépend la direction que prendra l'enquête.

Judith Maurier semble surprise par la question.

- Vous avez l'air d'être au courant de son état, répond-elle enfin. Elle était enceinte de sept mois.

*

Rohmer a quitté précipitamment Bourg-en-Bresse pour Lyon. Il se rend au domicile du conducteur de la moto, le marionnettiste Laurent Gianésinni. Le fichier des CNI mentionne une adresse près de la Montée des Épies, sur la colline de Fourvière, à Lyon.

Gianésinni souffrait d'une grave commotion cérébrale. À sa sortie du Centre Hospitalier, il a passé huit mois dans un hôpital spécialisé en rééducation neuropsychologique.

C'est tout ce que le docteur Maurier a bien voulu lui communiquer.

La vengeance a toutes les chances d'être le véritable mobile du meurtre d'Eva, Camille, Nathalie. Et peut-être indirectement du suicide d'Eymard.

Mais qui s'est vengé ? Et de quoi ?

Rohmer n'a pas d'éléments concrets pour répondre à ces questions. Tout ce qu'il sait, c'est que la passagère d'une moto, Karine Daumier, est morte d'un accident sur l'A40. Elle était enceinte de sept mois.

L'homme qui pilotait la moto, Laurent Gianésinni, est marionnettiste. Une montre qui pourrait lui appartenir aurait été retrouvée dans un étang de la Dombes près du cadavre dépecé d'un gros chien, peut-être le labrador d'Eva Skold. L'inscription sur la montre est une référence à une pantomime de la *Comedia d'ell'Arte*, Lélio et Isabelle.

Rohmer a alerté le chef d'escadron de gendarmerie, le commandant Lescure. Pour l'instant, Gianésinni n'est pas suspect. Rohmer désire simplement l'interroger.

Lescure est sceptique. Le juge d'instruction Lambert est revenu à la charge. Il rejette la théorie de l'assassin unique. L'enquête n'a fourni aucun indice sur la présence d'un intrus au domicile des Auber, ce qui veut dire que la mère de Nathalie est devenue son premier suspect.

Le rapport d'autopsie concernant sa fille pourrait l'incriminer. Qui d'autre que Brigitte Auber se serait soucié de ne pas faire souffrir Nathalie au moment de lui infliger des sévices destinés à envoyer la police dans une fausse direction ?

En quittant l'A42, Rohmer s'est engagé sur le périphérique nord de Lyon. Il le quitte à la sortie numéro 4, longe la Cité internationale, puis prend la direction Terreaux. Il se gare dans le parking souterrain situé face au pont Bonaparte. L'adresse qu'il possède l'oblige à grimper une partie de la colline de Fourvière par la Montée des Épies.

Le domicile de Laurent Gianésinni est au deuxième étage d'une maison de ville. Rohmer, essoufflé, frappe à plusieurs reprises sans obtenir de réponse. Il est dix-neuf heures, le marionnettiste n'est peut-être pas encore rentré. Rohmer sonne à l'appartement du dessous. La femme qui ouvre lui apprend que Gianésinni n'habite plus ici depuis près d'une année.

Contrarié, il appelle Agnès Serra de son portable. Elle vient de revenir à Bourg-en-Bresse. Les nouvelles ne sont pas encourageantes : en dehors de la mort de leurs filles, les parents de Camille Laurent affirment qu'ils n'ont aucun rapport avec les familles Skold et Auber.

Rohmer lui résume ce qu'il a appris. Il doit retrouver Gianésinni. Il veut de toute urgence le rapport établi par les gendarmes la nuit de l'accident. La brigade de la circulation ne l'a toujours pas rappelé.

Les dissensions entre l'Intérieur et la Justice n'arrangent pas les enquêteurs, elles font le jeu de l'assassin. Lambert ne va pas tarder à mettre Brigitte Auber en garde à vue si rien ne vient contrecarrer sa thèse.

C'est ce soir qu'ils doivent localiser Laurent Gianésinni !

48

Nuit du 15 au 16 juillet, Les Sapins

Après avoir appelé Rohmer, Anna s'est sentie apaisée. L'anxiété a cédé la place à un sentiment de sécurité. Un motard est arrivé de Bourg-en-Bresse pour récupérer la montre de Titou, et une voiture de la gendarmerie s'est rangée peu après devant la maison. Les gendarmes n'ont rien remarqué de suspect en traversant les bois. Ils effectueront une nouvelle ronde dans le courant de la nuit.

Céline prend sa douche. Allongée sur son lit, Anna fixe son portable. Il est posé à côté d'elle, près d'une pile de journaux.

Elle l'a éteint. Entendre le Requiem est au-dessus de ses forces. Il lui rappelle Éric, le voyage en Hongrie...

Ces souvenirs qui surgissent contre sa volonté la mettent au supplice, comme une poignée de sel sur une blessure à vif.

Anna prend l'hebdomadaire qui parle de Rohmer. La photo qui illustre l'article date de quelques années. Il n'a pas tellement changé, il est même plus séduisant dans la réalité. Le cliché ne rend pas compte de l'impression qu'il produit sur les autres, du magnétisme qu'il dégage.

« Hier, tu jurais que pour un bon moment encore les hommes ne t'intéressaient plus. Aujourd'hui, tu penses au commissaire Rohmer. Tu deviens drôlement versatile, ma petite Anna. »

Retrouver des préoccupations de femme normale dans un monde normal la fait sourire. Elle allume son portable, compose le numéro de Rohmer et coupe aussitôt. Elle n'a aucun prétexte valable pour le déranger.

Elle appelle alors Sandrine, qui décroche à la première sonnerie.

- Mon Dieu, Anna, faut que je raconte ce qui m'arrive. Mais avant, comment va ta beauté de fille ?

- Elle va bien. Elle a adoré le spectacle que tu as organisé.

Une question jaillit sur les lèvres d'Anna.

-Tu connais Didier Dumas, l'agent immobilier qui m'a loué la maison ?

- Qui à Nantua ne connaît pas Didier, Anna.

-Il est sur répondeur et ne rappelle personne depuis trois jours. Tu sais où il est?

- En Corse, je crois.

- En Corse !

Anna est estomaquée.

- Anna, on est au mois de juillet. Les gens ont le droit de partir en vacances sans avertir la France entière.

- C'est étonnant qu'il ferme complètement l'agence, Sandrine.

- En principe c'est Madame Dafosse, sa collaboratrice, qui assure l'intérim. Elle a eu un accident samedi soir. Elle est à Lyon, à l'hôpital Édouard Herriot, avec une triple fracture du bassin. Deux mois d'immobilité sans bouger du lit.

- Tu sais comment c'est arrivé?

- Vaguement. Un chauffard l'a envoyée dans le décor. Je ne peux pas t'en dire plus.

Anna est perplexe. Un mécanisme insidieux se remet en marche dans sa tête.

« Attention, tu recommences à être parano ! »

Mais c'est plus fort qu'elle. Les vacances de Didier tombent à pic. Lui, en Corse, personne ne réagira au déclenchement de l'alarme.

La certitude de passer la soirée à ressasser ses craintes sape le moral d'Anna. Elle a besoin d'une présence, de quelqu'un avec qui aborder des sujets différents de ceux qui la préoccupent.

- Viens dîner à la maison ce soir, propose-t-elle à Sandrine, tu pourras me raconter ce qui t'arrive.

- J'aimerais bien, mais je suis à Paris.

- A Paris ! Mais qu'est-ce que tu fais à Paris ?

Sandrine marque une hésitation.

- Une rencontre, finit-elle par murmurer.

- Une rencontre ?

- Oui, une rencontre. Une date quoi !

- Je le connais ?

- Non, et moi non plus. Je me suis inscrite sur un site de rencontres. C'est un Américain de passage qui cherche une compagnie féminine pour dîner et aller au spectacle. J'ai passé l'après-midi à faire les soldes pour trouver un petit ensemble, et ce n'était pas une culotte et un soutien-gorge style *Victoria Secret*. Je ne te raconte pas dans quel état je suis, j'ai les pieds en compote. Je dois me préparer et me taper neuf stations de métro jusqu'au restaurant. Les Américains, ça dîne tôt. Je t'appelle demain pour te dire comment ça s'est passé.

Anna a raccroché. Elle met le portable sur vibreur, le glisse dans sa poche avant d'aller à la fenêtre.

Une nappe de brume descend sur le lac. Au-dessus des montagnes, un voile de nuages se teinte d'une palette de roses délicats. Le crépuscule s'étire en longueur. L'odeur des narcisses monte par bouffées, mêlée à celle des rosiers.

Anna s'attarde un moment l'esprit ailleurs.

En sortant de sa chambre pour préparer le dîner, elle fait quelques pas, s'arrête subitement.

Le couloir est vide, parfaitement silencieux.

Ni chuchotements ni murmures. Pourtant, une présence hostile rode autour d'elle. Anna la sent. Elle lui hérisse la peau.

49

Nuit du 15 au 16 juillet, Lyon

Rohmer consulte une nouvelle fois son plan. Gianésinni est un intermittent du spectacle, il a un dossier aux Assedic. Agnès lui a communiqué l'adresse qui y figure, à proximité du port Rambaud, dans le quartier du Confluent.

À deux pas du coeur historique de Lyon, de la gare Lyon Perrache, le Confluent est isolé du reste de la ville par les voies ferrées et l'autoroute. Une zone interlope, parsemée d'hôtels de passe.

Rohmer s'est garé. Il descend de voiture, récupère une lampe torche dans le coffre. Il fera le reste du chemin à pied.

Devant se dressent d'anciens entrepôts décrépis. Le quai est éclairé par de rares lampadaires, les halos se perdent dans les eaux noires de la Saône.

Il est vingt-trois heures. Rohmer distingue l'entrée du chemin Louis Pradel, une rue étroite bordée d'habitations condamnées. Un silence total, troublé par l'écho de ses pas. Une clarté avare tombe d'une lanterne. Le chemin Louis Pradel est une impasse. Rohmer s'arrête au fond, devant un portail entrouvert. C'est bien l'adresse que Gianésinni a donnée aux Assedic.

Une estafette Renault de couleur claire est parquée dans une courette. Rohmer pose la main sur le moteur. Il est encore chaud.

Clouée à la porte principale de l'habitation, une pancarte municipale indique :

Bâtiment insalubre. Danger de contamination. Entrée rigoureusement interdite.

Pourtant, la barre métallique, la chaîne et les deux cadenas qui condamnent la porte ont été retirés.

Rohmer pénètre dans la maison. Une odeur d'humidité, de cire calcinée et de salpêtre lui saute au visage. Le faisceau de sa lampe révèle des murs marbrés de plaques sombres, un plafond qui pend en lambeaux, une forêt de bougies consumées sur le sol. La seule porte est au fond d'un couloir. Rohmer essaye de l'ouvrir, mais elle est si épaisse qu'il faudrait forcer les gonds ou l'enfoncer à coups de hache.

Le moteur de l'estafette est chaud. Son conducteur se trouve dans la maison, sûrement à l'étage. Rohmer n'aperçoit pas d'escalier. Dans un renfoncement, il finit par repérer une sorte de placard à balais. Les battants s'ouvrent sans grincer. Au fond du réduit, des marches disparaissent dans les ténèbres.

Rohmer les gravit, débouche au milieu d'un corridor. Sur sa gauche, à trois ou quatre mètres, l'entrée d'une pièce. Il fait quelques pas, manque de laisser échapper un cri de surprise. Sa lampe éclaire une armée de morts-vivants. Il met quelques secondes à comprendre. Il est dans un atelier abandonné. Ce qu'il contemple ce sont les vestiges d'une époque révolue, un écho du temps où fabriquer des marionnettes relevait de l'art.

Sur des étagères s'alignent des têtes en bois ou en papier mâché. Leur forme est simple, leur expression figée. Avec parfois l'amorce d'un sourire sur les lèvres. Certaines sont pourvues d'yeux. Des yeux de verre qui le regardent avec un réalisme impressionnant.

Rohmer s'est figé. Il vient d'entendre un bruit de pas. Il retourne dans le couloir, éclaire les premières marches de l'escalier, retient son souffle. Rien. Le silence.

Il repart vers l'autre extrémité du corridor. Le faisceau lumineux dissipe les ténèbres d'une pièce qui sent la cire chaude.

Quelqu'un se trouvait là un instant plus tôt. Sur une table, un vase ébréché couvert de poussière. Trois chaises. Dans un angle, un bahut. La vaisselle porte des traces sombres d'humidité. Près de la fenêtre, la forme d'un canapé se découpe. Le tissu effrangé, troué par endroits, a été grignoté par les rats.

Rohmer s'avance. Soudain, une intuition désagréable le traverse. La sensation d'un danger imminent.

Il se retourne d'un coup, balaye le corridor de sa lampe.

Une forme sortie des ténèbres fonce sur lui.

50

Nuit du 15 au 16 juillet, Les Sapins

Phuket !

Depuis un moment, le nom tourne dans la tête d'Anna.

Pourquoi revient-il sans cesse ? Elle ne veut plus penser à ce voyage, à Éric...

L'île apparaît, écrasée sous un ciel de cendres. Dans les rues désertes de Patong, la capitale, un soleil brumeux se répand. Au bout d'une allée, Anna se voit entrer dans un temple, un sanctuaire de silence où le jour s'infiltre en rayons obliques. Une exhalaison de bois brûlé et de fleurs fanées lui donne le vertige. Anna est prise de frissons en découvrant l'immense statue d'or. Du bout des doigts, elle l'effleure timidement, comme s'il s'agissait d'une créature ensorcelée.

En levant les yeux, elle est pétrifiée. Le visage du bouddha est livide, d'un blanc crayeux, poudré. Des larmes suintent sur ce masque blafard.

Sur qui pleure-t-il ? Le monde ? Sur lui-même ou sur elle ?

Anna met quelques secondes à comprendre que la scène n'a aucune réalité. Elle n'existe que dans son esprit. C'est un songe élaboré à son insu, au plus profond de son inconscient.

Un rêve !

Elle dort, alors qu'elle s'était promise de veiller toute la nuit sur Céline !

Un bruit lui parvient. Un crissement métallique…

Le silence retombe.

Un souffle humide balaye ses bras, son cou, son visage…

L'une des baies vitrées s'est ouverte...

Une certitude fulgurante traverse l'esprit d'Anna. Un intrus vient de pénétrer dans le salon !

Céline est dans sa chambre, au premier étage.

Ouvre les yeux, Anna !

Un flash de lucidité la rassure. Personne n'a tenté de s'introduire dans la maison puisque la sirène de l'alarme ne s'est pas déclenchée.

Elle tourne à l'aveuglette dans son cauchemar, incapable de s'en arracher complètement.

Il lui suffit d'ouvrir les yeux.

Le spasme dans sa gorge se dénoue. La crise d'apnée s'estompe. Elle respire plus librement.

Elle se rappelle avoir parlé au commissaire Rohmer. Les gendarmes sont ensuite venus…

Et puis ?

Elle a préparé le dîner. Elles ont mangé en regardant un film. Céline est montée dans sa chambre avant la fin. Anna est restée. Elle a mis la bouilloire à chauffer, bu son thé dans la cuisine avant de revenir au salon.

L'alarme ? A-t-elle branché l'alarme ?

Sûrement. Elle le fait tous les soirs. Un automatisme.

Pourquoi le visage du bouddha est-il blanc ?

Ce rêve bizarre que son subconscient fabrique, c'est pour lui rappeler à quel point le sommeil …

Anna ouvre les yeux.

Elle est allongée sur l'un des canapés du salon. La nuit l'entoure.

Brusquement, les ténèbres s'écartent. Elle entrevoit une lumière. Elle distingue une silhouette dans l'escalier.

Quelqu'un est entré dans la maison pendant qu'elle dormait !

51

Nuit du 15 au 16 juillet, Lyon

L'ombre a jailli du néant. Une créature de cauchemar. Vêtue de noir, un masque de polichinelle sur le visage, elle tient à la main une tige de métal recourbée. Un croc.

Rohmer ne voit que lui. Il n'a pas le temps de sortir son arme. Acculé, il rafle le vase sur la table et le balance de toutes ses forces en direction de son agresseur. Touché à l'épaule, déséquilibré, l'homme trébuche. Mais c'est trop tard.

Rohmer est projeté violemment au sol. Sa lampe roule dans un coin de la pièce. De la main droite, il empoigne son attaquant par le cou. Sa main gauche file vers le croc, saisit la hampe. L'homme pèse sur lui de tout son poids. Cloué au sol, Rohmer relâche sa prise à la gorge, dégage sa main droite, frappe son assaillant à la tempe. L'homme est ébranlé. Dans un effort démesuré, Rohmer parvient à placer un coup de tête. Un choc sourd.

L'homme au masque de polichinelle a basculé en arrière. Il se relève. Rohmer porte la main à son arme…

Son agresseur préfère filer. Rohmer l'entend trébucher dans l'escalier.

Il ramasse sa torche, dévale à son tour les marches. Il jaillit dans la salle du rez-de-chaussée au moment où le bruit d'un moteur troue le silence.

Il se précipite à l'extérieur. Les pneus de l'estafette Renault crissent, patinent, le véhicule est déjà au bout de l'impasse.

Rohmer court vers sa voiture. Au loin, les feux de position de l'estafette sont visibles. Il n'a pas une seconde à perdre.

Il démarre en trombe, alerte la gendarmerie de son portable, explique brièvement la situation à Agnès.

Il poursuit une estafette Renault beige immatriculée 1744 PC 69. Agnès demande des précisions sur l'endroit où il se trouve.

Rohmer voit des terrains vagues clôturés de grillages à moitié arrachés. Il passe maintenant devant une aire de parking violemment éclairée. Des jeunes jouent au basket. L'estafette n'a pas ralenti. Ceux qui croisent sa route s'écartent en catastrophe.

-Il y a un carrefour devant avec un feu tricolore, annonce-t-il.

Le conducteur de l'estafette a le pied au plancher. Son véhicule bondit dans les ornières, retombe avec un bruit assourdissant. La route est en mauvais état. Sur la droite, des immeubles vétustes aux murs couverts de tags. De l'autre côté, un terrain nu, aplani, parsemé de monticules de sable.

L'intersection se rapproche. Le feu est à l'orange.

- Il va passer au rouge ! hurle Rohmer.

La voie de gauche est déserte. Celle de droite est masquée par les immeubles. Des voitures sont peut-être à l'arrêt, dans l'attente du feu vert.

Rohmer qui n'a plus le temps de freiner, tente de coller à l'estafette. Elle vient de s'engager dans le croisement...

Un poids lourd débouche de la voie de droite. L'estafette a presque franchi le croisement, quand la masse luisante du camion heurte son arrière. Rohmer entend le hurlement des freins, puis un fracas de tôles froissées, de vitres pulvérisées.

S'il ne braque pas, il va percuter le camion de front. Il donne un coup de volant sur la gauche, écrase l'accélérateur. Sa voiture dérape, passe de justesse. Déportée, elle file droit vers un tas de sable à plus de quatre-vingts kilomètres à l'heure. Rohmer enfonce la pédale du frein. La voiture tremble, pique du nez, percute le tas de sable dans un crissement sinistre.

L'airbag ne s'est pas ouvert. Une barre douloureuse enserre la poitrine de Rohmer. Il défait sa ceinture de sécurité, s'extirpe du véhicule.

Le camion bloque le croisement. L'estafette est immobilisée sur le toit, à une trentaine de mètres.

Des sirènes résonnent. Les premières voitures de police sont en vue. Rohmer s'approche de l'estafette, en fait le tour. Une gerbe d'étincelles jaillit du moteur. Le capot est éventré. Le conducteur est coincé entre le toit et les sièges. C'est Laurent Gianésinni. Rohmer le reconnaît. Il a vu sa photo s'afficher sur l'écran de son ordinateur en consultant le fichier des CNI. Pour le dégager, il essaye d'ouvrir les portières. Le métal est tordu. Il faudrait le découper au chalumeau. L'odeur d'essence saisit Rohmer à la gorge. Le réservoir est crevé. Le moteur en train de griller. Une explosion peut survenir d'une seconde à l'autre.

Il court vers sa voiture pour y prendre un extincteur. Soudain, une déflagration. Le souffle le projette à plusieurs mètres. Il tombe à genoux, puis de tout son long sur le sol.

Les flammes brillent comme un soleil qui rétrécit où s'éloigne. Rohmer tente de s'accrocher à ce repère. Tout disparaît.

Il n'est resté inconscient que quelques secondes. Il réussit à se remettre debout, les oreilles bourdonnantes. L'estafette est en flammes. Impossible de s'en approcher. La fournaise est terrible. Aucune chance que le conducteur survive au brasier.

Un sentiment d'échec s'empare de Rohmer. Ses chances de savoir ce qui s'est passé la nuit où *le diable tirait les ficelles* viennent d'être réduites en cendres avec Gianésinni.

52

Nuit du 15 au 16 juillet, Les Sapins

L'escalier baigne dans la pénombre. Céline se tient sur la dernière marche, le visage hagard. Anna est sonnée. Durant quelques secondes, elle a cru que le tueur avait profité de son sommeil pour s'introduire dans la maison.

Dieu merci, c'est la silhouette de sa fille qu'elle a entrevue.

- Il y a un homme au visage tout blanc dans le jardin, dit Céline.

Anna s'appuie à la rampe.

- C'est un cauchemar comme celui que tu as fait la dernière fois, ma chérie. Il n'y a personne dans le jardin.

Le ton d'Anna se veut rassurant. Céline secoue la tête. Non, semble-t-elle dire, cette fois ce n'est pas un cauchemar.

- Calme-toi, dit Anna en la serrant dans ses bras. Tu vas retourner te coucher. Je resterai près de toi.

Céline tremble de la tête aux pieds. Le cauchemar a dû survenir quelques minutes plus tôt, pense Anna, les images sont encore vivantes.

Elle prend sa fille par la main et remonte à l'étage. Le couloir est dans la pénombre. Un rectangle de lumière se dessine devant la chambre de Céline. Anna s'arrête sur le seuil, pétrifiée. La fenêtre est grande ouverte. La sirène aurait dû se déclencher. Elle n'a rien entendu.

- C'est toi qui as débranché l'alarme ?

Céline a un geste de dénégation. Elle ne ment pas. Anna sait que sa fille ne touche jamais au boîtier de commande. C'est elle qui a oublié de brancher l'alarme.

La présence hostile qu'elle a perçue dans le couloir, sa décision de veiller toute la nuit sur sa fille, l'alarme...

L'alarme ?

Tout est confus. Les idées d'Anna s'embrouillent.

- Je me suis réveillée parce que j'ai fait un cauchemar, murmure Céline.

- Je te l'avais dit. Explique-moi pourquoi tu as ouvert la fenêtre.

- Je voulais voir si l'homme au visage tout blanc était seulement dans mon rêve, pas dans le jardin.

- Bon. Tu es rassurée maintenant ?

Céline ne répond pas. S'efforçant de garder son calme, Anna va jusqu'à la fenêtre, se penche.

Le brouillard a gagné la vallée. La terrasse baigne dans un halo laiteux, les lanternes extérieures forment des auréoles diffuses. Anna observe attentivement, elle cherche à repérer une forme, une ombre, un mouvement suspect.

Ce coin de terrasse est désert. Pas la moindre silhouette.

Elle s'y attendait !

Anna s'est tournée vers sa fille. Il est indispensable que Céline comprenne qu'elle a fait un mauvais rêve, seulement un mauvais rêve.

Anna l'a prise par la main, elle l'entraîne vers la fenêtre.

-Regarde ! Tu vois bien qu'il n'y a personne, dit-elle.

Céline s'est penchée. Pendant quelques secondes, elle reste sans réaction, puis recule brusquement. Son visage est livide, ses lèvres tremblent.

Abasourdie, Anna regarde à son tour. Le coin de terrasse est toujours désert.

- Il est là, souffle Céline d'une voix décomposée.

Anna se sent couler à l'idée que sa fille délire.

- Où est-il ? Montre-le-moi.

C'est impossible ! Il n'y a personne à l'endroit que Céline désigne.

- Tu es sûre ?

- Il est là. Il nous regarde.

- Mais il n'y a personne, Céline.

- Puisque je te dis que je le vois !

Anna étouffe sous les sanglots. Le désespoir a brisé les digues qu'elle élevait en rempart pour garder son sang-froid.

Dieu sait quelle psychose Céline a développé depuis la mort de son père. La maladie a rampé sournoisement, et c'est leur petit monde fragile et les espoirs d'Anna pour sa fille qu'elle fait ce soir voler en éclats.

Son portable vibre dans sa poche.

Au bord de l'effondrement, Anna se précipite dans sa chambre pour ne pas s'écrouler devant Céline.

53

Nuit du 15 au 16 juillet, Les Sapins
Je suis revenu, Anna !
La voix est concrète, violente.
« N'écoute pas cette voix, Anna. Elle n'existe que dans ta tête. »
Le numéro qui s'affiche, elle le connaît par coeur : c'est celui qui déclenche la sonnerie du Requiem.
Un silence de mort règne dans l'écouteur. À l'autre bout de la ligne, c'est le vide absolu. Pas un son. Pas même le bruit de fond qu'elle entendait les fois précédentes.
Une minute s'écoule. Puis la voix répète comme un écho d'outre-tombe :
Je suis revenu, ANNA.
Un déclic. La communication est interrompue.
Un cri de désespoir s'échappe des lèvres d'Anna. Des explications, une logique, elle n'en cherche plus.
Que peut-elle dire à cette présence invisible qui la terrorise ! Que lui veut-elle ?
Cette voix... Je suis revenu, Anna !
Le message est incompréhensible, pourtant c'est à elle qu'il s'adresse.
Qui revient d'où ?
Cette voix... Pourquoi sa première réaction a-t-elle été de se convaincre qu'elle n'existait que dans sa tête ?
Un souffle embrasé dévore la poitrine d'Anna. Elle vient de comprendre : la sonnerie du Requiem n'est ni une

coïncidence ni une erreur, elle a été choisie par ce qu'elle lui rappelle ÉRIC !

Cette voix... C'est...

... LA SIENNE !

Emporté par le tsunami, Éric se venge de son propre destin.

Où qu'elle aille, quoi qu'elle fasse, il la poursuivra de sa haine. C'est la nouvelle vie d'Anna, celle que sa mort a permise, qu'il est *revenu* hanter.

Anna sursaute, avec l'impression de brusquement revenir à elle.

Que fait-elle dans sa chambre ? Pourquoi a-t-elle abandonné sa fille ?

Elle se rue hors de la pièce et stoppe net. Le couloir et la chambre de Céline sont plongés dans l'obscurité.

Devant, quelque chose ou quelqu'un se déplace.

- C'est toi, Céline ?

Aucune réponse.

- Céline ?

Une langue d'air froid glisse sur le visage d'Anna. Elle recule.

Qui s'approche d'elle ?

Elle n'a rien vu, rien entendu. C'est une impression.

- Céline ?

Une main lui effleure le bras. Anna manque de bondir en hurlant. Une voix chuchote :

- Maman ?

Céline !

Elle est tout près. Anna n'a pas le temps de lui répondre.

- Écoute ! dit Céline.

Anna entend sa respiration haletante, celle de sa fille, une seconde de silence... et...

UN MARTÈLEMENT !

Quelqu'un cogne sur les baies vitrées du salon !

L'espoir d'un instant pour Anna : les gendarmes sont revenus.

Et puis, elle étouffe un cri de terreur. Pas de bruit de moteur. Aucun faisceau de phares. Ce ne sont pas les gendarmes.

Sa prémonition, elle la vit. Le tueur est venu s'emparer de sa fille. Cette fois, il se moque de passer inaperçu.

Personne n'entendra leurs appels au secours. Les *Sapins* sont isolés. Les voisins les plus proches à trois kilomètres. Quant aux gendarmes, même si Anna les prévenait, le brouillard les empêcherait d'arriver à temps.

Quitter la maison. Se perdre dans la nuit et le brouillard.

Leur unique chance.

L'escalier baigne dans l'obscurité. Dans sa précipitation, Anna rate la première marche, perd l'équilibre. Elle atterrit quelques mètres plus bas, l'épaule gauche endolorie. Elle tente de se remettre debout, s'accroche d'une main à la rampe, lâche prise sous la douleur.

Anna a roulé jusqu'au pied de l'escalier. Elle respire par saccades, étendue sur le dos, incapable de voir qui est sur le perron, les voilages sont tirés

Le martèlement a cessé. Pas pour longtemps. Il reprend, empoisonnant le fragile silence.

- Maman ! Tu as du sang sur la figure.

Céline est penchée sur elle. S'interdisant la moindre plainte, Anna se relève.

- C'est qu'une coupure ma chérie. Rien de grave.

Dehors, l'homme joue avec leurs nerfs. Le martèlement est insoutenable.

Anna essuie le sang sur son visage. Où est son téléphone portable ? Elle le tenait à la main en sortant de sa chambre...

Elle l'a lâché en tombant dans l'escalier. Pas le temps de le récupérer pour appeler les gendarmes.

La maison s'est transformée en piège mortel !

S'enfuir. Vite. Très vite.

Comment ?

La panique empêche Anna de réfléchir. Elle doit reprendre le contrôle de ses nerfs, retrouver une parcelle de calme et le moyen de s'échapper.

Céline s'est blottie contre elle. Ce contact électrise Anna, lui permet de se ressaisir. Elle n'a plus le droit de sombrer. Il lui faut être forte, donner à Céline l'impression qu'elle maîtrise la situation, qu'elle a un plan pour les sauver.

Une idée jaillit. Couper l'éclairage extérieur, le boîtier est dans la cuisine. S'échapper par la porte de service, prendre la Volvo...

Non ! C'est la première des choses auxquelles *il* a dû penser. La voiture ne démarrera pas.

Le martèlement continue. Rageur. L'homme s'acharne, passe d'une baie vitrée à l'autre.

Anna se presse les tempes.

S'enfuir ! Par où ? La même réponse revient :

« Par la porte de service ! »

« Impossible ! »

« Si ! Fais-lui croire que tu t'échappes par là. Éloigne-le du perron une minute, et sors par le salon. Une misérable minute. C'est tout ce dont tu as besoin. »

Anna se penche, chuchote à l'oreille de Céline :

-Monte dans ta chambre, prend un pull et mets tes tennis. Dès que la lumière du dehors s'éteint, redescends aussi vite que tu peux en te tenant à la rampe.

Anna étreint sa fille. Tout son être refuse d'envisager que ce soit peut-être pour la dernière fois.

Dans la cuisine, le cadran lumineux du four à micro-ondes indique 1 h du matin. Anna fouille dans les tiroirs, s'empare de la torche électrique. Sa chute dans l'escalier l'a étourdie. Son épaule la fait souffrir. Elle étouffe une plainte.

Arrivera-t-elle à sauver sa fille ?

Le martèlement s'est déplacé. Le tueur a compris que le vitrage était antieffraction. Il cherche une fenêtre à forcer. Celles du rez-de-chaussée ont des barreaux. Anna ne se rappelle plus si elles sont toutes protégées.

Le souffle court, elle s'adosse contre le mur. Le boîtier électrique qui contient les disjoncteurs est à portée de sa main. Il suffit d'abaisser l'interrupteur central pour couper l'éclairage extérieur.

Dehors, le brouillard se déplace en nappes.

Maintenant !

Les abords de la maison plongent dans le noir. Anna fait jouer le loquet, ouvre la porte de service.

L'air froid la secoue. Elle sent un regain d'énergie et crie de toutes ses forces :

- Cours vers la voiture, Céline ! Vite !

Elle hésite une seconde, puis prend un risque énorme : au lieu de refermer la porte à clé, elle la laisse entrouverte.

Les dés sont jetés. Si sa ruse échoue, c'est sa fille qu'elle vient de condamner.

*

Le coeur battant, Céline attend dans sa chambre que les lumières s'éteignent. Elle a peur, très peur. Quelqu'un cherche à pénétrer dans la maison pour leur faire du mal. Ce n'est pas un cauchemar, elle est bien réveillée.

Le portable de sa mère est dans sa poche. Elle l'a trouvé en remontant. Qui peut-elle appeler ? Qui doit-elle appeler ?

Les sanglots refusent de sortir. Pleurer lui ferait du bien pourtant. La dernière fois, elle s'en souvient, c'était à Suresnes, la nuit où elle avait cru entendre la sonnerie de son réveil, la nuit où elle avait trouvé sur sa chaise la tenue qu'elle portait pour assister à une messe à la mémoire de son père...

D'un coup, l'obscurité totale. Sans plus réfléchir, Céline s'élance dans le couloir, dévale les marches.

Anna est au pied de l'escalier. Elle pose un doigt sur ses lèvres, lui intime de garder le silence.

Elles s'approchent des baies vitrées, main dans la main, s'adossent au mur.

Un bruit de pas. Le mince rayon lumineux d'une lampe balaye les voilages. Une ombre passe en courant sur le perron, en direction de la porte de service.

Anna débloque la sécurité, fait coulisser un panneau vitré. Cinq secondes plus tard, la nuit les engloutit.

54

Nuit du 15 au 16 juillet, Lyon

Rohmer vient de recevoir un message d'Agnès : la carte grise de l'estafette est au nom de Karine Daumier.

Il est retourné impasse Louis Lambert. Il veut savoir ce que Gianésinni fabriquait dans cette maison désaffectée où il vivait avant son accident de moto.

Rohmer se gare au fond de l'impasse. Une voiture de police en barre l'entrée. Pour l'instant, il ne veut personne à l'intérieur, pas même l'équipe technique.

Il monte au premier étage. Le type qui a surgi dans son dos sortait de quelque part. Rohmer fait le tour de l'atelier abandonné. Les murs sont d'une pâleur de mort. Ils ondulent à la lumière de sa lampe torche.

Un appel d'air ! Il provient d'une ouverture entre deux étagères, tout au fond. Invisible de l'entrée, elle lui a échappé un peu plus tôt.

Des marches de bois plongent dans l'obscurité. Rohmer les descend. Devant lui s'ouvre une pièce rectangulaire où flotte une odeur de cire brûlée. Des dizaines de cierges aux trois quarts consumés dessinent une allée sur le sol.

Rohmer s'avance. Sur le mur d'en face, deux plaques de marbre de taille différente sont disposées côte à côte. Au-dessous de la plus grande, sur une espèce d'autel, repose une urne funéraire.

Rohmer est dans une crypte.

Les deux plaques de marbre comportent chacune une inscription. En se penchant, il n'a aucun mal à lire les entailles faites par le ciseau du graveur.

Karine Daumier 1974 - 2001

Julie 2001 -

Karine était enceinte de sept mois. Une petite fille.

*

C'est dans cette crypte que le poison de la haine s'est répandu dans les veines de Gianésinni. La nuit du 14 au 15 mai 2001, le diable a offert au marionnettiste une vie intolérable.

Rohmer est troublé. D'après la loi du talion, c'est sur la femme et les enfants du chauffeur responsable de la tragédie qu'aurait dû s'exercer la vengeance de Gianésinni. La mort de Karine Daumier n'est peut-être pas imputable au chauffeur du poids lourd. Il a besoin du rapport d'accident établi par la gendarmerie pour comprendre.

Il ressort dans l'impasse, fait quelques pas, se retourne.

C'est dans cette maison abandonnée que Gianésinni se réfugiait.

Y venait-il pour raviver sa haine ?

Rohmer reçoit un appel sur son portable.

- Commissaire Rohmer ?

- C'est moi.

-Ici le gendarme Chiappe. Vous m'avez chargé de contrôler les abords des Sapins, une maison occupée par madame Jannin au-dessus du lac de Nantua.

La main de Rohmer se crispe sur le téléphone.

- Nous sommes repassés aux *Sapins* comme vous nous l'aviez demandé, commissaire. Il y a un brouillard à couper au couteau. La maison est ouverte, la jeune dame et sa fille ont disparu. Leur voiture est toujours là.

55

15 au 16 juillet, Nantua

Gyrophare sur le toit, la voiture de Rohmer s'engage sur la D1084. Il vient de mettre quarante-cinq minutes pour rejoindre Nantua. À plusieurs reprises, il a tenté d'avoir Anna au téléphone. Sans résultat. Elle ne décroche pas.

Le brouillard a transformé la vallée. C'est un monde où la perception des distances et des sons est altérée.

Plus haut, aux *Sapins*, les gendarmes ont demandé des renforts à Bourg-en-Bresse pour organiser une battue dans les bois.

Rohmer se pose des questions. Les trois meurtres sont liés, leur auteur n'est autre que Gianésinni, mais la disparition d'Anna et de sa fille remet tout en question.

Et s'il s'était trompé !

Un scénario catastrophe s'est assemblé pendant qu'il conduisait. Eymard *est* coupable du meurtre de Camille Laurent et de la disparition d'Eva Skold. Nathalie Auber a été assassinée par un homme qui court toujours, un homme qui n'est pas Gianésinni.

Les poupées dans la chambre de Nathalie dont les mains sont jointes ne sont peut-être qu'une épouvantable coïncidence.

Quelles chances a-t-il d'être passé complètement à côté de la plaque ? Une, dix, cent ?

Le meurtrier de Nathalie court il après la petite Céline ?

Si c'est le cas, et s'il n'arrive pas à temps pour sauver la gamine, Rohmer ne s'en remettra jamais.

Son portable vibre. C'est Agnès.

Il arrête sa voiture sur le bas-côté de la route.

- Comment ça se passe ? demande-t-elle. Tu es où ?

- À Nantua, dans un brouillard à couper au couteau. Aucune information pour l'instant. Et toi ?

Rohmer l'entend prendre une profonde inspiration.

- J'ai deux nouvelles, dit-elle. La première, c'est que le rapport d'accident établi par la gendarmerie est entre les mains du chef d'escadron Lescure.

- Comment ça entre les mains de Lescure ?

- Je n'en sais pas plus. Il y a du remue-ménage. Lescure a réveillé le juge Lambert, il est en route pour Lyon avec le rapport.

- Tu as pu obtenir une copie de ce putain de rapport ?

- Négatif. Lescure a donné des instructions pour que rien ne nous soit transmis avant qu'il n'ait vu Lambert.

Pas le moment de se lancer dans des spéculations, songe Rohmer.

- On s'en fout. Qu'est-ce que tu as appris d'autre ?

- Tu es le premier à être au courant, répond Agnès.

Le ton a changé. Rohmer sent un picotement courir sur sa nuque.

- J'ai fait un saut au Centre Hospitalier. J'y suis encore d'ailleurs. J'ai vu le médecin qui a examiné Karine Daumier à son arrivée à l'hôpital. Il a accepté de me montrer son dossier. Il y avait une échographie et une radiographie du foetus, au cas où...

Rohmer, incrédule, se demande...

- Il était vivant ?

- Non, elle était morte. Ses mains, Rohmer...

- Quoi ses mains ?

- Elles donnaient l'impression d'être jointes à l'intérieur du ventre de sa mère.

- Jointes comment ?

- Comme si elle suppliait qu'on les laisse en vie toutes les deux.

- Impossible ! réplique-t-il.

Comment peut-il accepter ce délire ?

Agnès Serra rectifie aussitôt.

- Ses mains n'étaient pas jointes, Rohmer, elles donnaient simplement l'illusion de l'être.

Il demeure silencieux quelques secondes.

- Gianésinni a vu les radios ? demande-t-il d'une voix sourde.

- Pas tout de suite après l'accident. D'après le médecin, il les a vues un an plus tard, quand il est sorti du centre de rééducation neuropsychologique. C'était sa fille.

56

Nuit du 15 au 16 juillet, Les Sapins

-Pas par là maman ! indique Céline en s'arrêtant net.

Sa mère ignore tout des bois, des sentiers et des champs qui entourent la maison. Elle ne s'y promène jamais.

Céline voit bien qu'elles partent en direction de la forêt. Pas question d'y retourner. Surtout en pleine nuit.

-Suis-moi, souffle-t-elle à sa mère en lui prenant la torche des mains.

Au fond du jardin, Céline a découvert le sentier qui descend vers le lac. Le faisceau de la torche pointé vers le sol, elle le retrouve. Mais la lumière faiblit. De blanche elle vire au jaune. Les piles sont usées.

Plus vite, Céline ! Sa mère la presse. Elles sont encore trop près des *Sapins*. Le tueur sait maintenant qu'elles ne se sont pas enfuies vers la Volvo.

Cinq minutes plus tard, les piles rendent l'âme. Céline trébuche. À genoux, les paumes douloureuses, elle entend avec horreur des gémissements, des plaintes qui viennent de plus haut, des *Sapins*.

Casper ! Quelqu'un fait du mal à Casper !

Le chien s'est tu. Les joues inondées de larmes, Céline se relève.

-Il est mort parce que je l'ai abandonné, sanglote-t-elle.

Anna la serre très fort dans ses bras.

- On ne peut pas s'arrêter. Il faut continuer, ma chérie.

Mais Céline en a assez. Tout ce qu'elle veut, c'est se coucher sur le sol comme un animal et pleurer la mort de son chien.

Un aboiement traverse le silence de la nuit, suivi aussitôt suivi d'une série de jappements.

Céline sent une onde de chaleur sécher ses larmes. Casper est toujours vivant.

- Il se sert de lui pour nous retrouver, murmure Anna.

Sa mère a parlé assez fort pour qu'elle l'entende. Elle se trompe. Jamais Casper ne ferait une chose pareille !

Le chien aboie de nouveau. Il se rapproche, vient droit sur elles.

Un grand froid glace les os de Céline. Sa mère a raison.

Anna panique. Sa ruse a réussi, mais l'homme a réagi. Il se sert de Casper pour leur donner la chasse. C'est l'odeur de sa fille que le chien suit.

Céline parait incapable de se ressaisir. Elle est trop bouleversée. Anna lui saisit la main, l'oblige à repartir.

Les aboiements ont cessé. De temps à autre, durant deux à trois secondes, Anna s'arrête, guette le moindre bruit suspect. La lune donne au brouillard un aspect phosphorescent. Privé de ses repères, le paysage prend une profondeur étrange, quasi abyssale.

Une bande sombre d'émerge. La route qui conduit à Nantua.

Anna doit-elle la suivre jusqu'au village où chercher refuge dans les bois ?

Des aboiements la font sursauter. Casper ne les lâche pas. Leurs chances s'effritent. Chaque seconde le tueur gagne du terrain.

Tenant toujours sa fille par la main, Anna traverse la route en courant. Un panneau surgit. Elle se souvient l'avoir vu en passant en voiture. Il signale une plage.

Le lac !

Anna a trouvé un moyen pour détourner Casper de l'odeur de sa fille.

Une pensée sinistre bloque son élan.

« Méfie-toi de l'eau. Et de l'homme qui est près de toi. Il te veut du mal.»

Son hésitation est de courte durée. C'est la mort de sa fille que Casper entraîne avec lui.

L'amorce d'un sentier se dessine. Anna y pousse Céline. Au pied d'un talus qu'elles dégringolent accroupies, le brouillard est moins dense.

Elles parcourent une dizaine de mètres...

Le lac apparaît. Une gaze lumineuse couvre sa surface. Un paysage fantomatique. Angoissant. Une plage de galets se dévoile. Anna continue à courir, ne s'arrête qu'au bord de l'eau.

D'un coup, le silence. Pas même l'habituel coassement des grenouilles. Juste le sifflement de leurs respirations, comparables à celui de deux bêtes aux abois.

Anna s'agenouille, prend sa fille par les épaules. L'idée d'avoir à se séparer d'elle lui déchire le coeur.

- Écoute bien, dit-elle, tentant de maîtriser l'émotion qui lui serre la gorge. Tu vas entrer dans le lac jusqu'à ce que l'eau t'arrive aux genoux. Ensuite, tu longes la berge en essayant de faire le moins de bruit possible. Quoiqu'il arrive, ne ressors pas avant d'arriver à l'école de voile. Elle est juste à l'entrée du village. Tu ne peux pas la rater. Cache-toi dans l'un des petits voiliers et ne bouge que si c'est moi qui t'appelle. Seulement moi. Tu as compris ?

Céline hoche la tête. Anna lui indique dans quelle direction s'éloigner.

- Par là ! Vite ! C'est tout droit.

Céline disparaît, happée par la gaze phosphorescente. Quelques rides troublent la surface de l'eau. Puis le lac redevient lisse, impénétrable.

Anna repart le long de la berge, dans la direction opposée. À défaut de l'odeur de Céline, c'est la sienne que Casper suivra.

Elle l'entraînera aussi loin qu'elle pourra avant d'entrer à son tour dans le lac. Dérouté, le chien tournera peut-être en rond.

Nager jusqu'à l'école de voile pour retrouver sa fille n'effraye pas Anna. Elle a survécu à un tsunami.

57

Nuit du 15 au 16 juillet, Nantua, le lac

Céline avance sans rien voir. Elle pense à ce que Titou Maurois lui a raconté. Et si elle aussi marchait sur le cadavre d'un gros chien ?

Bon, les exploits de Titou ne sont pas si impressionnants que ça, et d'ailleurs, elle se trouve bien plus courageuse que lui.

Casper n'aboie plus. En fait, Céline ne l'a pas entendu depuis qu'elle s'est retrouvée seule. Ça l'inquiète un peu, parce qu'elle n'arrive pas à comprendre pourquoi il s'est tu.

Elle connaît son chien. Il n'est pas du genre à jouer au silencieux. Il doit bouder, juste à l'endroit où elle est entrée dans le lac.

Maintenant, l'homme au visage tout blanc n'a plus aucun moyen de savoir où elle est.

Pauvre Casper. Elle ne lui en veut pas. Il doit croire à un jeu.

Voilà qu'à présent, elle claque des dents. La brume a imprégné son pull, et l'eau du lac est si froide que ses pieds sont gelés.

Soudain, des halos lumineux percent le brouillard. Les lumières du village !

Céline s'est arrêtée, les bras serrés sur sa poitrine. Elle touche au but. L'école de voile est tout près. Encore un petit effort et elle sera en sécurité.

Une vibration dans sa poche la fait sursauter.

Le portable de sa mère ! Elle l'avait complètement oublié.

Céline se sent immédiatement rassurée. Elle sait exactement ce qu'elle doit faire. Elle va appeler Sandrine et lui dire ce qui se passe. Sandrine habite Nantua, elle viendra la récupérer et préviendra les gendarmes.

Céline plonge la main dans sa poche, extirpe maladroitement l'appareil. Ses doigts sont humides, engourdis, et alors qu'elle s'escrime à faire glisser le boîtier, le téléphone lui échappe des mains.

Des larmes de détresse ont jailli. Impossible de les retenir. La seule chose qu'elle réussit à étouffer, c'est son cri de frayeur.

Elle vient d'entendre un bruit de moteur ! La voiture a stoppé sur la route qui borde le lac.

À travers les feuillages, Céline distingue deux lumières immobiles...

58

Nuit du 15 au 16 juillet, Nantua, le lac

Rohmer a raccroché. Agnès le rappellera si elle a du nouveau. Depuis qu'il a quitté Lyon, il a tenté de joindre Anna à plusieurs reprises, mais il tombe toujours sur sa messagerie. La gendarmerie lui a transmis la localisation du portable, quelque part autour des *Sapins* dans un rayon de six à huit cents mètres. En zone rurale, la précision n'est pas très bonne.

Rohmer est sorti de Nantua. Il roule au pas le long du lac, vers l'embranchement qui mène aux *Sapins*.

Ses phares accrochent les mâts métalliques des petits dériveurs tirés sur la grève. Rohmer se gare, allume ses veilleuses et descend après avoir coupé le moteur.

Il écoute. Peut-être surprendra-t-il un cri, un appel de détresse...

Le lac donne l'illusion de respirer. Des milliers de craquements, de sifflements, de vibrations. Un fond sonore qui monte de partout et nulle part.

Dans l'esprit surchauffé de Rohmer, et malgré l'information que lui a communiquée Agnès sur les radios du foetus - elle réduit la possibilité qu'il se soit trompé sur Gianésinni -, il n'exclut pas la possibilité d'avoir affaire à un autre tueur d'enfants.

La disparition d'Anna et de sa fille est directement liée aux craintes qu'elle lui a confiées quelques heures plus tôt. La présence dans les bois entourant les *Sapins* d'un homme au comportement suspect.

Ce n'est probablement pas l'assassin de Nathalie Auber, mais cela ne change rien à la situation de crise.

L'implication probable de Gianésinni dans les affaires Skold, Laurent et Auber, n'a pas été rendue publique, et pour la France entière, la police court toujours après le meurtrier des trois fillettes.

C'est l'occasion rêvée, pour un « vrai » détraqué sexuel à l'affût du moment propice.

Le scénario, loin d'être invraisemblable, tourmente Rohmer. Il est personnellement concerné. C'est à lui qu'Anna a fait part de son inquiétude. C'est grâce à elle que la piste Gianésinni s'est matérialisée.

Le gendarme Chiappe et son collègue, qui sont aux *Sapins*, estiment que la maison n'a pas été cambriolée ni mise à sac. L'alarme est débranchée, l'une des baies vitrées du salon et la porte de service sont ouvertes, mais aucune trace d'effraction n'a été relevée.

Le lit de Céline est sens dessus dessous, ce qui semble indiquer qu'elle a été tirée brusquement de son sommeil.

Dans la chambre de sa mère, les tiroirs d'un bureau ont été vidés, leur contenu éparpillé sur le sol. Le sac d'Anna a été retrouvé, ainsi que son portefeuille, ses cartes de crédit, et plus de deux cents euros en liquide.

Quelles que soient les motivations de l'homme qui a kidnappé Anna et sa fille, il a choisi la nuit idéale. Rohmer va être obligé de tourner en rond jusqu'à ce que le brouillard disparaisse. Vu sa densité, pas avant neuf ou dix heures du matin, à moins que le vent ne se lève.

En attendant, sa meilleure chance reste la brigade canine. Elle est en route et ne devrait plus tarder.

Dans la poche poitrine de sa chemise, son portable s'est mis à vibrer.

Anna ?

Un petit espoir vite balayé par le numéro qui s'inscrit à l'écran : c'est celui du juge d'instruction Lambert.

59

Nuit du 15 au 16 juillet, Nantua, le lac

Il n'y avait rien d'autre que le brouillard et la nuit, la nuit et le brouillard. Anna, pareille à un fantôme égaré, rebrousse chemin sur la grève. Casper n'aboie plus depuis un moment, elle a compris pourquoi : le tueur s'est servi de lui pour vérifier que c'était bien vers la route qu'elles s'enfuyaient. Il se doutait qu'Anna chercherait à rejoindre Nantua pour y trouver du secours, et c'est vers le village qu'il s'est précipité en débouchant sur la route.

Sa ruse pour le tromper était pitoyable. Anna ne s'est pas contentée de tomber dans le panneau. Elle a envoyé sa fille dans la gueule du loup. Seule !

Céline a-t-elle eu le temps de se dissimuler dans l'un des bateaux avant que l'homme arrive à hauteur de l'école de voile ?

Anna s'accroche à ce maigre espoir. Celui qui les poursuit n'a jamais eu l'intention de s'introduire aux *Sapins*. Il les a poussées à s'enfuir pour donner la chasse à Céline.

Anna continue d'avancer le long de la grève. Elle a perdu la notion des distances. Où se trouve la plage de galets ? Elle doit la retrouver pour regagner la route.

Le lac a disparu sous une brume lourde et poisseuse. Anna voudrait libérer son angoisse, hurler à la mort pour prévenir sa fille du danger. Mais c'est l'effet inverse qu'elle risque d'obtenir. Le tueur ignore qu'elles se sont séparées, que Céline est seule. Si jamais il le découvrait, il n'aurait plus à se soucier de voir Anna se dresser entre lui et sa victime.

Sauver sa fille, c'est tout ce qui lui importe. Mais marcher à l'aveuglette, elle ne distingue même pas la main qu'elle tend devant elle, est peut-être une erreur. Elle doit remonter vers la route qui passe plus haut aussi vite que possible. Là, elle pourra courir jusqu'à l'école de voile.

Anna a tourné le dos à la grève.

Un bosquet d'épineux lui barre le passage. Elle passe au travers, se griffe les mains aux branches. Quelques mètres plus loin, un talus se dresse devant elle. La pente est bien plus raide que celle qu'elle a dégringolée avec Céline pour rejoindre le lac.

Anna grimpe dans le noir. Elle tâtonne, cherche des prises. La sueur lui brûle les yeux. Les muscles de ses bras se raidissent. Son épaule douloureuse lui arrache un gémissement.

Elle ne tiendra pas longtemps. Elle doit grimper plus vite, vaincre son épuisement, prendre moins de précautions.

Une motte de terre cède sous son poids. Elle tombe, cherche à stopper sa chute, agrippe d'une main les branches d'un buisson.

Mais le feuillage glisse entre ses doigts…

« Ton autre main ! Sers-toi de ton autre main ! »

Anna continue à glisser. Elle tente d'empoigner quelque chose au passage, n'importe quoi. Les touffes d'herbe n'offrent aucune résistance…

Une branche ! Anna parvient à la saisir. Elle s'y cramponne. Sa chute est stoppée.

Sous ses pieds, une saillie lui permet de reprendre appui.

Elle repart vers le sommet du talus, vers la route. Sa poitrine est sur le point d'éclater. Ses paumes sont en sang. Pas question de faiblir, de s'arrêter. Épuisée, meurtrie, elle atteint une corniche. Un instant de répit. Le temps de rassembler ses forces, de puiser dans ses réserves l'énergie pour franchir les derniers mètres.

D'un coup, un déclic se produit. C'est sous un autre angle qu'elle voit les évènements dont sa fille et elle sont victimes.

60

Nuit du 15 au 16 juillet, Nantua, le lac

Céline ne tremble plus de froid, mais de peur. Elle s'est enfoncée dans son cerveau comme un hameçon. Pas une peur irraisonnée, celle d'avoir à décider elle-même de sa propre survie.

Il n'est plus question de suivre les instructions de sa mère, de trouver refuge dans l'un des dériveurs de l'école de voile. La voiture a stoppé à sa hauteur. Céline n'entend plus de bruit de son moteur, mais ses phares luisent dans le brouillard.

Quelqu'un l'attend, la guette peut-être, et ce n'est sûrement pas sa mère.

Une toupie noire tournoie devant ses yeux. Ses genoux s'entrechoquent, ses jambes refusent de la porter. La faiblesse est si soudaine qu'elle manque de tomber à la renverse. Elle recule en catastrophe pour ne pas perdre totalement l'équilibre.

Le clapotement qu'elle vient de faire la paralyse. Ses mains pendent le long de son corps, rigides, glacées. Un liquide amer lui pique la gorge. Elle a mal au ventre. Incapable du moindre mouvement, Céline ressemble à une statue de sel. Elle attend...

Le temps passe. Pas une éternité. Trois, quatre minutes peut-être.

Le froid décide pour elle. Chassé un moment, il revient, plus fort que sa peur. C'est de froid que Céline tremble à présent.

Sans même s'en rendre compte, elle marche vers la berge.

Le fond remonte. Encore une dizaine de mètres, et elle sort du lac.

À cet endroit, la grève se réduit à une bande étroite, et Céline, les mains tendues, sent la paroi d'un talus.

Elle a toujours froid, elle grelotte, mais des vagues de sang réactivent son esprit figé quelques instants plus tôt. Elle prend conscience de sa situation, elle imagine l'affreuse rencontre qui l'attend si par malheur l'homme au visage tout blanc la découvre.

Elle cherche à apercevoir les lumières de la voiture, mais la route est invisible de la berge.

Les mâchoires serrées pour ne plus claquer des dents, elle écoute. De la myriade de bruits qui suintent du brouillard, aucun ne lui semble suspect. Elle pousse un petit soupir de soulagement. Si personne n'est à ses trousses, c'est qu'on ne l'a pas entendue quand elle a perdu l'équilibre. Maintenant, elle doit prendre une décision : rester ici jusqu'à ce que le jour se lève où partir.

Si elle reste, quelqu'un peut la découvrir. Elle pense à l'homme au visage tout blanc, au conducteur de la voiture…

Le mieux est de s'en aller, de se réfugier auprès de sa mère. Mais Céline n'a pas la moindre idée de l'endroit où elle se trouve.

Dans sa tête, un plan se forme. Le village représente le salut, il est juste devant, mais continuer tout droit, c'est prendre le risque de se faire repérer en passant devant la voiture.

Elle va rebrousser chemin en restant sur la berge. À la plage de galets, elle remontera jusqu'à la route. Après l'avoir traversée, elle repartira en sens inverse vers le village, en suivant la lisière du bois pour ne pas être vue.

*

Céline progresse plus lentement qu'elle ne s'y attendait. La grève est étroite, irrégulière, jonchée de gros cailloux, de racines. Elle est obligée de tâter le sol du pied avant de faire un pas. Mais elle est au sec, et elle n'a plus froid.

Des détails de son horrible journée lui reviennent : l'odeur qui empestait la salle de bains des Maurois ; sa mère arrêtant la voiture sans raison en plein milieu de la forêt ; sa mère encore, qui s'entêtait à lui dire que l'homme au visage tout blanc n'était pas dans le jardin, alors qu'elle le voyait comme le nez au milieu de la figure... Pourquoi était-elle sortie en courant de sa chambre sans la moindre raison ?

Sa mère réagissait parfois de façon bizarre, mais c'était son ange gardien et elle serait toujours là pour la protéger.

Où a-t-elle bien pu passer ? se demande Céline. Malgré son inquiétude, elle reste confiante, parce que sa mère les a déjà sorties d'une situation dangereuse...

Et Casper ? Où est-il passé lui aussi ? Il a dû s'échapper ! Il a compris qu'en courant après sa maîtresse il la mettait en danger. Voilà pourquoi il reste silencieux. L'idée plaît à Céline.

Une cinquantaine de mètres plus loin, alors qu'elle contourne une petite avancée, un souffle glacé lui coupe la respiration. Ce qu'elle aperçoit déclenche une telle vague de terreur qu'elle est incapable de s'enfuir.

61

Nuit du 15 au 16 juillet, Nantua, le lac
- Commissaire Rohmer ?
- C'est moi.

Le ton de Rohmer est sec. Il n'est pas d'humeur à écouter les théories du juge d'instruction sur la disparition d'Anna et de sa fille.

Mais Lambert le surprend.

- Je tenais à vous présenter mes excuses, dit-il. Vous aviez raison sur toute la ligne. Il s'agit bien d'une vengeance. Le chef d'escadron Lescure m'a communiqué le rapport d'accident établi par la gendarmerie impliquant la mort de Karine Daumier. Les noms de quatre automobilistes figurent en annexe du rapport. Ils n'ont rien vu de l'accident, ils ont été bloqués plus loin par le camion-citerne en feu. Les gendarmes n'ont fait que relever leur identité et leur adresse.

Les remarques du docteur Maurier sur l'état du corps de Karine Daumier sont fraîches dans la mémoire de Rohmer : « En général, lorsque le choc est unique, en dehors des fractures, il n'y a qu'un ou deux organes affectés. Là, nous en avons cinq. Ce qui suggère des chocs multiples à grande vitesse. »

- Les quatre automobilistes, c'étaient Skold, Laurent, Eymard et Auber, murmure-t-il.

- Oui, commissaire, confirme Lambert. Il y avait un orage terrible cette nuit-là, et le chef d'escadron Lescure pense que tous les quatre sont passés sur le corps de Karine Daumier sans même s'en rendre compte. Elle était sûrement vivante quand ça s'est produit. Gianésinni a dû assister à la scène et il a essayé de remonter jusqu'aux voitures bloquées par le camion en feu. Il a perdu connaissance avant. On l'a retrouvé inconscient à une dizaine de mètres des voitures, et à près de trois cents mètres de la moto et du corps de Karine Daumier, donc du lieu de l'accident.

Non, pense Rohmer, l'un des automobilistes s'est rendu compte de ce qui s'était passé : Régis Auber.

« C'est le diable qui tirait les ficelles cette nuit-là. »

Lambert est en train de lui lire la reconstitution de l'accident établie par la gendarmerie. La voix est grave, le ton neutre. Rohmer voit la scène. Une heure du matin. Un terrible orage. Sur l'A40, dix kilomètres avant Les Neyrolles, un semi-remorque, un Scania, se déporte brusquement et heurte la moto qui s'apprête à le doubler. Le chauffeur écrase la pédale des freins, braque en catastrophe pour éviter de percuter le rail de sécurité. Le Scania part sur le côté, se met en travers. Il chasse, projetant un mur liquide qui se confond avec le déluge. La remorque penche, oscille, retombe, oscille encore, et d'un coup se renverse. Emporté, le camion glisse sur le macadam dans un raclement de tôles froissées, de métal tordu et un crépitement d'étincelles.

La moto est dans le fossé qui borde l'autoroute. Gianésinni, le conducteur, a été projeté quelque part sur le terre-plein central. Sa passagère, Karine Daumier, gît inanimée sur la voie de gauche.

Le semi-remorque poursuit sa trajectoire dans la nuit. Des flammèches courent sur les flancs de la citerne qui contient cinquante mille litres d'huile végétale.

L'orage redouble de violence. Au loin, des éclairs déchirent les ténèbres. Le conducteur de la moto cherche sa passagère du regard. Aveuglé par la pluie, il ne voit pas la forme sombre étendue sur l'autoroute. L'A40 est déserte. Pas pour longtemps. Des phares trouent soudain la nuit. Une voiture approche. Il y en a d'autres derrière. Quatre au total, lancées à pleine vitesse. La forme sur le macadam donne signe de vie. La première voiture déboule du néant à plus de cent kilomètres à l'heure et lui passe dessus. Les trois autres l'imitent avant de filer dans la tourmente. Leurs feux arrière s'éloignent, disparaissent. Trois cents mètres plus loin, le semi-remorque termine sa course. Il s'immobilise, bloquant les trois voies.

Sur le terre-plein central, Gianésinni a assisté au drame à la lumière des phares. D'autres véhicules pourraient surgir, il se précipite vers Karine, la soulève dans ses bras, et la porte en titubant jusqu'au terre-plein central. Il la dépose au sol, à l'abri. C'est là qu'on la retrouvera.

L'autoroute est déserte. Une formidable explosion retentit. Le semi-remorque est la proie des flammes. Le conducteur de la moto s'est mis à courir. Au fur et à mesure qu'il se rapproche de l'incendie, il distingue la silhouette des quatre voitures. Elles ont stoppé. Le semi-remorque en feu leur barre le passage.

Gianésinni perdra connaissance avant d'avoir pu rejoindre les voitures. Il ne rouvrira les yeux que quarante-huit heures plus tard dans une chambre d'hôpital de Bourg-en-Bresse. Le souvenir de ce qui s'est passé cette nuit-là mettra des mois à émerger de sa conscience.

- Vous voulez savoir comment Gianésinni les a retrouvés? demande Lambert.

- Par sa compagnie d'assurance, je suppose, fait Rohmer.

- Exact. La gendarmerie a envoyé une copie du constat d'accident aux assurances concernées. Les noms et les adresses des quatre automobilistes figurent dans les annexes : Laurent, Eymard, Auber, et Skold, qui n'a pas donné son adresse en Suède, mais celle de l'appartement qu'il louait à Villars les Dombes. Gianésinni a fait huit mois de rééducation neuropsychologique dans un hôpital spécialisé. C'est en sortant qu'il a dû décider de se venger. Il était seul à savoir ce qui s'était réellement passé cette nuit-là. Il n'a jamais rien dit à personne.

Rohmer, un sale goût dans la bouche, demeure silencieux.

- Je voulais simplement vous dire que pour moi l'affaire est close, ajoute Lambert. Je sais que vous avez une nouvelle disparition sur les bras, une jeune femme et sa fille. Si vous avez besoin de quoi que ce soit, n'hésitez pas à m'appeler commissaire.

317

Le juge a raccroché. Rohmer est de nouveau à l'écoute. Rien d'extraordinaire ne vient troubler la respiration du lac.

- Putain ! La brigade canine qu'est-ce qu'elle fout ! jure-t-il à mi-voix.

Ses chances de retrouver Anna et sa fille vivantes diminuent chaque seconde.

Rohmer est remonté dans sa voiture. Il repart. Un panneau de signalisation sort de la nuit. Il indique une plage en contrebas.

Rohmer s'arrête à nouveau, éteint le moteur et coupe ses phares. La visibilité est réduite à la largeur de la route. Les sapins forment un bloc compact et sombre. Le lac est enseveli sous le brouillard.

Tout ce qu'il peut faire en attendant l'arrivée des chiens, c'est écouter.

Rohmer, se laisse aller, ferme les yeux. Le 24 décembre de l'année passée, il rentrait du Moyen-Orient. Anna se souvient l'avoir croisé sur un tapis mécanique de l'aéroport de Roissy.

Deux jours plus tard, Quelier débarquait en pleine nuit avec une histoire invérifiable, celle d'un entrepreneur de Bourg-en-Bresse, un nommé Eymard. Il risquait d'être inculpé à tort d'enlèvement, de viol et de meurtre.

Rohmer se rappelle : « Dans le métier de flic, lui faisait remarquer le journaliste, on se contente la plupart du temps d'un résultat où les faits coïncident. Toi, tu m'as toujours donné l'impression de savoir que résultat n'était pas forcément la vérité. »

C'est grâce à Quelier que Camille, Eva et Nathalie ont fini par obtenir justice.

Peu à peu, un froissement ténu, comme le bruit d'un rongeur pris au piège, attire l'attention de Rohmer. Il ne sait pas s'il l'entend vraiment ou si c'est le fruit de son imagination fatiguée. Il ouvre les yeux. Le bruit persiste. Rohmer prend une torche électrique dans la boîte à gants, descend, et repousse la portière sans la claquer.

Il est sur ses gardes. Gianésinni a failli le tuer quelques heures plus tôt. On ne le surprendra pas une seconde fois. Il sort son arme, débloque le cran de sûreté, s'écarte de la voiture. Il fait quelques pas sur le bas-côté.

Le bruit a cessé. Rohmer traverse la route sans quitter la bande sombre de l'asphalte. Sur sa droite, les contours de sa voiture sont vaguement perceptibles.

Le froissement vient de reprendre, devant lui, quelques mètres à l'intérieur du bois. Rohmer, cette fois, l'entend distinctement. Il n'a pas encore allumé sa torche, il veut savoir si le bruit se déplace. Tout d'un coup, alors qu'il ne s'y attend pas, un souffle passe sur son visage. Le vent s'est levé. La couche de brouillard s'effiloche. Un halo laiteux se forme dans le ciel. Si le vent persiste, la lune ne devrait pas tarder à apparaître. Les nerfs à fleur de peau, Rohmer écoute toujours. Une minute passe. Puis deux. La position du froissement n'a pas changé. Rohmer braque sa torche sans l'allumer et pointe son arme.

62

Nuit du 15 au 16 juillet, Nantua, le lac

Sur la corniche où elle cherche à trouver un second souffle, Anna vient de comprendre. C'est presque une révélation. Le ravisseur n'est pas entré dans la maison parce qu'il préférait donner la chasse à Céline. Il les a laissées sortir parce qu'il n'avait pas le choix. L'alarme n'était d'aucune utilité, il le savait, et ce détail pouvait le perdre.

En se posant les bonnes questions, c'est la vérité qu'Anna voit émerger de façon irréfutable.

Qui connaît les abords des *Sapins* comme sa poche ? Qui se cache derrière un masque blafard par crainte d'être reconnu ?

Un étranger, un rôdeur ? Ou quelqu'un de son entourage, quelqu'un du village !

Anna se rappelle : le jour de la visite des *Sapins*, elle se tenait sur le perron, étourdie par le trajet depuis Lyon. Émerveillée, Céline s'aventurait dans le jardin.

« Tu viens ? » avait lancé Anna à sa fille.

« Laissez-la, avait dit Didier. Elle ne risque rien. La région est très sûre. »

Didier !

Il l'avait encouragée à ne pas surveiller Céline de trop près, à la laisser plus libre. Le résultat ne s'était pas fait attendre : elle s'était égarée dans les bois, et il avait joué avec elle au chat et à la souris.

Un avant-goût de ce qu'il préparait !

Un moment plus tôt, qui avait déclenché chez elle une réaction de panique pour la pousser à s'enfuir de la maison ? Un étranger, un rôdeur ? Ou quelqu'un capable de prévoir la manière dont elle se comporterait ?

À deux reprises, le jour de la visite de la maison, Anna s'était donnée en spectacle. Elle n'avait pas oublié. Didier avait vu la manière dont elle réagissait quand la sécurité de sa fille était en question.

C'est lui qui, habilement, l'avait rassurée alors qu'elle songeait à revenir sur sa décision de louer les *Sapins*. C'est aussi lui qui, prenant le parti de Céline, avait lancé l'idée d'une visite au Parc des oiseaux.

Anna s'est relevée. Elle s'écarte à reculons du bord de la corniche.

Que sait-elle de Didier ?

Il vit seul, n'a jamais été marié, mais s'occupe comme par hasard d'enfants. Il ne rappelle plus. Il prétend être en Corse...

Avoir envoyé sa fille se réfugier dans un dériveur de l'école de voile crucifie Anna. Elle est au supplice. Elle serre les dents, secoue violemment la tête pour chasser l'insoutenable image d'un petit corps violenté abandonné dans la forêt.

Elle n'est pas experte, mais un tueur d'enfants décidé à s'emparer coûte que coûte de sa fille aurait pénétré dans la maison. Il ne serait pas soucié de l'alarme, parce que le brouillard retarderait l'arrivée des secours. Un risque que Didier n'avait pas pris.

Anna devine pourquoi. *En cas d'effraction*, la police n'exclurait pas l'hypothèse que le ravisseur puisse être un familier des lieux au courant de l'inefficacité de l'alarme. Didier, qui gérait les *Sapins*, risquait d'être le premier sur la liste. C'est à son téléphone portable que l'alarme était reliée.

En la contraignant à s'enfuir des *Sapins*, Didier se disculpe. Il se met hors de cause. Si Céline est enlevée dans les bois, la police n'a plus de raison de le suspecter.

Le coupable, c'est l'inconnu qui a rôdé autour de la maison les jours précédents. Cette nuit, il a tenté de pénétrer aux *Sapins*, et Anna, par peur de voir sa fille prise au piège, l'a entraînée vers le lac.

Casper suivait leurs traces, et pour le tromper, Anna a commis l'erreur de se séparer de sa fille.

Didier a été trop malin ou trop prudent. Il s'est trahi.

L'avoir démasqué ne règle rien. Anna a quitté la berge pour tenter de sauver sa fille, peu importe le moyen, son instinct de mère lui suffit.

Plus question de perdre une seconde. Elle doit repartir sur-le-champ.

Subitement, sous ses yeux, un immense pan de brume se déchire. Une lueur morne fait sortir du néant le prolongement du talus, la berge et une partie du lac.

Anna prend conscience de l'endroit où elle se trouve. Elle n'est pas proche de la route, elle n'a grimpé en fait que de quelques mètres.

Et puis, un instant plus tard, plus bas, la vapeur laiteuse se délite. Un devers piqué de sapins et de broussailles se matérialise.

Anna a du mal à respirer. Elle se refuse à croire…

Un faisceau lumineux troue l'obscurité !

Il glisse lentement, se rapproche de la berge, comme si l'homme qui se trouvait derrière avait surpris quelque chose…

Anna manque de défaillir. La tête lui tourne.

Une scène effrayante va se dérouler sous ses yeux.

Elle a juste la force de murmurer : « Pas ma petite fille, pas Céline… »

63

Nuit du 15 au 16 juillet, Nantua, le lac

Céline respire par à-coups, hypnotisée par la silhouette qui se profile sur le talus : un homme avec une torche électrique !

Elle ne le distingue pas très bien.

L'incertitude dure une seconde. Le faisceau lumineux se déplace. Céline le voit remonter... L'homme regarde sa montre.

D'un coup, son visage sort des ténèbres, entre dans le halo.

Il est blanc comme celui d'un affreux clown !

La peur a semé le chaos dans l'esprit de Céline. Elle devine pourtant ce qui s'est passé. L'homme l'a entendue se débattre quand elle s'efforçait de ne pas perdre l'équilibre. Il se doutait qu'elle s'enfuirait dans l'autre sens, alors il a tourné lui aussi le dos au village et couru le long de la route avant de descendre lui barrer le chemin.

La lampe électrique s'est éteinte. C'est la nuit totale. Céline ne voit plus rien. Ses yeux refusent de s'accoutumer à l'obscurité. Elle a beau écouter, elle n'entend rien. Le sang qui gronde dans ses oreilles l'assourdit. Immobile comme à un petit animal effrayé qui craint de révéler sa présence, elle garde les yeux fixés sur l'endroit où le visage de l'homme est apparu.

La surface du lac miroite. Une lueur spectrale éclaire les dernières volutes de brouillard. Céline observe le talus. Elle s'efforce de chasser ses larmes en clignant des paupières. Son coeur tressaute, n'en finit pas de bondir. Chaque arbre prend l'aspect d'une silhouette suspecte. Chaque buisson celle d'un homme accroupi.

Elle aimerait s'enfuir, se cacher derrière la petite avancée qu'elle vient de contourner. Elle ne peut pas. Le danger est si concret, si proche, qu'une part d'elle-même refuse de l'accepter.

Le faisceau lumineux troue de nouveau les ténèbres. Il dessine une tache sur la grève. Céline ne la quitte pas des yeux. La tache rampe vers elle comme quelque chose de vivant.

Elle s'est arrêtée.

Céline n'ose plus respirer. Elle prie dans sa tête pour qu'elle reparte dans l'autre sens.

La tache fait exactement le contraire.

Céline est en plein dedans !

Une voix venue de nulle part lui parle.

- N'aie pas peur, dit-elle.

Céline est incapable de retenir un hurlement d'effroi.

64

Nuit du 15 au 16 juillet, Nantua, le lac

Le cri de détresse de sa fille libère chez Anna une force prodigieuse. Les yeux rivés à la silhouette de Céline prise en contrebas dans le faisceau lumineux, elle s'élance sur la corniche.

Devant, la pente du talus est moins raide.

Anna la dévale en catastrophe. Les buissons s'accrochent à elle, des branches cinglent son visage. Emportée par son élan, elle trébuche, se relève aussitôt. À peine repartie, elle bifurque vers une sente qui plonge vers le bas.

Elle a la gorge est en feu. Une lave en fusion embrase sa poitrine.

Elle court…

L'homme au visage tout blanc est à deux mètres de Céline quand Anna déboule sur la grève.

- Laisse là, salaud ! crie-t-elle en se jetant sur lui.

65

Nuit du 15 au 16 juillet, Nantua, le lac

Rohmer est sur le point d'allumer sa torche électrique quand un cri terrible déchire le silence de la nuit.

Un cri d'enfant. Un appel au secours.

Il fait deux choses dans le même mouvement : il tourne le dos à la forêt et allume sa torche électrique. Le faisceau tombe pile sur le bruissement qui l'a rendu méfiant : les pattes entravées, le museau fermé par le cordon d'une laisse, un chiot gigote au sol.

Rohmer n'a pas le temps de s'occuper de lui, il est déjà de l'autre côté de la route.

Le cri vient du lac.

Son arme à la main, sa lampe braquée devant lui, il dévale le talus, franchit d'un bond le dernier mètre. Il fonce à travers les buissons, débouche sur une crique de galets longue d'une vingtaine de mètres. Il s'arrête au bord de l'eau, éclaire le fouillis d'arbustes qui tapisse les côtés du talus, la berge, la surface du lac.

Rien. Le paysage est noir, mouvant, irréel. Des strates lumineuses s'ouvrent et se referment au-dessus des eaux.

Le cri venait-il de la droite ou de la gauche ?

Rohmer est figé, concentré.

À droite ou à gauche de la crique, bordel !

Un éclat sonore. Une voix de femme. Trop loin pour qu'il distingue les mots.

À droite !

Il file, gravit un monticule, scrute déjà le tronçon de grève qui se dévoile : il est vide.

Rohmer est maintenant de l'autre côté de la crique. Il pourrait s'arrêter, laisser ses yeux s'accoutumer à l'obscurité, mais il ne veut pas ralentir sa course malgré la douleur furieuse qui scie sa cage thoracique.

Le silence pèse, aussi lourd qu'une carapace de plomb. Rohmer perçoit sa propre angoisse, celle d'arriver trop tard. Des flashes surgissent dans sa tête : la rivière, le bruissement des eaux, le corps de la petite Nathalie Auber…

Il ne prend pas le temps de contourner les buissons, il passe au travers. Sa lampe balaye le cône de ténèbres qui s'étend du lac au talus.

Il n'y a personne.

Rohmer change de direction. Il quitte la berge, repart vers le talus qui monte en pente douce. En contre-plongée, sa vue sera meilleure.

Il perd l'équilibre, se rattrape de justesse, manque de lâcher son arme. Il se redresse en jurant. La sueur l'aveugle, sa chemise est trempée. Il glisse son arme dans sa ceinture. La colère de se sentir impuissant lui broie le coeur. Soudain, alors qu'il braque sa torche en direction du lac, il entrevoit deux silhouettes à la limite du faisceau.

Il dégringole, se lance, atterrit sur un gravier de sable.

Deux formes luttent dans l'eau. Anna…

Et un homme ! Rohmer distingue la tache blanche d'un visage.

Il sort son arme. Sa lampe braquée, il vise, en retenant son souffle.

L'homme a saisi Anna aux épaules. Il la secoue, paraît hurler quelque chose. Ce qu'il dit ne parvient à Rohmer que sous forme de sons gutturaux. Hachés. Indéchiffrables. La tête rejetée en arrière, Anna s'est agrippée à son agresseur, comme si elle cherchait à l'entraîner plus avant dans le lac.

C'est l'impression que Rohmer se fait de la scène.

Il hésite à tirer. Il n'est pas certain de pouvoir placer sans risque une balle. L'homme est trop loin de lui, trop près d'Anna.

Les deux silhouettes disparaissent, englouties par la nuit, par le lac.

Rohmer glisse son arme sous une pierre, pose sa lampe pour qu'elle serve de point de repère. Il se précipite dans l'eau. Elle lui arrive à la ceinture quand Anna refait surface. Il ne la voit pas. Il entend seulement le cri qu'elle lance.

- Céline !

Instinctivement, Rohmer stoppe net.

Un silence de mort plane.

Pas le temps de retourner chercher sa lampe. Il fouille du regard la surface, croit deviner un remous plus au large.

Céline ?

Il n'en sait rien. Il n'est pas même sûr d'avoir vu quelque chose.

Devant lui, aux prises avec son agresseur, Anna est peut-être en train de se noyer…

Il n'a qu'une seconde pour décider.

Mille aiguilles de glace le transpercent. Le choc thermique lui coupe le souffle. Il récupère au bout de quelques brasses. L'action l'a libéré.

Le lac est lisse. Pas la moindre ride, en dehors de celles qu'il soulève en nageant. Il s'arrête, inspire du mieux qu'il peut, bloque son souffle et plonge.

Les ténèbres. Froides. Impénétrables.

Rohmer descend à l'aveuglette. Il cherche à sentir une vibration, un train d'ondes sous la surface. Le voile rouge devant ses yeux, passe au violet puis au noir. Il remonte au bord de l'asphyxie, crève la surface, aspire une première goulée d'air qui lui brûle les poumons.

Il fouille la nuit aussi loin qu'il le peut. Sa vision nocturne s'est améliorée. Cette fois, il a vu. Un remous sur sa gauche. À une dizaine de mètres. Une forme. Elle disparaît, réapparaît une fraction de seconde, pour disparaître de nouveau.

Rohmer nage de toutes ses forces, la tête hors de l'eau, le regard rivé à ce qu'il estime être l'endroit où la forme a disparu.

Il s'enfonce d'un même élan, file vers le fond. Il n'a aucune idée de la profondeur du lac à cet endroit. Il stoppe quand la pression lui fait mal aux tympans, nage lentement entre deux eaux.

Il sent soudain un remous, juste au-dessus de lui. Il donne un coup de reins, remonte, heurte un corps qui se débat.

Il est arrivé à temps.

66

Journée du 16 juillet, Nantua, le lac

Le lac s'étire pareil à une immense flaque de mercure, pesante, immobile, inquiétante. La falaise qui ferme l'une des rives s'y reflète, une alternance de plaques brillantes et de coulées sombres qui prend l'aspect d'un monstrueux réseau veineux.

Rohmer est assis sur un rocher, face à l'endroit où dans la nuit il a vu Anna lutter avec son agresseur.

Plus loin, sur la plage de galets, un PC a été installé sous une tente.

Rohmer a le regard rivé sur les deux Zodiac de la gendarmerie qui suivent les plongeurs. Depuis le lever du jour, ils se relaient. Des renforts sont attendus pour sonder le lac jusqu'à la nuit, si nécessaire.

Une équipe est descendue explorer la bande des vingt à trente mètres, la zone la plus profonde du lac. La plus froide aussi. Les corps, si corps il y a, sont peut-être au fond. Ils reviendront à la surface dans deux ou trois jours.

Le lac fait 2,7 km de long et 650 m de large. D'origine glaciaire, il est riche en plancton, ce qui réduit la visibilité de ses eaux.

Rohmer ne s'est pas couché. En bras de chemise, le torse serré par un bandage, il carbure au café. Un gendarme en a rapporté un plein Thermos du village. La radio qui le relie aux Zodiac est posée près de lui. Pour l'instant, elle est silencieuse, avec quelques crachotements sporadiques qui le font sursauter.

C'est le portable que le chef d'escadron Lescure lui a procuré qui sonne. Rohmer a perdu le sien dans sa course effrénée de la nuit.

Agnès Serra est au Centre Hospitalier de Bourg-en-Bresse.

- Comment va la petite ? demande Rohmer.

La brigade canine en route pour les *Sapins* a transporté Céline aux urgences. Rohmer est retourné au lac. Il a nagé en cercles jusqu'à l'épuisement total. Pas d'Anna. Pas d'agresseur.

Le lac s'est refermé sur eux.

Il garde en mémoire l'écho du cri d'Anna, le nom de sa fille qu'elle a lancé. La suite, même s'il n'a pour l'instant aucune confirmation, n'est pas très difficile à imaginer.

- Un début d'hypothermie, mais ça va, dit Serra. Tu es arrivé à temps.

- Elle t'a raconté ce qui s'est passé ?

- Par bribes. Elle réclame surtout sa mère, et son chien.

En revenant à sa voiture, Rohmer s'est souvenu du chiot ligoté. Il l'a confié à l'équipe technique qui montait aux *Sapins*.

- Le chien va bien, murmure-t-il.

Ça s'arrête là.

-Tu n'as rien à te reprocher vu les circonstances, dit Serra, c'était la gamine ou sa mère.

- Qu'est-ce que tu as appris ? réplique Rohmer.

Il préfère parler d'autre chose.

Cent fois, il a repassé le film de la soirée dans sa tête, depuis le moment où les gendarmes l'ont averti qu'Anna et sa fille n'étaient plus aux *Sapins*.

Pour Rohmer, qui ne croit pas à l'inévitable, c'est une défaite.

Agnès Serra résume ce que Céline lui a confié. Un homme au visage tout blanc rôdait autour des *Sapins*. Quelques jours plus tôt, il s'était servi du chien de Céline pour l'attirer dans la forêt et la terroriser. Il était revenu la veille en pleine nuit pour entrer dans la maison. La peur de se retrouver piégée avait poussé Anna à s'enfuir avec sa fille. L'homme avait utilisé le chien pour suivre leur piste. Dans l'espoir de dérouter l'animal, Anna avait fait entrer Céline dans le lac avec comme instructions d'aller se cacher dans un des dériveurs du club de voile. Elle y était presque quand une voiture avait stoppé en face d'elle. Elle avait eu peur de continuer.

- Merde ! jure Rohmer. C'était moi.

Agnès poursuit.

- Céline avait le portable de sa mère, mais elle l'a laissé tomber dans le lac en essayant d'appeler une amie qui habite Nantua, une certaine Sandrine. La petite était morte de peur. Elle ignorait où se trouvait sa mère, et comme elle ne voulait plus se cacher dans un des bateaux à cause de ta voiture, elle a décidé de rejoindre le village en faisant un détour.

C'est la dernière partie, celle qui se déroule sur la berge du lac, que Rohmer est impatient de reconstituer.

- Elle n'a aucun problème jusqu'au moment où en contournant une petite avancée, elle se retrouve dans le faisceau d'une torche. Là, elle a un trou de mémoire. Elle ne reprend contact avec la réalité qu'au moment où sa mère surgit et se jette sur le gars qui tient la lampe, celui qui les poursuit.

- Comment sait-elle que c'est lui ? S'enquiert Rohmer.

- Je lui ai posé la question. Juste avant qu'il ne braque sa lampe sur elle, le type a regardé sa montre. Son visage était tout blanc. La suite est assez confuse dans le souvenir de Céline. Anna et le type se battent, elle en est sûre. Sa mère crie un tas de choses, elle se rappelle « sauve-toi Céline ». Elle recule et entre dans le lac.

- Pourquoi dans le lac ?

- Rohmer, elle a onze ans, elle est désemparée. Elle recule sans même savoir où elle va.

- Ensuite ?

- Ensuite, la torche du gars s'éteint. La gamine ne voit plus rien, mais le type s'est mis à hurler comme un fou, ce qui la terrorise. Elle a de l'eau jusqu'à la poitrine. Elle ne peut plus reculer, et comme elle est complètement paniquée, elle s'enfuit à la nage. Tu surgis deux ou trois minutes plus tard, je suppose.

Juste à temps, pense Rohmer.

Anna a-t-elle crié une dernière fois le nom de sa fille parce qu'elle-même se noyait ou voulait-elle prévenir celui qui se trouvait sur la grève que sa fille était en danger ?

Elle n'a pas pu me reconnaître, songe Rohmer, mais elle a vu la lumière de ma torche.

Il n'a pas quitté les Zodiac des yeux. Sur l'un d'eux, un gendarme fait de grands signes en direction de la berge.

- Je te rappelle, dit-il à Serra.

Sa radio grésille. Il la saisit. De nouveau, ce sale goût dans la bouche.

- Qu'est-ce qui passe ?

- Un corps, commissaire. On vient vous chercher.

Deux minutes plus tard, penché sur l'un des boudins en caoutchouc, Rohmer suit les traînées de bulles qui s'échappent des scaphandres. Il scrute les profondeurs, ne voit rien. L'eau est claire sur deux ou trois mètres, d'un bleu laiteux au-delà.

Rohmer voudrait remonter le temps, changer le cours des choses, stopper ce cauchemar qui ne finira jamais. Il se penche davantage, les mains crispées sur l'aussière de sécurité.

Les bulles ont pris l'aspect de cloches. Un jaillissement, une cascade argentée, qui éclate à l'air libre dans un pétillement sourd. Les plongeurs sont près de la surface. Rohmer distingue le noir des combinaisons de Néoprène, le rouge des gilets qu'ils ont gonflés pour regagner la surface avec leur charge macabre.

Ils disparaissent un instant dans un bouillonnement, puis des mains se tendent, se saisissent de l'aussière. Entre les deux plongeurs, le corps qui vient du fond pèse d'un poids de plomb. Il est encore sous la surface. Indistinct.

L'un des hommes retire son détendeur. D'une voix sourde, Rohmer demande :

- Un homme ou une femme ?

L'homme relève son masque avant de répondre.

- Un homme, commissaire.

Le corps est hissé à bord du Zodiac. Rohmer l'examine. C'est celui d'un individu d'une quarantaine d'années de type européen. Il porte un pantalon de couleur sombre. Sa chemise, un ton plus clair, est déchirée.

Rohmer est surpris par les bouffissures et la pâleur du visage. Elles semblent factices, surajoutées. Pourtant, il ne s'agit pas d'un masque. L'inconnu porte au cou et à la poitrine des marques violettes, des griffures. Les traces de sa lutte avec Anna Jannin.

Le Zodiac vient de s'échouer sur la plage de galets. Lescure est là, entouré d'une douzaine de gendarmes. Rohmer demande qu'on lui apporte une paire de gants. Il les enfile, fouille les poches du cadavre. Elles sont vides ou presque. Une quarantaine d'euros, une poignée de monnaie, une clé de cadenas. Ni portefeuille ni pièces d'identité.

Le corps va être transporté à la morgue pour être autopsié. Les procédures d'identification seront mises en route, mais pour Rohmer le calvaire continue. Le corps d'Anna est quelque part au fond. Les recherches reprendront dès l'arrivée des plongeurs appelés en renfort.

Le soleil baigne la vallée d'une lumière dorée. Quelques ombres s'étirent. La dernière équipe de plongeurs a regagné la berge. Le corps d'Anna est toujours introuvable. Un ingénieur de la direction départementale de l'Agriculture est arrivé avec des cartes hydrographiques du lac. Ce sont les recherches du lendemain que Lescure et ses adjoints préparent. Le corps a pu être entraîné au milieu du lac, poussé sous un surplomb par une boucle de courant.

Comme à son habitude lorsque sa présence n'est pas indispensable, Rohmer se tient à l'écart. Il repasse dans sa tête les informations sur Anna qu'Agnès Serra lui a communiquées dans la matinée.

Il ne sait toujours rien d'elle, ou si peu. À part ce que Céline a bien voulu révéler de sa mère.

Ce que Rohmer retient, c'est qu'Anna et son mari étaient à Phuket au moment du tsunami. Des milliers de morts, dont le père de Céline. Anna, elle, s'en est sortie.

Rohmer regarde le lac qui, dans sa partie la plus large, mesure quelques centaines de mètres. Malgré la température des eaux, c'est une distance relativement courte pour un bon nageur.

Des images de la nuit précédente surgissent. Il revoit Anna agrippée à cet homme au visage crayeux. Il se souvient de ce qui lui a traversé l'esprit. Anna donnait l'impression de vouloir entraîner son agresseur plus avant dans le lac. Pour l'éloigner de Céline, Rohmer en est convaincu.

Et s'il y avait autre chose ?

Il réfléchit. Qu'aurait-il fait à la place d'Anna ? Sur quelles ressources se serait-il appuyé pour améliorer les chances de s'en sortir ?

Rohmer connaît la réponse. Elle est invariable, quelles que soient les circonstances : c'est dans l'urgence que l'instinct de survie trouve des solutions.

Anna a survécu à un raz-de-marée, à ses vagues monstrueuses, ses courants impossibles, sa force dévastatrice. Elle sait ce qu'elle a enduré, ce dont elle est capable. L'eau est devenue son refuge, le territoire où, face à son agresseur, elle a le plus de chances d'inverser le rapport de forces.

Dix secondes plus tard, Rohmer est sous la tente qui abrite le PC provisoire de la gendarmerie.

Il prend Lescure à part, l'entraîne à l'extérieur.

- J'ai besoin d'un hélico équipé d'une caméra thermique pour cette nuit, dit-il.

La nuit tombée, la température baissera de plusieurs degrés. C'est ce que Rohmer attend.

*

Un décor de science-fiction se dessine sous ses yeux. Une succession de taches colorées allant du noir au vert fluorescent. À travers son masque de vison thermique, Rohmer voit défiler les arbres, et la paroi rocheuse du plateau qui borde l'un des côtés du lac.

À bord de l'EC 145, ont embarqué avec lui un gendarme secouriste spécialisé dans les sauvetages en montagne, et le technicien chargé des caméras. Il y en a trois dans la tourelle avant de l'appareil, deux destinées au filmage de jour, et la thermique, capable de détecter des variations de température de cinq degrés à plus de deux cents mètres de hauteur. C'est elle qui sert à la recherche des disparus.

L'appareil en est à son premier passage au pied de la falaise. Rohmer a retiré son masque. Il scrute la bande de terre sombre piquetée d'arbres et de bosquets qui remonte vers l'à pic. C'est une plaque pâle creusée de saignées, de renfoncements, de fissures. Rohmer songe à d'anciennes fortifications à demi démolies, aux remparts d'une forteresse interdite, victime du temps.

De nuit, la surface du lac a pris l'aspect d'un gouffre insondable, d'un cratère de ténèbres où la moindre lumière, jusqu'au reflet des étoiles, serait engloutie.

Tête baissée, l'opérateur scrute l'écran de la caméra thermique qui ressemble à celui d'un jeu vidéo. Çà et là, on voit des éclats furtifs : des rongeurs, dont la chaleur est captée au passage par les senseurs.

Rohmer se repère sur la carte d'état-major qu'il a fixée à sa cuisse avec une bande Velcro. Il saisit le micro relié à son casque, s'adresse au pilote chargé de gérer le vol de l'hélicoptère. Ils sont deux, l'autre ne s'occupe que des relations avec le sol.

- Là-bas, au nord-ouest, sur le bouquet de sapins.

Le pilote acquiesce. L'hélicoptère glisse vers le bourgeonnement qui se dessine.

Le paysage vacille sous les yeux de Rohmer. Il imagine entendre des appels au secours. Une angoisse l'étreint. Il n'a pas dormi depuis trente heures, il tient grâce aux cachets d'amphétamine qu'il s'est procurés au Liban. Il commence peut-être à délirer ; son corps et son esprit l'avertissent qu'il est à bout.

Rohmer est loin d'être sûr de lui, de sa théorie. Elle ne repose sur rien de concret. Anna Jannin est vraisemblablement au fond du lac, sinon pourquoi ne s'est-elle pas manifestée ? Le sort de sa fille aurait dû être sa première préoccupation.

Le chef d'escadron Lescure et Serra ont soulevé cette hypothèse, Rohmer n'est pas aussi catégorique. Il a une expérience différente, ceux dont les proches sont exposés à une mort violente peuvent réagir de façon étonnante s'ils s'estiment coupables d'être à l'origine de la situation.

C'est peut-être le cas d'Anna. Elle s'en est sortie, mais elle ignore le sort de sa fille, et elle a peur d'être confrontée au pire. Alors elle se terre, et refuse de savoir.

Un déni de réalité. Pas de la lâcheté.

L'hélicoptère est en position stationnaire. Le vacarme des rotors parvient de façon assourdie à travers les écouteurs des casques.

- Ici, juste en bas, indique Rohmer d'un signe à l'opérateur de la caméra.

L'écran gris carbone se piquette de couleurs. Rohmer est hypnotisé. Une fluorescence monte d'un bouquet de sapins en contrebas. Le rayonnement de la terre, la chaleur emmagasinée durant le jour qui filtre à travers les feuillages.

L'opérateur secoue la tête. Il n'y a personne de vivant sous les arbres.

Rohmer remet son masque de vision thermique, scrute le terrain. Sous cet étrange éclairage, le paysage change. Une coupure plus sombre à peine discernable se révèle : une faille s'ouvre au pied de la falaise, dans l'axe du bois de sapins.

Rohmer indique qu'il veut descendre pour l'explorer. Seul.

- Une heure max, hurle-t-il. Vous pouvez vous poser quelque part en attendant ?

Le pilote confirme d'un signe. Le copilote tend une radio à Rohmer qui la glisse dans la poche de son blouson.

L'hélicoptère perd de l'altitude. La tempête des pales courbe les cimes des sapins, secoue furieusement les feuillages.

Accroché à son harnais, Rohmer file vers le sol. À cet instant, il ne pense à rien. Il n'éprouve que des sensations. Le grondement assourdissant de l'hélicoptère, le soutien du baudrier, le vide sous lui.

Puis d'un coup, il est dans le faisceau du projecteur que le pilote vient de brancher. Encore quelques mètres...

Il touche le sol, dégrafe son harnais, indique que tout va bien. Le filin repart, avalé par le treuil, le harnais disparaît dans la carlingue, le projecteur s'éteint. L'hélicoptère décroche, happé par la nuit. Il ira se poser et attendra jusqu'à ce que Rohmer appelle.

Le silence. Les ténèbres. Seules quelques étoiles scintillent. Rohmer n'allume pas encore sa lampe, il regarde le ciel, respire à fond comme s'il voulait chasser des miasmes de fatigue, ou un trop-plein d'émotion qui subitement ferait surface.

Voilà près de dix minutes qu'il suit une sorte de piste qui paraît cheminer vers la faille. Le temps pour Rohmer ne signifie plus grand-chose, pareil à un somnambule accroché à son rêve, il avance, poussé par une idée fixe.

Si Anna a réussi à traverser le lac à la nage, elle n'a pas forcément suivi une ligne droite. La nuit, le brouillard qui traînait encore au-dessus des eaux, l'ont privée de points de repère. Alors, elle est peut-être ressortie à ce niveau.

Rohmer ne l'imagine pas se mettre à zigzaguer une fois sur la terre ferme. Épuisée, transie, elle avance tout droit, entre les sapins. La pente est douce, Anna la monte sans savoir où elle est, sans savoir où elle va. Jusqu'à ce que le terrain l'en empêche, ou qu'elle s'écroule de fatigue.

Mais Rohmer ne trouve rien pour confirmer sa thèse, sa lampe ne dévoile aucun indice. Pas la moindre trace d'un passage.

Le sentier a fini par devenir une ligne floue dans son esprit quand il atteint le pied de la falaise.

Si Anna est montée jusqu'ici, elle n'a pas pu aller plus loin. Il fouille dans les buissons, les fourrés. Sans résultat.

La saillie qu'il a aperçue de l'hélicoptère s'enfonce à l'intérieur de la paroi. Rohmer s'y engage, il est surpris de découvrir qu'elle prend fin quelques mètres plus loin. Un fouillis impénétrable d'arbustes en tapisse le fond.

Il promène le faisceau de sa lampe sur la muraille rocheuse. Rugueuse, hérissée d'aspérités, elle est vierge de failles, de fissures.

En éclairant le sol, Rohmer a un choc. Une ouverture se découpe dans la roche. Un trou, l'amorce d'un boyau.

Il doit s'y faufiler à quatre pattes. Un instant, les parois semblent se rejoindre, mais subitement le boyau s'évase. Quelques secondes plus tard, Rohmer se tient debout dans une grotte qui forme un cercle irrégulier.

Ce n'est pas à proprement parler une grotte, plutôt une sorte de cavité en forme de goutte d'eau. Le plafond est en partie effondré. Un morceau de ciel se détache quelques mètres plus haut.

Rohmer promène sa lampe. Dans un recoin, recroquevillée comme un foetus, immobile, le visage tourné vers la roche, une forme humaine se détache de l'obscurité. Il n'arrive pas à y croire.

Il s'approche, le coeur battant, s'agenouille, pose une main sur le cou gracile. La peau est chaude.

La forme n'a pas réagi. Le plus délicatement possible, Rohmer la tourne pour découvrir son visage.

Anna a les yeux ouverts. Un regard d'halluciné. Sa conscience semble être à des années-lumière. Elle ne réagit ni à la présence de Rohmer ni à ce qu'il lui dit. Le faisceau de la torche qu'il braque sur son visage ne la fait pas ciller.

Rohmer regarde sa montre. 23 h 20

Il sort la radio, les ondes passent. Il appelle l'hélicoptère, explique la situation au copilote, ce qu'il veut essayer de faire en attendant qu'Anna soit évacuée.

Rohmer enlève son blouson, couvre les épaules d'Anna. Assis près d'elle, il parle, comme s'ils avaient une vraie conversation.

Anna demeure silencieuse, absente.

La radio grésille. L'hélicoptère va servir de relais entre Rohmer et le Centre hospitalier de Bourg-en-Bresse. La communication est établie.

Une petite voix ensommeillée se fait entendre.

- Céline, je m'appelle Raphaël Rohmer et je suis policier. Ta maman est près de moi. Elle va bien, mais elle est encore sous le choc. Elle a traversé le lac à la nage, elle est épuisée. Je vais brancher le haut-parleur de ma radio. Parle-lui. Ne t'inquiète pas si elle ne te répond pas.

Rohmer pousse le volume au maximum, dépose la radio devant Anna.

- Maman ! Maman ! Tu m'entends ? C'est moi, c'est Céline. Je suis à l'hôpital, mais je vais très bien.

Rohmer scrute le visage d'Anna. Il reste figé, sans la moindre trace d'émotion.

Céline s'est tue. Rohmer l'encourage à parler encore, à dire tout ce qui lui passe par la tête. Mais Céline est bouleversée, le silence de sa mère l'inquiète.

- Comment s'appelle ton chien ? demande-t-il.

- Casper.

- Tu sais qu'il t'attend aux Sapins ?

- Je sais. Et ma maman, quand est-ce que je vais la voir ?

- Ce soir peut-être. Demain, sûrement.

Leurs voix résonnent dans la grotte. Rohmer continue de faire parler Céline. Il n'a pas quitté Anna des yeux.

Au début, c'est à peine s'il s'en rend compte. Un éclat imperceptible bat dans son regard, comme si de l'intérieur une parcelle de conscience s'animait, revenait à la vie. Puis, le flou s'estompe, le vide cède la place à un voile brillant. Les larmes coulent sur les joues d'Anna.

Rohmer approche la radio de ses lèvres.

- Parlez-lui, murmure-t-il. Céline a besoin d'entendre le son de votre voix.

Quelques secondes s'écoulent. Le silence. Rohmer entend le battement des pales de l'hélicoptère.

Et d'un coup, dans un sanglot, les mots s'échappent.

- Ma fille, ma petite fille. Pardon ma chérie, pardon…

67

Saint-Brieuc, sept semaines plus tard.

Agnès Serra gare sa voiture devant le café où Rohmer l'attend. Il est attablé à la terrasse qui surplombe la plage de gros grains de sable blanc.

La plage est presque vide, c'est bientôt l'arrière-saison. Sous le soleil, l'océan prend des reflets bleu-vert, les eaux sont limpides, on en distingue le fond, une mosaïque marbrée de taches sombres.

Serra traverse la rue. Raphaël Rohmer a levé le bras, il lui fait signe. Agnès le trouve rajeuni ; les cheveux plus longs, le teint bruni, une barbe de trois jours.

- Ça a plutôt l'air de te réussir les vacances, dit-elle en s'asseyant. Tu ne ressembles plus à un flic.

Rohmer enlève ses lunettes de soleil. Il porte un vieux pantalon de toile usé jusqu'à la trame et une chemise délavée.

- Merci d'avoir fait le déplacement depuis Paris, commence-t-il.

- Oh, tu ne vas pas t'en tirer comme ça, Rohmer. Ça va te coûter un plateau de fruits de mer et la bouteille de vin qui va avec.

- Aucun problème, la table est réservée.

Il sourit. Serra regarde autour d'elle. Sur l'une des pointes, face au large, des toits d'ardoises s'étagent : des maisons en pierre brute entourées de pins parasols, aux allures de châteaux miniatures.

- Tu as idée du prix de ces baraques ?
- Quelques millions d'euros, répond Rohmer.

Agnès soupire.

- Pas trop dans mon budget. Où sont tes femmes ?

Rohmer secoue la tête et remet ses lunettes.

- Sur la plage. Céline joue avec Casper et Anna est sûrement dans l'eau.
- Dans l'eau ! Mon dieu, après tout ce qu'elle a enduré, elle n'est pas dégoûtée ?
- Faut croire que non. Qu'est-ce que tu bois ?
- Je vais commencer par un café. La route m'a endormie.

Rohmer se lève. Il revient un instant plus tard avec deux tasses.

- Pourquoi Saint-Brieuc, si ce n'est pas indiscret, s'enquiert Agnès.

Rohmer indique la pointe nord.

- Mon voilier est amarré dans le port de plaisance.
- Ah, je comprends tout maintenant. Et Anna, elle n'aurait pas préféré aller à la montagne, ou à Rome ?
- Elle est venue ici il y a longtemps. Elle voulait revoir le coin. Une sorte de pèlerinage.

Serra sort de son sac une chemise cartonnée, la tend à Rohmer puis se ravise devant son expression.

- Tu préfères que je te résume ce qu'il y a dedans ?

Un demi-sourire aux lèvres, Rohmer acquiesce. Serra met deux sucres dans sa tasse, boit une première gorgée en faisant la grimace.

- Pas génial le café, soupire-t-elle. Bon, on commence par le type du lac. Il a été enterré il y a trois jours dans l'un des cimetières communaux de Lyon, carré des indigents. L'identification n'a rien donné. On ne sait pas qui c'est, donc ça peut-être n'importe qui.

- Lescure a tout essayé ?

- Les procédures habituelles, sûrement. Fichiers des personnes disparues, empreintes digitales, détraqués sexuels remis en liberté, enquête de proximité. Rien n'est sorti, y compris chez les collègues européens.

Rohmer a une grimace sceptique.

- Je te signale, réplique Serra, que plus de sept cents cadavres X[1] sont enterrés en France chaque année. Notre type fait partie du lot. Cela dit, on en sait quand même un peu plus sur lui que le jour où on l'a sorti du lac. La blancheur anormale du visage, par exemple.

Rohmer parait intéressé. Il se penche, invitant Serra à poursuivre.

- L'homme au visage tout blanc, comme l'appelait Céline, souffrait d'une maladie auto-immune, une affection chronique de la peau qui détruit les cellules responsables de la pigmentation. Les taches sont bien définies, blanches comme de la craie, et localisées. Pas de traitement efficace, donc pas d'ordonnances spécialisées à tracer.

- On sait comment se déclenche cette maladie?

Serra hausse les épaules.

-Non. Un grand choc émotionnel ou un stress intense seraient parfois en cause. Je ne peux pas t'en dire plus.

Rohmer réfléchit à haute voix.

- Sa maladie lui donne des complexes. Il se cache, ne se montre que dans les bois ou en pleine nuit. D'accord. Mais le reste du temps, quand il n'est pas en train d'épier Céline ou de lui courir après, il fait quoi ? Ce type habite bien quelque part, il sort pour s'acheter à bouffer. Comment se fait-il que personne ne l'ait remarqué ?

-Pour la couleur de son visage, j'ai l'explication. On a identifié sur le col de sa chemise des traces d'un cosmétique de camouflage, un fond de teint genre Dermacolor. Voilà Céline…

Casper en laisse, Céline a surgi. Elle s'arrête devant leur table, les yeux brillants d'excitation. Agnès la prend dans ses bras et l'embrasse.

-Eh bien, tu es plus belle que jamais ! S'exclame-t-elle.

Céline rougit. Elle se penche, murmure à l'oreille de Rohmer. Il écoute religieusement, hoche la tête. Elle dépose un baiser sur sa joue, lui donne la laisse de Casper et file à l'intérieur du café.

-Elle a envie d'une crêpe à la confiture, explique Rohmer avec un petit sourire. Comme Anna n'aime pas trop qu'elle mange avant les repas, c'est à moi qu'elle s'adresse.

Serra le dévisage avec une drôle d'expression.

- On dirait que tu t'es trouvé une famille, Rohmer. Tu cèdes aux caprices de la fille dans le dos de la mère. Je connais ça.

-C'est une moitié de crêpe, parce que l'individu qui est au bout de cette laisse va se taper l'autre, tu peux me faire confiance.

Serra éclate de rire. Céline est ressortie, sa crêpe dans une main, une bouteille de Coca avec une paille dans l'autre.

- On avait dit une crêpe, pas une crêpe et un Coca, gronde Rohmer.

Céline aspire une longue gorgée avant de poser la bouteille sur la table. Rohmer lui a tendu la laisse.

-Mange ta crêpe, essuie-toi la bouche et descends dire à Anna que je viens la chercher dans une demi-heure pour aller déjeuner.

Céline semble hésiter.

- Qu'est-ce qu'il y a ?

- J'ai le droit de donner la moitié de ma crêpe à Casper ?

- Je t'y encourage, répond Rohmer, amusé.

Ravie, Céline s'éloigne.

D'un coup, Rohmer parait soucieux. Il enlève ses lunettes et les glisse dans la poche de sa chemise, puis échange un long regard avec Serra.

- Il y a quelque chose dans cette affaire qui me tracasse. Pas toi ?

- Qu'est-ce qui te tracasse, Rohmer ?

- Que le gars du lac puisse être le mari d'Anna, même si elle n'a reconnu personne sur les photos qu'on lui a présentées.

Serra reste de marbre.

- Comment ça t'es venu ? demande-t-elle.

Rohmer étend les jambes.

- Une impression.

- Provoquée par quoi ?

- Par le comportement de ce type. Si c'était après Céline qu'il en avait, il lui suffisait d'entrer en force, de la prendre et de se barrer des *Sapins*. La petite était piégée en plein brouillard dans une maison isolée. L'occasion à ne pas manquer. Là, il tournicote autour de la baraque jusqu'à ce qu'Anna ait la frousse et s'échappe avec sa fille. Je ne comprends pas ce qu'il avait en tête. Anna aussi a réagi de manière bizarre. Elle n'a pas alerté la gendarmerie, et elle ne m'a pas appelé alors que je lui avais donné mon numéro de portable en cas d'urgence. Et c'était une putain d'urgence ! J'ai fini par me demander si tout compte fait elle ne connaissait pas cet homme, et comme le corps de son mari n'a jamais été retrouvé…

Agnès saisit la balle au bond.

- Des centaines de victimes du tsunami n'ont pas été retrouvées, Rohmer. Quant à ne pas t'appeler au secours, si tu as besoin d'une raison, Anna avait perdu son portable en tombant dans l'escalier. En ce qui concerne le comportement du type, je me suis aussi posé des questions. On ne sait rien sur lui. C'était peut-être terroriser les petites filles qui le branchait.

Rohmer a l'intuition que Serra lui cache quelque chose. Elle lui a présenté sa version comme si c'était la seule logique, la seule acceptable.

- Est-ce que tu as envisagé l'hypothèse que ce type puisse être le mari d'Anna ? Insiste-t-il.

Serra promène son regard d'un bout à l'autre de la plage, avant de croiser celui de Rohmer.

- Je te préviens qu'en s'engageant dans ce genre de raisonnement on est proche du délire. Je veux bien qu'on en parle, je reconnais que j'y ai pensé, j'ai même fouiné là où je n'aurais pas dû parce qu'il n'y a pas d'instruction en cours, tu le sais.

Le rapport du médecin légiste avait conclu à une noyade accidentelle. L'homme retrouvé dans le lac présentait des signes physiologiques d'épuisement, notamment un niveau sanguin élevé de cortisol, une hormone stéroïde libérée lors d'un stress physique prolongé. Il avait nagé jusqu'au bout de ses forces, tournant probablement en rond faute de repères, avant de se noyer.

- Je t'écoute, dit-il.

68

Plus bas sur la plage, Anna est sortie de l'eau. Elle s'allonge sur sa serviette. Le soleil est chaud, elle ferme les yeux. Raphaël est remonté depuis un moment pour attendre Agnès. Céline l'a rejoint. Anna l'a suivie du regard. Céline, c'est la lumière de sa vie. Anna ne se lasse pas d'admirer la beauté de sa fille.

D'un coup, dans un tourbillon confus de blanc, de vert et de jaune pâle, Anna revoit *Les Sapins*, le jardin, ses fleurs couleur d'aquarelle. Elle retrouve l'odeur piquante de la résine, celle plus sucrée des narcisses qui imprègnent l'air du soir. D'autres sensations la traversent. Elle se rappelle un jour de pluie, des nuées rasaient le lac, les grains descendaient en déluges. L'odeur de la terre mouillée se répandait. Le chant d'un oiseau lui avait paru comparable au murmure du vent dans les feuillages,

Céline est en vie. Rohmer l'a sauvée de la mort, comme il l'a sauvée elle. Il est devenu leur ange gardien, un archange dont le prénom est Raphaël.

Anna n'a pas oublié le pressentiment qu'elle a eu en le croisant à Roissy. Elle ne s'est pas trompée. Ils se sont revus dans des circonstances tragiques, mais ce qu'elle n'avait pas su voir à l'époque, c'était la capacité de Raphaël Rohmer à changer l'inévitable.

Le bruit des vagues lui parvient. Engourdie, Anna se sent transportée. Ce n'est pas un rêve. Plutôt une vision. Une fracture s'est produite dans sa conscience. Une partie d'elle-même a perdu la notion de ce qui l'entoure. De l'espace. Du temps.

Ce n'est pas sur cette même plage de Saint-Brieuc, comme l'année de ses treize ans, qu'Anna se revoit.

Devant elle s'étend une côte verdoyante piquée de bouquets de cocotiers. Une plage de sable s'étire à l'infini, pareille à un collier de lumière. L'endroit est familier. Un soleil énorme, déformé, donne à la terre une couleur ocre.

Anna semble assoupie, mais son coeur bat plus vite, ses lèvres frémissent.

Quelque chose vibre, résonne…

Dans sa tête, des images jaillirent, fulgurantes.

Phuket, le 26 décembre de l'année passée !

Sa vision continue. Le flot de sable et de boue l'emporte. Elle nage de toutes ses forces. Elle essaie de se servir du mieux qu'elle peut de la force du courant pour atteindre le pont piéton en ciment qui relie la réception au parking de l'hôtel.

Un homme court le long de la rambarde. Il hurle, à cause du grondement terrifiant des eaux. Il l'a dépassée. Anna le voit se pencher, lui tendre une palme. Elle l'agrippe au passage. L'homme tire de toutes ses forces pour l'arracher à l'immense tourbillon que les vagues avaient formé. Dans un effort démesuré, Anna tend la main…

69

Agnès Serra inspire longuement avant de répondre.

- Admettons que l'homme du lac soit le mari d'Anna. C'est une simple hypothèse…

Rohmer la coupe.

- Avant d'aller plus loin, dis-moi pourquoi tu y as pensé.

Serra semble mal à l'aise.

- Pourquoi ?

- Bon, d'accord ! Lorsque Céline était aux urgences de l'hôpital, je l'ai interrogée pour savoir ce qui s'était passé. Elle m'a dit que sa mère s'était entêtée à lui dire que l'homme au visage tout blanc n'était pas dans le jardin alors qu'elle le voyait comme le nez au milieu de la figure. Sur le moment, je n'y ai pas attaché d'importance, ça m'est revenu plus tard. Et comme j'ai l'esprit tordu… Je sais, toi et moi avons songé à la même chose en suivant des chemins différents.

Rohmer se contente d'acquiescer.

- À première vue, le rapprochement entre le type du lac et Jannin n'est pas évident, poursuit Agnès. Aux *Sapins*, il y a une photo vieille de plus de dix ans d'Éric Jannin avec Anna. Beau coucher de soleil à l'arrière-plan, personnages sous exposés. Sa photo d'identité au fichier des CNI est plus récente. Quelques similitudes avec le type du lac, mais la forme et l'expression des visages sont différentes. À mettre peut-être sur le compte de cette maladie qui décolore la peau. Donc, pas de certitude, on reste dans l'ambiguïté. Maintenant, si c'est le mari d'Anna qu'on a repêché dans le lac, il nous faut un scénario pour expliquer ce qu'il fait là. Je n'en vois qu'un : histoire d'encaisser un gros paquet de fric, Jannin profite du tsunami et joue les disparus. Ses employeurs vont cracher : un raz-de-marée l'a emporté alors qu'il était en mission pour eux. Reste Anna, tu la mets dans quelle case : elle ignore tout jusqu'à ce que Jannin se pointe aux *Sapins*, elle l'apprend en cours de route, ou elle est complice dès le départ ?

-S'il s'agit d'une escroquerie, Jannin a besoin d'une vraie complice, pas d'une veuve qui quelques mois plus tard va se prendre en pleine gueule le choc de le savoir vivant, répond Rohmer sans hésiter.

- Je suis d'accord. On suppose donc qu'elle est complice de son mari.

Rohmer est mal à l'aise. La simple idée d'associer Anna à une entreprise de cette sorte lui est intolérable.

- On continue notre petit scénario, reprend Agnès. Le mari reste planqué en Thaïlande, la femme rentre en France pour encaisser le fric. Bizarrement, elle ne fait rien pour activer les choses. La prime d'assurance décès du mari ne jouant pas, elle a des problèmes d'argent. Elle cherche même à quitter Paris pour réduire les dépenses.

- Comment tu sais ça ?

- Je t'ai dit que j'avais fouiné là où je n'aurais pas dû. Je viens des RG, Rohmer, au cas où tu l'aurais oublié. J'ai interrogé la collègue avec qui Anna partageait un bureau. Anna avait demandé sa mutation en province. Elle envisageait de retirer sa fille de l'école privée où elle était inscrite.

- Ça ne prouve rien.

- Non, ça ne prouve rien. Elle pouvait très bien donner le change. Là où ça ne colle plus, c'est quand il est vraiment question de fric.

- Pourquoi ? s'exclame Rohmer.

- Anna est convoquée à Zurich par le patron de l'UBS, la banque où travaillait Jannin. Je l'ai eu personnellement au téléphone et il est formel : elle tombait des nues quand il lui a appris que la banque allait l'indemniser pour la mort de son mari. L'UBS était poursuivie en dommages et intérêts par la famille du patron direct d'Éric Jannin, mort avec sa femme dans le tsunami. La banque a négocié. Ce n'est qu'une fois l'accord conclu qu'Anna a été avertie.

- Elle n'était pas au courant du marchandage ?

- Elle l'ignorait.

Rohmer parait à la fois perplexe et soulagé.

- Mais puisque c'est toi qui as mis le sujet sur le tapis, je vais te dire jusqu'où je suis allée sans rien te cacher, lance Serra. Tu décideras ensuite.

Le « tu décideras ensuite » a mis Rohmer mal à l'aise. Il aurait dû se souvenir des qualités de Serra. Il les avait prises en compte pour demander son détachement.

Il a joué à l'avocat du diable dans l'espoir que leur discussion ne déboucherait sur rien. Maintenant, qu'il le veuille ou pas, il va devoir ingurgiter la coupe jusqu'à la lie.

- Toujours d'après notre hypothèse, reprend Agnès, Jannin veut arnaquer la banque et Anna est complice. Pourtant, l'argent encaissé - je ne connais pas le montant payé, elle fait une nouvelle bizarrerie. Au lieu de rester dans son appart deux ou trois mois avant de filer avec sa fille rejoindre son mari à l'étranger, elle loue une grande villa à Nantua. D'après Jeanne Maurois, la mère du gosse qui a retrouvé la montre, Anna cherchait vraiment à démarrer une nouvelle vie. Elle projetait même de réclamer son détachement à la direction régionale des Affaires culturelles Rhône-Alpes. Elle voulait s'occuper de l'abbatiale de Nantua

- Ça nous mène à quoi ? demande Rohmer.

- Justement à rien. Si c'est Jannin qu'on a retrouvé au fond du lac, c'est qu'Anna et lui étaient d'accord pour arnaquer la banque, du moins d'après notre hypothèse. Mais quand l'UBS paye, rien ne va plus. Anna agit exactement comme si son mari était mort. Elle ne donne pas le change, elle loue une grande villa, achète une nouvelle voiture...

Rohmer a levé la main. Agnès fait non de la tête.

- Elle ne peut pas l'avoir sciemment doublé, Rohmer, si c'est à ça que tu penses. D'abord, elle aurait probablement quitté la France. Ensuite, rien ne te dit que Jannin a perdu son passeport. À condition de ne pas se pointer là où il est connu, ce n'est pas aux frontières qu'on l'arrêtera. Sa mort figure dans les registres de l'état civil, mais son nom n'est communiqué ni aux flics ni à la douane. Si Anna le double, à moins d'être totalement stupide, elle se doute bien qu'il va rappliquer et réclamer sa part. La localiser ne présente pas de problème majeur. Jannin a pu appeler l'endroit où elle bossait et inventer n'importe quoi pour obtenir une information. C'est un exemple. Ce type est passé de l'autre côté de la barrière. Sa mentalité a changé. Il vit dans le mensonge et il a appris à s'en servir.

- Ça nous conduit où tout ça ?

- Tu m'as demandé si le type du lac pouvait être le mari d'Anna, j'ai envisagé cette possibilité, j'ai voulu savoir où elle conduisait. Lorsqu'Anna s'installe à Nantua, son comportement ne colle plus avec l'image de la femme complice, et pour que cette hypothèse fonctionne encore, on a besoin de faire un pas supplémentaire dans le délire.

Rohmer semble ailleurs. Serra attend.

- Je suppose que tu as fait ce pas, lâche-t-il dans un souffle.

Une image refuse de quitter l'esprit de Rohmer : celle de l'homme au visage tout blanc. Elle flotte, comme le rideau d'une scène de théâtre que Serra s'apprête à lever.

Avant de le faire, elle prend des précautions.

- Rohmer, dit-elle, tu sais mieux que moi qu'il y a plusieurs manières d'assembler les éléments d'une enquête. Ce n'est pas parce qu'ils s'orientent dans la même direction que c'est forcément la bonne. Le juge Lambert s'est royalement planté avec Eymard, et Brigitte Auber serait en tôle aujourd'hui si ça n'avait tenu qu'à lui.

Rohmer essuie la rigole de sueur qui coule de son front. Il hoche la tête sans répliquer. La situation le touche de près. Il voudrait ne pas réagir. Difficile.

- L'hypothèse fonctionne, poursuit Agnès, si on introduit un élément que personne, pas même Anna, ne pouvait prévoir. Cet élément a le mérite de répondre à toutes tes interrogations, et aux miennes, sur ce qui s'est passé aux *Sapins*.

Serra s'est tu. Elle donne à Rohmer l'impression de tenir à la main une cartouche de dynamite, mèche allumée, en se demandant une dernière fois si ça vaut le coup de la lancer.

-C'est quoi cet élément ? demande-t-il d'une voix sourde.

Agnès gonfle ses joues et soupire bruyamment.

-En quittant la Thaïlande, Anna est complice de son mari. En arrivant à Paris, elle l'est encore. Puis quelque chose change sa perception de la situation. Dans son esprit, la mort de son mari n'est plus un acte destiné à leurrer, c'est devenu une réalité. Il a vraiment disparu dans le tsunami. Il n'existe plus. Elle est seule avec sa fille.

Rohmer est interloqué. Il comprend ce qu'Agnès entendait par « on est proche du délire ».

Un instant, l'envie d'en rester là l'effleure. Mais il connaît Serra, jamais elle ne serait engagée à développer son hypothèse sans éléments concrets pour l'étayer.

Quant à lui, malgré son désir de faire demi-tour, il est allé trop loin.

- Que se passe-t-il pour que d'un coup Anna soit persuadée que son mari est vraiment mort ? demande-t-il.

Donnant l'impression de se punir pour ce qu'elle s'apprête à révéler, Serra boit sa tasse de café jusqu'à la dernière goutte avant de reprendre.

- L'élément qui fait passer Jannin à la trappe dans la tête d'Anna les concerne tous les deux, parce que ni la banque ni les flics ne lui ont posé de questions. Anna n'est pas soupçonnée. Seule la découverte d'une information concernant son mari a pu provoquer chez elle un choc psychique de cette importance. De quoi s'est-elle rendu compte, je n'en sais rien. Mais ce qu'elle apprend la secoue si fort, que sans s'en rendre compte elle substitue une fiction à la réalité. Dans l'esprit d'Anna, Éric Jannin n'a pas survécu au tsunami, il est mort. Pas mort au figuré. Réellement mort.

Rohmer regarde sa montre. Il en a assez. Il vaut mieux crever l'abcès.

- Qu'est-ce que tu as découvert sur Anna ?

Serra secoue la tête.

- Rohmer, je t'ai dit de ne pas te ruer vers des conclusions hâtives. J'ai considéré une hypothèse et je l'ai poussée aussi loin que je pouvais. Appelle ça de la déformation professionnelle. Cela dit, je n'ai rien découvert concernant Anna, mais j'ai appris quelque chose sur ses parents.

- Ses parents !

- Sa mère plus précisément.

-Qu'est-ce que sa mère vient foutre là-dedans ! S'emporte Rohmer. Elle est morte dans un tremblement de terre au Maroc quand Anna avait treize ans.

-C'est exact. Mais ce qu'Anna ne sait probablement pas, ce qu'on a dû lui cacher, c'est que sa mère souffrait de troubles mentaux.

Rohmer a un sourire amer. Il se sent vidé. Serra a dû fouiner dans les archives de la sécu et des hôpitaux pour obtenir ce genre de renseignement.

- Il ne vaut mieux ne pas t'avoir sur le dos, murmure-t-il.

- Faux, rétorque Serra. C'est toi qu'il vaut mieux ne pas avoir sur le dos.

- De quoi souffrait sa mère ?

- Elle était schizophrène.

- Quel rapport avec Anna ?

- La schizophrénie est considérée comme une maladie mentale héréditaire, Rohmer.

Il s'est levé. Il fait quelques pas les yeux fixés sur l'horizon, puis son regard revient sur la plage, sur Céline.

La marée s'inverse. L'océan revient. Infatigable, Céline court le long de la grève poursuivie par Casper. Anna parait dormir au soleil.

Rohmer retourne s'asseoir. Agnès enchaîne aussitôt.

-J'ai demandé l'avis d'un psychiatre qui bosse parfois pour les RG en lui exposant le cas dans ses lignes générales. Chez les personnes souffrant d'une forme « positive » de schizophrénie non diagnostiquée, une prise de conscience brutale peut déclencher un choc psychique, un délire systématisé qui se développe de façon cohérente. C'est son jargon pas le mien. Ce délire n'envahit pas forcément toute la vie psychique, il peut rester cantonné à un sujet précis. Ici, ce serait Éric Jannin. En parallèle, la personne souffre d'hallucinations paranoïdes. On appelle ce délire « systématisé », parce que l'entourage ne se doute pas un instant qu'il s'agit d'une distorsion de la réalité.

- C'est ce que t'a dit Céline à propos d'Anna refusant de voir l'homme au visage tout blanc dans le jardin qui t'a orientée dans cette direction ?

Agnès acquiesce, puis elle ajoute :

- Si on s'accroche à l'hypothèse de départ, cette version est la seule qui colle. Jannin est de retour, il rôde dans les bois, voit sa fille, mais n'ose pas révéler ouvertement sa présence. Il ne peut pas joindre Anna au téléphone, elle a changé de numéro de portable. Un soir, protégé par le brouillard, il s'enhardit, tourne autour de la maison sans la moindre intention d'entrer. Il cherche à attirer l'attention d'Anna avec l'espoir qu'elle lui fournira des explications. Il ignore que pour elle il est définitivement mort. Anna l'aperçoit, mais confronté au sujet même de son délire, elle refuse de le voir et bascule vers un autre scénario. Ce type est venu enlever sa fille. C'est le tueur d'enfants que les flics recherchent. Elle s'enfuit avec Céline. Jannin les cherche en se servant de Casper. Céline est dans le faisceau de sa torche, mais il ne peut pas s'identifier. Sa fille le croit mort. Lui, c'est à sa femme qu'il veut parler. Anna intervient. Elle se bat, s'efforce d'entraîner le « tueur » loin de sa fille, vers le lac, là où comme tu l'as deviné, elle pense avoir une meilleure chance que lui.

Rohmer encaisse. Le mot de la fin consiste à vérifier si l'homme au visage tout blanc et Éric Jannin ne sont qu'une seule et même personne.

- Je suppose que la gendarmerie a gardé une empreinte génétique de ce type avant de le faire enterrer ?

- La loi les y oblige, répond Serra. La mère de Jannin est toujours vivante. Tu peux demander à Lambert d'ordonner un prélèvement pour une comparaison ADN. Je ne sais pas s'il te l'accordera. Il faudrait qu'il ouvre une instruction, et il n'y a ni crime ni prévenu. Reste Céline. Et là bien sûr, tu peux te passer d'un juge.

Le regard de Rohmer se pose sur la bouteille de Coca, sur la paille qui pointe du goulot. Céline y a laissé des traces de salive. Elles suffisent pour établir son profil génétique, savoir si oui ou non l'homme au visage tout blanc est son père.

- C'est à ça que tu pensais quand tu m'as dit « tu décideras ensuite, », fait-il.

- C'est à ça.

Il prend la bouteille par le culot, prenant soin de ne pas effleurer la paille.

- Allons-y, dit-il. La marée ne va pas tarder à recouvrir la plage.

Rohmer, qui a remis ses lunettes de soleil, se tourne vers Agnès.

- C'est quoi ton intime conviction ?

Serra a un geste de dénégation.

- Je ne suis pas juré, Rohmer, je suis flic. Je n'ai pas d'intime conviction. Tout ce que je t'ai dit ne représente qu'un éclairage, une façon de justifier une hypothèse tirée par les cheveux. Maintenant, je n'ai pas oublié ce que tu m'as dit à propos de la différence entre le résultat et la vérité.

Dans ce cas précis, seul le résultat compte : Anna et Céline sont vivantes, et le type qui les terrorisait s'est noyé dans le lac.

-Je reformule ma question, réplique Rohmer. Le type dans le lac, c'est Jannin ou pas d'après toi ?

Agnès jette un coup d'oeil vers la plage.

- Ce n'est pas ce que je pense qui compte, Rohmer, c'est ce que tu crois. Tu m'as demandé mon avis, je vais te le donner : pour moi, ce n'est pas lui. Je suppose que tu veux comprendre pourquoi je me suis mise à fouiner comme si j'étais persuadée du contraire?

- Ça m'aiderait, en effet.

-L'affaire Gianésinni. Ce drame où personne n'était à sa place, où tous les faits pointaient dans la mauvaise direction, ou un innocent s'est suicidé pour en finir avec l'injustice, m'a troublée. Disons plutôt que mon état d'esprit a changé. Quand j'ai pensé que Jannin était peut-être le type du lac, j'ai voulu savoir si là aussi un drame n'en cachait pas un autre. En avançant je me suis rendue compte avec quelle facilité je pouvais dénicher des indices et les faire coller à l'hypothèse qui sur le moment me semblait la plus probable. Ça m'a flanqué la trouille.

Rohmer se rend compte qu'il n'est pas passé loin lui aussi de l'hypothèse la plus probable dans l'affaire Gianésinni.

- Pourquoi m'en avoir parlé ?

-J'ai voulu être honnête avec toi. Si tu n'avais pas mis le sujet sur le tapis, je l'aurais abordé de toute façon. Peut-être pas aujourd'hui, mais je l'aurais fait parce que je n'ai pas le moindre doute sur ta décision.

Céline arrive en courant dans leur direction. Elle s'arrête, essoufflée.

- Tu m'as apporté mon Coca ? demande-t-elle en fronçant les sourcils.

Elle aspire une goulée puis secoue la tête.

- Y a plus tellement de bulles.

-Ben tant pis. Jette la bouteille dans la poubelle qui est derrière toi, s'il te plaît.

Céline fait quelques pas puis se retourne.

- On va faire un tour en bateau cet après-midi ?

- Oui.

- Casper pourra venir ?

Rohmer soupire. Il hésite, puis un sourire aux lèvres laisse tomber :

- Ce n'est pas moi qui décide, Céline, c'est Anna.

70

Rohmer s'éloigne. Le sable a rempli ses espadrilles. Il s'arrête, les enlève. Une image lui traverse l'esprit. Une forme au sol, recroquevillée, le visage tourné vers le mur de la grotte. Anna, catatonique, anéantie par la culpabilité d'avoir exposé sa fille à une mort violente, réfugiée au fond d'un abîme, que ni le son ni la lumière n'atteignent.

Anna est étendue sur sa serviette. La marée n'est plus qu'à quelques mètres. Elle semble dormir. Une beauté fragile, vulnérable, que le destin a placée sur la route de Rohmer au moment où il n'espérait plus rien.

Un couple complice, Éric et Anna Jannin. Le mari joue les disparus pour escroquer sa banque. La femme souffre d'une schizophrénie non diagnostiquée. Quelques mois plus tard, après un choc psychique, la femme le croit définitivement mort. Pas mort au figuré, réellement mort. Mais le mari revient, réclame sa part de fric…

« Alors, Rohmer, quelles chances pour que le type du lac soit le mari d'Anna et qu'elle soit schizophrène ? »

- Aucune, se surprend-il à dire.

Dans la tête de Rohmer, la houle s'apaise. L'affaire Gianésinni l'a changé. Elle reste une exception. Dans la plupart des cas, la vérité ne porte aucun masque. Lui en chercher un à tout prix relève de l'obsession.

Prisonnière de sa vision, Anna n'a pas remarqué la présence de Rohmer. Elle n'a pas encore regagné la plage de Saint-Brieuc, elle est accrochée à la rambarde du pont.

L'homme vient de la saisir par le poignet. Il la hisse.

Anéantie, elle gît sur le dos. Le sable et le sel lui brûlent les paupières.

L'homme qui l'a sauvée se tient à contre-jour. Elle ne distingue que sa silhouette.

Il lui parle. Ses mots se perdent dans le fracas des vagues qui se retirent.

Alors, il crie.

- Anna ! Écoute-moi, Bon Dieu ! Wölk s'est foutu de ma gueule. Il va nommer quelqu'un d'autre à la direction de Bangkok ! *On va les baiser, lui et sa putain de banque…*

À propos de l'auteur

Grand Prix RTL-Lire, auteur de 19 romans dont 14 publiés chez Plon, traduit en plusieurs langues, John La Galite, tant par ses thrillers que ses drames psychologiques, a su captiver et toucher le coeur du public.

JOHN LA GALITE (de son vrai nom JEAN MICHEL SAKKA) est né à Carthage (Tunisie) d'un père fonctionnaire et d'une mère professeur de français. Passionné de littérature depuis l'enfance, il commence à écrire alors qu'il est lycéen. Après des études secondaires, il quitte la Tunisie pour Paris et la Faculté des Sciences où il obtient un doctorat de biochimie. En 1998, il s'installe en Floride, exerce divers métiers, puis se consacre à l'écriture.

Plon publie son premier roman, Le Lézard vert, un manuscrit rejeté par 23 maisons d'édition. Le MIAMI HERALD lui consacre alors deux pages.

Depuis, il a publié 14 romans chez PLON sous le nom de John La Galite et de Jean Michel Sakka, dont Zacharie, Grand Prix RTL-LIRE. Ses livres ont été traduits en plusieurs langues et Zacharie est devenu un livre culte au Japon.

John La Galite partage son temps entre Los Angeles et l'Asie.

Manufactured by Amazon.ca
Bolton, ON

10406240R00203